无违

王跃文 作品

百花洲文艺出版社
BAIHUAZHOU LITERATURE AND ART PRESS

图书在版编目（CIP）数据

无违 / 王跃文著. -- 南昌 : 百花洲文艺出版社，2017.5
ISBN 978-7-5500-2145-7

Ⅰ. ①无… Ⅱ. ①王… Ⅲ. ①散文集－中国－当代 Ⅳ. ①I267

中国版本图书馆CIP数据核字(2017)第060680号

出版者　百花洲文艺出版社
社　址　江西省南昌市红谷滩世贸路898号博能中心A座20楼　邮编：330038
电　话　0791-86895108（发行热线）　0791-86894790（编辑热线）
网　址　http://www.bhzwy.com
E-mail　bhzwy0791@163.com

书　名　无　违
作　者　王跃文
出版人　姚雪雪
出品人　一　航
责任编辑　杨　旭
策划编辑　康天毅
封面设计　仙境书品
经　销　全国新华书店
印　刷　三河市三佳印刷装订有限公司
开　本　1/32　880mm × 1230mm
印　张　10
字　数　215千字
版　次　2017年5月第1版
印　次　2017年5月第1次印刷
书　号　ISBN 978-7-5500-2145-7
定　价　39.00元

赣版权登字：05-2017-85

目 录

第四章

执 念：绝望中的永不放弃

第五章

天 命：我的生命书单

第六章

逍 遥：追求清明平和的生活

第七章

无 违：无违于自己，无违于天地

第一章

尘梦：从小就恐惧这个世界

世界险恶，但不必害怕

王跃文： 从很小的时候开始，世界给我最大的感觉就是恐惧。我们那个村，长期是县里大小运动的试点，经常有县里各种干部出入。那些干部通常是板着脸的，冷不防发现谁说了反动话，就抓住了阶级斗争新动向。村里小孩子哭闹，大人会吓唬说，别哭了，警察叔叔来了！孩子就吓得不哭了。那时候，城里正闹“水老倌”，听说“水老倌”头子勾着食指，塞进嘴里吹哨子，声音有火车笛子那么大，立即就有各路“水老倌”呼啸而来，听从命令。谁惹了“水老倌”，谁就死路一条。“水老倌”，就是城里的流氓。所以，恐惧心理伴随我直到长大成人。30 岁以前，我排队买火车票，临近窗口了，胸口就开始狂跳。我知道没有什么值得恐惧的，那高高的窗口里面，无非就是坐着一个脾气不太好的女人。可我的心脏就是不争气，偏要剧烈地跳。我必须反复斟酌一句最简单的话，放在嘴里默念。我练好了这句话，临到窗口再蹦出来。比方说：长沙一张！绝不多说半个字。如果碰上意外情况，比方窗口里的女人说没有票了，我就慌张得说不出话。我得再从后面开始排队，想好一句话买别的车次的票。

现在，我已不至于再害怕买火车票，但仍然恐惧这个世界。尘世喧嚣，魑魅魍魉，可怕的人和事太多了。

伊渡：您的这种心理感受很奇特。现代心理学认为，一个人的童年经历会影响他的终生，甚至他成年以后的思维习惯、行为方式，都可以从童年的经验里找到理由或印证。不知您的童年是怎么度过的？

王跃文：我的童年基本上可称作噩梦。饥饿、孤独、恐惧，纠缠着我整个童年，只是那时候还不知道什么叫绝望。因为少不更事，我还不知道什么是希望，也就无所谓绝望。2000 年，我的人生发生重大转折，脱离原来的单位，成了事实上的自由写作者。那年深秋的某个夜晚，我做了一个梦，几乎原原本本再现了我儿时的生活。梦中，我是副团长。有个晚上，团长突然又任命他自己的弟弟当副团长。我举手反对。团长严肃地对我说：组织上交给你一个光荣任务，深入敌后从事地下工作。我二话没说，掏出别在腰间的手枪，庄严地放在团长手里。团长把手枪交给他弟弟，然后深情地拍拍我的肩膀。团长的手是那么有力，那么温暖。

夜色中，我猫着腰，沿着村子里的土墙和竹篱笆，悄悄前行。遇着行人或狗叫，我便机警地埋伏起来。我不能让敌人发觉。村子的另一头，战斗在激烈地进行着。“我是王成，我是王成，为了新中国，向我开炮！”我多么想投入战斗啊！可是，我不能回到战友们身边去，我得从事地下工作。突然间，不知哪根神经开了窍，我发现自己原来被团长和战友们抛弃了，他们不和我玩了。我马上从游戏氛围中清醒过来。我身陷其间的再也不是什么敌后，而是弥漫着猪屎臭的村巷。我也不想同他们玩了，回家睡觉去！只可惜了那把手枪，那是我跪在门槛上，一刀一刀削出来的。

可是，我不敢去找他们要回手枪。游戏还在进行，我若回去，会被当作变节分子抓起来的。他们会借口游戏，假戏真做，打我一顿。只有等到天亮之后，我才能理直气壮地去找他们。

醒来，我禁不住大笑。原来，我在八九岁的时候就已经被“组织上”抛弃了。

伊渡：我注意到您刚才说到“游戏”二字，感触颇深。儿时的游戏同现实生活中的成人游戏似有共同之处。游戏可以造就一个场，使身在其中的人不辨真假，照玩不误。哪怕有人看出游戏的荒诞，也很少有人胆敢脱离游戏。顽童的游戏还可以不当真，比方你突然发现自己被伙伴们抛弃了，干脆回家睡觉去。可是，现实中的成人游戏，就没那么轻松了。

王跃文：我那天晚上从梦中醒来，大笑之后久久不能入睡，思考的就是你说的这个问题。我想起父亲被打成右派的遭遇。我读《往事并不如烟》，知道了当年“反右”的很多鲜为人知的内幕，感慨良多。同基层“反右”不同，上层“反右”多少还是政治斗争，不管其理由如何；基层“反右”就有些像儿戏了，连政治斗争都算不上，无非是别有用心之人借端整人。但是，就因为上层提供了“反右”这么个游戏，基层就玩开了。想整谁，就找些事，把他打成右派。我曾写过篇小文章，真实记录了父亲被打成右派分子的经过。我从小就知道父亲因言获罪，却不清楚他到底说了什么大逆不道的话。有一天闲扯，父亲偶尔说起这事，我觉得有些哭笑不得。当年我父亲只有 23 岁，在家乡的县里任区委书记。县委书记也只有 30 多岁，书记夫人是县妇联主任。都是年轻人，平时彼此很随便，有说有笑的。那位书记夫人虽说身份尊贵，却是个麻子。有一天，我父亲开玩笑，在她的蒲扇上题了首打油诗：“妹妹一篇好文章，密密麻麻不成行。有朝一日蜜蜂过，错认他乡是故乡。”没想到我父亲年轻时竟如此幽默顽皮，不过这玩笑也开得太过头了。他不知道阿 Q 因为头上有癞疥疤，在他面前连“光”“亮”都不能说的。但这也仅仅是玩笑，那时候区委书记同县委书记或夫人开开玩笑也没什么稀奇。可是，我父亲做梦也想不到，这个玩笑日后竟会为他带来弥天大祸。

伊渡：您父亲当年被打成右派，难道就因为这首打油诗？简直太荒唐了。

王跃文：是的。1957 年，县委书记和他的夫人都想起这首打油诗了。按照当时的逻辑，我父亲的打油诗攻击县委书记夫人，自然就是攻击县委书记，当然也就是攻击党了。于是父亲罪莫大焉，成了右派分子。一个玩笑，竟让我父亲终身命运逆转。母亲告诉我，父亲是被两个背枪的人押回村里的。父亲虽然没有被判刑，没有坐牢，但他被枪兵押回来，村里人都知道他是坏人和罪人了。记得我读米兰·昆德拉的小说《玩笑》的时候，感觉就像读我们自己国家的故事，只需将里面的人名和地名换成中国特色的就行了。意识形态真是神奇，它能在不同的种族和国度造就同样的游戏。

伊渡：中国近几十年一次一次的政治运动，造成了极其复杂的官场人格。有时候，种种官场人格只是变化着呈现形式而已。

王跃文：我因为曾经混迹官场，熟知20世纪80年代以来中国官场的况味。不敢想象我父亲当年竟敢那么胆大。但可以推知，毕竟有那么些年月，中国官场等级并不那么森严。大概从1957年以后，上级就是上级，下级就是下级了。同战争年代讲究的官兵一致、军民一致相比，官场规矩越来越复杂化了。现在谁敢同上级开玩笑？上级的威严是不允许冒犯的，而且有的地方越是官大越威严。所以我曾在长篇小说《朝夕之间》里写道，中国的政治最像政治，中国的官场最像官场。

伊渡：您见过很平易近人的官员吗？

王跃文：当然见过，同下级打成一片的官员也是有的。稍微往大些的地方走，说起县长已没什么了不起，因为那是中国比较基层的官员。但是在县里面，县长非常了不得。记得我当时刚参加工作没几年，随县长去沿海地区考察，同去的还有十几个区委书记。那次经历，我感觉官员身上某种神秘的东西真耐人寻味。我们从火车站出发，离家越来越远，县长就越来越随和。一路上玩扑克、开玩笑，很开心。我们在上海、江苏、福建转了一圈下来，县长同下属们几乎混成了哥们儿。直到厦门海滨浴场，县长同我们都光着身子游泳，可谓坦诚相见。县长还拍着自己的裸胸开玩笑说，我们共产党人，襟怀坦白！可是考察结束后，我们往回走时，离家越来越近，县长就越来越严肃。回到县里的火车站，县长又像往常一样板着一副冷脸了。也许县长并没在意自己面孔的变化，正因为他不是故意做出来的，就更有意思。可见官场这个神秘的场，对人的影响是无声无息的，往往也是个中人意识不到的。

现在有些官员同他赏识的下级或企业家混得跟朋友似的，那又是另外的境况。总有那么些人，天天围着官员转，点头哈腰叫“老板”。“老板”在1949年之后的中国本来已成贬义词，指的是私有企业主或私有财产所有人，现在却常用来称呼有权的和有钱的。你有权，我有钱，就很容易做朋友。何谓朋友？朋友的定义也早已与时俱进了。有人说，能够帮你办成按党和国家政策办不成的事的，就是朋友。有些地方，长官一倒台，牵出一大片，说明这些长官人缘还是不错的。

我回家探望父母，有时会同他们谈谈时事。我的父亲老了，不知这世上的戏演到哪一出了，只是经常嘱咐我一句：别乱开玩笑。

伊渡：我看您的玩笑一直开得很大，我说的是您写的那些在别人看来很大胆的小说。从您的作品中看，您不是个很淡泊的人，您甚至很极端、很尖锐，有人说您眼睛很毒。

王跃文：我为文有些锋芒毕露，但这同做人平和淡泊并不矛盾。生活当中，真正熟悉我的人，很容易把我当朋友。《国画》刚出版时，很多官场上的人托人请我聊天。他们同我见面，多喜欢开句玩笑，说我不怕你把我写进书里去。真有意思。官场上什么物种都有，林子太大了。有位出版社的朋友告诉我，有回他在火车软卧车厢里遇着一位看《国画》的人，闲聊中知道他正是我原单位的。朋友便问他，看样子你很喜欢王跃文？那人马上愤然作色，说我恨死他了！朋友把他的奇遇告诉我，又博我一乐。想那位老同事看我的书，正像几十年前流行的一句话：批判地阅读。我原单位很多同事都看过我的小说，多是很坦然的。有的人是躲在家里偷偷地看，也有的拿白纸把小说封面包起来，像小学生包新课本一样，放在办公室抽屉里看，遇着来人了，借站起来打招呼的工夫，身子往前一抵，就把抽屉关上了。真是好玩极了。

我也听很多人说过，官场中人聚餐，其中有我的朋友或熟人，提议请我一块儿去聊聊天。有人马上反对说，千万别请他来，别把我们都写进小说里去。真有意思，不知这些人有什么见不得人的事情。我得感谢那些反对请我赴饭局的人，他们让我少去很多应酬。我很讨厌这类应酬，得听很多废话，自己也要说很多废话。我明白有些怕见我的人，他们明知道自己坏，却心安理得地做坏人。

伊渡：这么多年来，有什么印象强烈的事情触动过您的灵魂吗？我想了解您的思想发展轨迹。

王跃文：我首先要声明的是我没有所谓思想，也就谈不上什么思想发展轨迹。我只有些片段式的想法，不系统更不深刻。有人说我看问题一针见血，我也羞于承认。我是个凡俗之人，只是不太善于隐藏自己真实的看法而已。我自从踏入滚滚红尘，身边并没有发生过什么惊天动地的大事，一切都像我在小说里描写的那样，庸常而无奈。可是，正是这些看上去平淡的人和事，慢慢消磨着我们的人生，我们对世界的看法也越来越莫名其妙。

我刚参加工作时，有位极可爱的南下干部，给我的印象特别深刻。这位老干部姓任，北方人，一字不识，很小就是孤儿。他不知道自己父母的名字，也不知道自己是哪个地方的人，只知道自己是北方人。我们单位领导经常说，任老党性最强，要我们向他学习。每到发工资那天，任老就选几张最新的票子，跑到组织委员那里去交党费。我曾把这个细节写进长篇小说《朝夕之间》里。任老最痛恨年轻小伙子的头发长得像女人，他每次参加组织生活会都要为这事发脾气。有一回，有位年轻党员说，头发长短同思想觉悟没关系。毛主席头发长，蒋介石是个光头，结果怎样？这下可把任老气坏了，一定要求组织上处分那位党员，说要是在“文化大革命”，光凭他把毛主席和蒋介石放在一起说，就该枪毙！那位年轻党员马上以牙还牙，说你刚才也把毛主席和蒋介石放在一起说了！任老气得差点儿背过气去。任老的思想很有代表性，有那么一些人潜意识里很怀念“文化大革命”，很希望像“文化大革命”那样可以狠狠整一整那些他们看不惯的人。任老还爱讲一件事，就是他当公社书记时，为了不让倒春寒冻坏秧苗，带领社员群众扯着棉被，把秧田团团围住，一站就是一个通宵。哪像现在的年轻人，没有半点儿革命斗志！有个年轻人笑着问他，那不是做蠢事吗？这又把任老气坏了。听说任老曾给某中央领导牵过马，谁也没有看过他的履历，无法证实。任老却很愿意别人提起这件事，他不置可否，只是骄傲地微笑。但你千万不能说他当过某领导的马夫，只能说他当过某领导的勤务员。他听见“马夫”二字就火冒三丈。

有一回我亲眼目睹了任老的一件小事。菜市场里，任老买了菜之后，还要捡走菜摊上的碎菜叶子。菜农不肯，也许是人家自己想留着喂猪。任老就同人家冲突起来。任老穿得像个叫花子，菜农哪里知道他的身份？任老就用一口难懂的北方土话叫骂起来：你知道老子是谁吗？老子身上有五处伤疤，天下是老子打下来的！没有老子流血牺牲，你还想在这里卖菜？你得给地主当长工、做短工！菜农说，你怎么牺牲了？牺牲了还能在这里做鬼叫？围观群众哄然大笑。任老更加气愤了，说，我们共产党人是为你们服务的，你们还要笑话！

伊渡：您说的任老的故事也许是个很极端的例子，这能说明什么问题吗？

王跃文：我当初只是觉得任老有些不合时宜，人还是蛮可爱的。可是，恰恰是这些鸡毛蒜皮的小事，说明了生活本身的无聊。荒诞无处不在，已经让我们习以为常。

我刚参加工作那会儿，敢到政府门口示威静坐的群众并不多。有一回，几个群众因为一桩凶杀案没有得到公正处理，跑到县政府门口喊冤。任老从政府大门口经过，吓唬群众说：你们有问题可以打报告反映，喊什么冤？要是被美蒋特务拍了照，就给社会主义脸上抹黑了！喊冤群众看看他的穿着，听他讲话牛头不对马嘴，只当他是疯子，根本不理他。任老十分气愤，跑到县领导那里大摇其头：不得了啦，现在老百姓没有半点儿惧怕了！跑到政府门口闹事，吓都吓不走！原来在任老这样的老干部看来，老百姓理所当然是要怕政府的。

回想我小时候见过的干部，任老讲的话大有来历。我记得20世纪六七十年代以前，群众对干部的感觉就是一个字：怕。村党支部书记算是最小的干部了，严格说来还不算国家干部，但老百姓对他们也是害怕的。我们村当时的党支部书记正好是我们生产队的，成天黑着脸，从不正眼看人。村里群众遇上他，恭敬地叫声“书记”，他总是鼻子里哼一声。他的工作主要是开会，一般不参加劳动。偶尔，他扛着锄头出现在地头，气氛就紧张起来。我现在还很清楚地记得有一回锄油菜地里的草，社员们边干活边说笑，地里热火朝天。快收工的时候，忽然有人轻声说道：

书记来了。地里马上安静下来。书记横扛着锄头来了，慢条斯理地脱下棉衣，取下手表放在棉衣上面。全村只有他有一块手表。太阳一寸寸靠近山头，社员们早就想收工了，可是没人敢吭声。生产队长是书记的侄子，也不敢说话。大家都自觉地同书记拉开距离，让他像个孤家寡人，独自在田角里锄草。书记威严地劳动了大约 40 分钟，看看手表，没有同任何人打招呼，穿上棉衣走了。生产队长这才喊道：散工了，散工了！

上中学时，我们冬天必须经过一片密密的甘蔗地。有调皮的学生会偷甘蔗吃。有一回，有个同学刚扳断一根甘蔗，忽然甘蔗地里闪出一个人。我们都吓坏了，原来是公社书记。那个偷甘蔗的同学魂飞天外，拔脚就跑。公社书记逮住我们几个无辜的学生，要我们供出那个同学的名字。我们谁也不肯说，就像电影里看到的宁死不屈的共产党人。偏偏有个同学顽皮，说：他叫向天问。意思是叫公社书记去问老天爷。公社书记火了，吼道：我就抓你这个向天问！这个同学很机灵，身子一闪，一溜烟跑了。公社书记追“向天问”去了，我们几个同学也得救了。我永远忘不了公社书记那张胖脸，脸上的肉是横着长的。

我家现在的保姆舒姐，50 岁上下，乡下人。她家里很穷，男人比她大 20 多岁，长年虐待她。照舒姐的说法，那男人手里抓着什么就拿什么打她，不管是扁担或是凳子。有一回，她说起了自己的身世。她原先有过一次婚姻，因为不育，就被她男人休弃了。这时，一个比她大 20 多岁的男人热心地照顾她，说想娶她。她家里穷，没有依靠，就答应了。可是过了几天，她发现这个男人很坏，就反悔了。那男人就威胁说，她已经用掉他20块钱了，一定要拉她到公社去讲理。舒姐就怕了，只好嫁给他。舒姐说，她一听说公社干部就怕。她说自己还有一个怪毛病，平时只要看见穿黄衣服的和穿制服的人，心里就怦怦地跳。

伊渡：读您的小说，我感觉到官场的人际关系，就是等级关系。官场里面等级分明，真有您描写的那么可怕吗？

王跃文：说个真实故事吧。我刚参加工作时，有一年春节单位优惠卖鱼，有条鲤鱼足有20多斤。我家乡是山区，很少见有20多斤的鱼。可是，同事们都患得患失，因为那是一条雌鱼，肚子胀鼓鼓的，满腹鱼子，买了不合算。我见大家都不想要，就买下了。可是第二天，就传出一些话来，说小王真不懂事，居然把最大的鱼买下了。为什么？因为那条鱼应该是县长才能买的。也就是说，以我当时的级别，只能等大家挑剩了，那些小鱼烂虾才是属于我的。这是我头一回亲身体验什么叫官场等级。我曾把这个细节写进了短篇小说《天气不好》。

中国官场自古就有官大一级压死人的说法。等级森严，层层相压，不是个中人物的性格或本质所能决定的，而是体制本身，造成了下级对上级的人身依附，所以，与其说官场人际关系是等级关系，不如说是人身依附关系。官场一旦形成等级，是轻易不可逾越的。有一回，我的开水瓶打坏了，管后勤的同事给我买了个新的。但就是这么一个开水瓶，竟触犯了等级问题。因为原来大家配的开水瓶款式老气，早不生产了，而我新配的开水瓶外观漂亮，价格比老式的也贵些。有个领导知道了，非常生气，把买开水瓶的同事狠狠批评了一顿。还有一回，单位给每间办公室配了个挂衣架子，大家都很高兴。不料，领导又不高兴了，因为他发现自己厅级干部同处级干部、科级干部的挂衣架是一模一样的！这还了得！管后勤的同事知道自己不小心又办了错事，马上把厅级领导的挂衣架换成更高级些的。

伊渡：等级观念居然会如此敏感？

王跃文：这还只是小小的日常细节上表现出来的等级观念，更深层次的东西越发可怕。不过我也发现有时候官场中人故意搬出等级关系，弄得神秘，堂皇，其实只是儿戏。

比方，有一阵子上头要求处级以上干部办公桌上都要摆上党旗和国旗。有同事私下疑问：难道爱党爱国也要讲究级别吗？我们处级以下干部就没有资格爱党爱国了吗？我听了这种议论，嘴上不说，心里却猜想：说得这么堂皇的事，也许在某个环节就是利益而已。正儿八经提出要求，处级以上干部办公桌上必须摆放党旗和国旗，如此一来事情就显得庄严多了，而且涉及政治待遇。既然这是处以上干部才有资格享受的政治待遇，那就摆上党旗和国旗吧。不然，未必就规规矩矩摆哩。

有时候官员讲究级别，就像三流演员摆谱。三流演员露面，本来没人认识他，更不会有人围观，却故意弄些马仔左右拱卫。老百姓喜欢看热闹，不知道发生什么事了，都跑来看。围上去的人越来越多，三流演员就从这种假造的场面中获得满足。有一天晚饭后，我去家里附近的公园散步，突然感觉气氛异样起来。后来知道，原来是某官员散步来了，公园加强了保卫工作。我因为在政府部门混过一些日子，懂得保卫制度，知道这位官员根本就够不上保卫级别。可笑的是，似乎这种保卫工作，就是要让大家都知道，某某官员散步来了。

官场是围城

伊渡：从您的小说中读出很多官场的幽默，叫人捧腹。可是笑过之后又觉得悲哀。

王跃文：准确地说，官场中可笑的事情还算不上幽默，只是滑稽。幽默同滑稽是有区别的。我曾写过一篇小文章，叫《中国天天感恩节》，其实还可以写一篇《中国天天愚人节》。

有这么一个段子，说某领导诗兴大发，欣然提笔赋诗一首：看见床前明月光，怀疑地上起了霜。抬起头来望明月，低下头去想故乡。秘书听了，激动得不得了，说领导这诗写得太好了，比李白的诗更胜一筹。别人听了这个段子，会以为这绝对是瞎编的，我却相信官场中真有这样的滑稽。

有的官员为了讲话生动，滥用比喻，笑话百出。20世纪90年代初，中央提出要加快第三产业发展，我就曾经听见有的官员做报告说，我们要学会三条腿走路，要拉长第三条短腿，把第三条腿做大做强！官员的意思是工业、农业是两条腿，第三产业是

第三条腿，目前这条腿还很不够发达，要加快发展，所以就要拉长。我就不明白三条腿怎么走路？我还真想不出世界上有三条腿的动物。

我见过一位官员，曾经是袁隆平先生的同事。这位官员有天喝了一点儿酒，豪气冲天，说他要是不改行，仍搞科研，“杂交水稻之父”的桂冠就不会是袁隆平的，而是他的。我望着他一脸醉态，点头而笑。这让我想起赫鲁晓夫有一次对一位画家的作品发表评论，画家不买账。赫鲁晓夫愤然作色说：我当年是基层团委书记时不懂画，我是地区党委书记时不懂画，现在我是党的总书记了，难道还不懂画吗？

真有这样的官员，自己官当大了，就以为什么都懂了。湖南怀化黔城有一座芙蓉楼，是前人为纪念唐代伟大诗人王昌龄而建。楼上有一副名联：天地大杂亭，千古浮生都是客；芙蓉空艳色，百年人事尽如花。一天，有位官员莅临参观，读了这副对联，摇头说：太消极了，应改改。这位领导很为自己的文墨功夫自负，信口就改了对联：天地大世界，千古人民建伟业；芙蓉多艳色，百年人事结硕果。幸好这位官员的职务还不算太高，没到金口玉牙的程度，不然芙蓉楼就惨了。

有人说《国画》影射谁谁，纯粹是扯淡。这部 50 多万字的长篇小说只有一个细节是我直接从生活当中撷取的，就是那位疯老太太参加劳动的事。有一年，我家乡遭受百年不遇的大洪灾，损失惨重。省里有位领导前往视察，见水利工地现场有位白发老太太在挑土。这位领导健步上前，问道：老人家多大了？老太太答道：70 岁了。省领导又问：您这么大年纪了，还参加劳动？老太太说：感谢党，感谢政府！省领导立即接过老人家的担子，亲自参加劳动。当然省领导很忙，也只是表示一下，做做样子。于是，当天电视新闻里就上演了这位官员接过老太太担子的动人场面。这位省领导的激动持续了好些天，他每走到一地都会声情并茂地说：同志们，我们的老百姓多好啊！70多岁的老人了，还自觉到工地上参加劳动！当我问起她的时候，她没有更多的话说，只说感谢党，感谢政府！多么朴实的群众啊！事实真相怎样呢？那老太太是个疯子。她最大的乐趣就是凑热闹，赶上红白喜事、群众大会之类的，她都会去捣蛋。她头几句话听着也还明白，多说几句就乱七八糟了。当时，那位激动的省领导走向疯老太太的时候，当地干部可急坏了。万幸的是等省领导接过疯老太太的担子，陪同的各级领导都争着抢过群众的担子，电视镜头跟随着官员们而去，当地干部这才飞快地把疯老太太架走了。

伊渡：真有意思，难怪人家说您眼睛毒。说说您的乡村吧。

王跃文：我尽管经常回家乡，对现在的乡村却很隔膜。我的印象中只有童年时的乡村。我少年时读《聊斋志异》，投映在脑子里的场景，总是我童年的乡村，那祠堂、那古树、那破屋、那野坟。我的乡村是相信鬼狐的，有种种神秘的风俗和禁忌。路边的断梳是不能捡的，那是御风夜行的女鬼跌落的；夏夜里千万不要到老柳树下面纳凉，空了心的老柳树都是成了精的；转着旋涡的河潭不能去游泳，那里有落水鬼会扯你的脚；而花越是漂亮越可怕，每朵花里头都有一个取人魂魄的精怪。

伊渡：您家乡花很多吗？我很喜欢花。

王跃文：我的家乡虽是山清水秀，名贵的花却并不多。倒是大人给女孩子起名字，喜欢用个“花”字。什么桂花、莲花、梅花，一大堆。乡野人家有点儿闲地便种菜种橘，没有种花的习俗。山上也只在春天开一些杜鹃，糊里糊涂红一阵就过去了。春末初夏，柑橘花开的时候，四野弥漫着浓香。但乡下也没有人把那些小白花当花看，它们也是糊里糊涂飘香半个月就过去了。乡下人等待的是柑橘的果实，而不是花。

村子的某个寂寞的墙角，偶尔可见一株栀子花或茶花，似乎没人知道它们的来历。这些花便越发像《聊斋志异》里的花，要么好看而媚人，要么好看而害人。哪家闺女突然得了某种怪病，比方望着男人痴笑，比方日夜不停地唱歌，会作法的师父就断定是屋后哪株花在作怪。那花就在焚香念咒之后被砍去。

《聊斋志异》里有一篇《香玉》，记崂山下清宫两株花与一黄姓书生的情事。两株花都成了妖。一株牡丹，叫香玉，素衣玉面，风流多情，与书生俨然夫妇；一株耐冬，名绛雪。绛雪这名字实在起得好。我没有女儿，不然一定也叫她绛雪。绛者红也。这女花妖一袭红衣，芳艳绝伦，却又名雪，晶莹剔透，清冷孤高，不容亵渎。她与书生虽然诗词唱和，言谈甚欢，却能终不至于淫而只是良友。有个情节很有趣，说的是黄生太想见绛雪，而绛雪却不肯现身。于是香玉便带了黄生来到耐冬花下，用手掌从下往上丈量，量到大约人的腋下处时，开始挠其枝干，结果绛雪耐不住痒痒，笑着从花树中走出来。读此情节，那怕痒的花妖又平添几分娇憨。我后来查书，知道耐冬花，就是茶花。《香玉》里记载的那株茶花高二丈，径数十围，应是千年古木，不是我们平日随处可见的。

我不知道有没有人会去挠花树的痒痒，傻乎乎地指望从花里挠出一个美女来。我现在住的地方，种有很多茶花，从冬到春，姹紫嫣红。这些茶花太多了，太热闹了。不像我乡村的茶花，开在僻静的墙角，能叫闺女思春。城里的物事，什么都显得堆砌，房子像垒积木，绿化是树重树。

伊渡：您喜欢花？

王跃文：哈哈，喜欢。但愿万花丛中过，一叶不沾身。

伊渡：我的童年也有乡村生活的经历。我现在依然向往，虽然那时大家都很穷。

王跃文：贫穷是我们这代人对童年的共同记忆。记得上小学时，有一天放学回家，翻过一座山，就能望见家了。可我望着自家屋顶的炊烟，却再也没有力气往前走，饿得坐在山坡上哭。

我十二三岁就上山砍柴。那时候家乡不烧蜂窝煤，灶里烧的都得上山去砍。松、杉之类是不能砍的，只准砍杂生灌木。柴火消耗很大，砍柴的地方越来越远。有一回，我去离家 30 里地的大山里砍柴，挑柴回家，走到半路上，饿得浑身发软，半步都走不动了。毕竟年纪太小，我瘫坐在路边哭起来了。有位大嫂在自家地里挖红薯，问我为什么哭，我说饿，走不动了。那位大嫂真是菩萨，扔给我一个红薯。没有水洗，我往衣上揩揩泥巴，用牙齿剥掉薯皮，就吃起来。我至今想起那位大嫂，内心仍非常感激。急人一难，胜造七级浮屠啊！当时没那个红薯，我真回不了家。

饥饿给我的印象太深刻了。我小时候，家里每年都有个把月几乎断炊。不知父母从哪里弄来些玉米，磨成面熬粥喝。离家五里左右，有个水磨坊，我们那里叫碾坊。我同二姐挑着几十斤玉米，摇摇晃晃地去碾坊。我们都还小，又没什么吃的，哪有力气？我同二姐就拿路边的树为标记，说好我挑到哪棵树下换她挑，她挑到哪棵树下换我挑。二姐老实，我又有些倚小卖小，老是欺负二姐多挑些路程。不知怎么回事，我当时闻到玉米面的气味头就晕。没听谁说过晕玉米，我就晕玉米。多年之后，日子好起来了，玉米之类的粗粮成了奢侈品，城里人爱吃，我偏不爱吃。小时的记忆太深刻了。

小时候，家里是不吃中饭的。厨房时常上锁，怕小孩子偷剩饭吃。厨房钥匙系在奶奶的腰间。老家的厨房喊作灶屋，我家灶屋门上面有个副窗，小孩子可以爬进去。我奶奶老年后患白内障，几乎是个瞎子。中午，我和弟弟会偷偷地爬进灶屋，抓一坨剩饭塞进嘴里马上爬出来跑掉。可是，我和弟弟不知道相互掩护，总是相互揭发。我爬进灶屋他就喊：“奶奶，哥哥偷饭吃！”他爬进灶屋我就喊：“奶奶，弟弟偷饭吃！”

我后来从书上读到原始人的生活状态，他们采食野果之后，鼓腹而游，相与而戏，真是让人神往。我的童年生活是非人状态的，可我童年里又知道自己是生在新社会，长在红旗下，而且是祖国的花朵，比美帝国主义的孩子幸福多了。全世界有四分之三的人生活在水深火热之中啊！我们还肩负着解放全人类的重任！

学校中午休息，我们这些饥饿的孩子没福气像原始人一样鼓腹而游，而是空着肚皮瞎胡闹。上小学时，我们几乎没有体育活动。学校的体育器材就是一个打着补疤的篮球，一根竹竿尾巴开裂了的标枪。小学低年级的时候，女同学最常见的体育活动就是跳绳、跳橡皮筋、踢鸡毛毽子。我们男同学最常见的体育活动就是尿尿追人，把尿往别人身上撒。我不敢玩这个体育活动，出身不好，胆小怕事。几个调皮的大个子同学，只要开始尿尿，就追得别的男同学满操场跑。敢往别人身上撒尿的，必是家庭出身好的，拿我家乡话说，就是青水岩板底子。还有个体育活动很普及，就是男同学相互扯裤子。那时候，我们多穿那种松紧带裤子，别人冷不防将你裤子用力往下一扯，你就原形毕露了。每到下课，男同学一律拿双手按住腰间，狼顾而行，提防别人扯裤子。要么就是在走廊里靠墙站着，环视左右，异常警惕。

中学就更苦了。学校离家15里，每日清晨起床，扒两碗先日的剩饭，背上书包赶路。全年多半时候是打赤脚，冬天才穿鞋。穿的是妈妈做的布鞋，不能沾水。冬天逢着下雨，仍是打赤脚，把布鞋放在书包里。学校里有个水塘，进校以后，去塘里洗净脚上的泥巴，往裤管上揩几下，再穿上布鞋。高中毕业照片上，我蹲在前排，就是打着赤脚。

伊渡：您小时候顽皮吗？

王跃文：谁小时候不顽皮呢？可我顽皮的天性多半被压抑着。我是右派分子的儿子！有件小事我终生难忘。当时父亲给大队养蜂，需随各地花季变化四处迁徙。那时中国农民是没有迁徙自由权的。那时候有个古怪的罪名，叫“流窜犯”。中国公民在自己的国土上未经许可异地走动，居然是犯罪。父亲每次去四川或贵州放蜂，须层层开介绍信。不知是父亲不愿忍受公社干部的冷眼，还是真认为我长大了应该做些事了，就叫我去公社盖章。我那时大概 10 岁，步行 15 里跑到公社。有个管公章的干部，拿着我递上去的报告，嘴里阴阳怪气地念着我父亲的名字。我父亲是全县有名的右派分子，这个干部当然知道。干部看着我父亲打的报告，突然轻蔑地笑起来，嘴里说着两个字：放牧！

我拿着终于盖了章的报告出了公社，走出好远，都不敢回头，总觉得有双冷冷的眼睛在后面望着，嘲笑着。直到我确信走得足够远了，才掏出父亲的报告，边走边看。我不知道父亲是因为笔误，还是忌讳“放蜂”二字同“放风”谐音，写的确实是“放牧”。前几年，我同父亲开玩笑，说当年把您打成右派，实在是抬举您了。因为“反右”是针对资产阶级知识分子的，而您出身寒苦，够不上资产阶级的格，读书小学都没毕业，也不是知识分子。我同父亲说这些话时，心里想着的正是当年他报告上写的“放牧”二字。也许父亲真是用词不当，而不是笔误。可是反过来想，中国古代把做官的称作牧民，那么我父亲把“放蜂”说成“放牧”，也不值得那位管公章的公社干部嘲笑。人都可以牧之，何况蜂呢？

我童年遭受的尽是此类屈辱，哪里还敢顽皮？父亲在台上挨批斗时，我不仅要坐在台下看，而且还要跟社员群众高喊“打倒”之类的口号。我的老家本是个很传统的乡村，长幼有序，尊卑分明。晚辈是不敢把长辈的名讳放在嘴里说的，可我不仅要直呼父亲的名字，而且还要高喊“打倒”。

我永远记得第一次看见父亲被批斗时的情形。批斗会是在村里祠堂召开的，我父亲和其他的“地富反坏右”全部低头站在台下前排，预备着上台挨批斗。那一天是专门批斗我父亲，其他的五类分子是陪斗的。只听得戏台上有人严厉地高呼一声：把右派分子某某某带上台来！两个青年民兵一人扭住我父亲一只手，推着我父亲飞快地往戏台上冲。上戏台的木板楼梯非常陡，我生怕父亲脚动慢了就被折断。父亲被推到台上，叫人猛踢一脚就跪下了。立马，一根崭新的棕绳子把我父亲五花大绑起来。旧棕绳柔软些，新棕绳很硬很糙更伤人。母亲多年之后说起这事，一直对有人专门拿新棕绳绑我父亲耿耿于怀。人到那个悲惨境地，只求有一根旧棕绳就是安慰了。

我生活在这样的家庭就不敢顽皮，凡事只能在心里想。我自小就是个心事重重的人。比方我去公社替父亲开介绍信的经历，我从未同任何人说过。我在外挨了欺负，回家也是不说的。除非身上有伤痕，父母看见了，他们才会拖着我上别人家去说理。

孩子毕竟是孩子，大家在一起玩的时候，并不在乎谁的家庭出身。只是斗气了，打架了，黑五类崽子就要倒霉了。他们会围攻我，就像社员群众大会上一样，高喊打倒我的口号。时局松一阵紧一阵，就像发羊角风。时局紧，也就是说来运动了，我家的日子就不好过了。晚上我们小孩总喜欢玩打仗的游戏，可常常是我们正玩得起劲儿，生产队里突然开大会了。我很怕看见队里开会。只要听说开会，我就惶恐不安。父亲不是被斗争，就是独自关在家里抽烟。父亲没有资格参加群众大会，除非需要他上台认罪亮相。不论是哪种情况，我都害怕极了。很多次，母亲带着我参加社员大会回来，推开父亲房门，里面浓烟滚滚。父亲抽的是自己卷的喇叭筒烟，味道很呛人。我望眼父亲的黑脸，大气都不敢出，就摸回屋子睡觉去了。那是一个被社会抛弃的人，只有独自关在房里抽闷烟。

运动来了，自然会影响到学校。记得很多次，我同二姐在学校受了委屈，父亲就赌气，不让我们姐弟俩上学了，回家自己教。父亲自己教毕竟不是办法，等形势稍好些了，我们又回学校去。我记得当时弟弟还没有上学，我和姐姐时常回到家里不去学校。

小时，我躺在床上，整夜整夜地睡不着。大人不明白，我小小年纪，怎么会睡不着。我失眠的毛病，自小就落下了。我失眠的年龄来得太早。母亲带我去看过医生，医生百思不得其解，还开玩笑说，你多大了？就知道想心事了？那时，我不到 13 岁。

伊渡：您小时候有过理想吗？我记得自己小时候只知道玩，并没有想过长大以后干什么。

王跃文：我们是同龄人，情形差不多。当时社会上流行一句话：龙生龙，凤生凤，老鼠生崽打洞洞。我是农民的儿子，又是右派分子的儿子，能有什么理想呢？城里人都被赶到乡下当农民来了，我还能被赶到哪里去？记得当时村里有位脾气很犟的农民，同干部发生冲突，很气愤地说：我就不怕你开除我当农民，让我当工人去！

当年很多说法，逻辑完全是混乱的。一边说劳动最光荣，一边又把有问题的人送到乡下劳动改造。犯罪服刑，也叫劳改。也就是说，谁有问题，谁犯了罪，就让他最光荣。按照这个逻辑反过来推论，是不是农民都是罪犯呢？

人们口头上很多说法，无意间就道破了事实真相。比方知青返城、下乡改造的干部回机关，通常是说上去了。相反，就是下去。上和下，春秋笔法，微言大义，把事实上的社会阶层划分得明明白白。可是舆论却说：工作没有贵贱之分，只是革命分工不同。既然没有贵贱之分，蹲牛棚的官员们喊什么冤，下放知青诉什么苦？政治就一直这么虚伪着！

我不能说当时完全没有理想，那也不是事实。我们都有一个共同理想，就是为共产主义奋斗终生。什么是共产主义，不是我思考的问题，我也没能力思考。我只知道老师在课堂上讲的话，共产主义就是各尽所能，按需分配。可这意思到了农民群众脑子里，就是愿干多少干多少，想要什么有什么。差不多就是阿Q的革命理想：要什么有什么，喜欢谁就是谁。记得有个社员偷队上的谷子，被抓住了，开群众大会批斗。生产队长非常气愤，在大会上批斗那个贼，说：队上的东西，你想拿就拿，你以为到共产主义了？我当时刚上初中，略知逻辑推理，听出队长这话有问题，就想：难道到了共产主义社会，人人就都是贼了？

伊渡：您说的老百姓对共产主义的误解很普遍。我小时候也经常听大人说，到共产主义就好了，我们要什么有什么。我小时候是个懒虫，听大人们说有共产主义这等好事，非常向往。

王跃文：我现在细细回想起来，不同年龄段也有些不同的向往。十二三岁以前，我很敬仰革命英雄，王二小、小兵张嘎、刘胡兰等少年英雄，与其说是敬仰，不如说是羡慕。只恨自己生不逢时，心想我如果能够出生在如火如荼的战争年代该多好啊！我也会面对敌人的铡刀斩钉截铁地说：不知道！我也会像王二小一样把日本鬼子引进八路军的埋伏圈，自己壮烈牺牲！我看电影《打击侵略者》，感觉埋伏在草丛里被烧着的不是小豆豆，而是我自己。看电影《董存瑞》，就像我自己站在敌人碉堡下面举着炸药包，轰隆的一声我光荣了。可以说我是生活在狂迷状态，没有想过死的真正含义。所谓珍惜生命，这是后来这些年才被认同的理念。当时观念中，谁敢说珍惜生命，就是怕死鬼。怕死是件很可耻的事情。怕死不当共产党，也被小孩子们说得掷地有声。我们现在看见伊拉克、阿富汗有些儿童被武装起来，整个国际社会都表示震惊。战争本来是没什么人道可言的，可当今国际社会还是认同一个战时人道主义的底线，就是不能把儿童、妇女和老人推向战场。近几年中国影视界重拍革命英雄主义题材，我就很反感把以孩子为战争英雄的故事再搬出来让今天的孩子们看。无论重拍这类题材的理由多么崇高、多么堂皇，它都是违背人道主义的。我专门问过父亲，他们小时候的玩具是什么，他说无非是踩高跷、打陀螺、摔泥巴。我注意到，父辈的玩具中没有武器。可是从我们这代开始，一直到现在，孩子们最喜欢的玩具就是枪、刀、坦克等武器。崇尚暴力，多么可怕的教育！

年岁稍长，我有了比较清晰的向往，就是希望快快长到18岁。看电影《渡江侦察记》，里面一个老兵同战士小马有两句简短的对话，深深打动了我。老兵问：小马，多大了？小马说：18！这部电影我不知看过多少遍，只要这两句对白出来，我就热血沸腾。知道为什么吗？因为当时我听广播里天天喊，1980年中国农村将全面实现机械化！1980年，我正好18岁！我整天梦想自己到了18岁，头上戴着米色草帽，肩上搭着白色毛巾，开着拖拉机耕地。太阳高高地挂在天上，田间的白鹭随着我拖拉机的进退起起落落。我的这个梦想，其实就是无意间依据当时的知青典型邢燕子的宣传画虚构出来的。

当时我们村里的毛泽东思想文艺宣传队在全县很有名气，经常被县里抽去各地巡回演出。我大姐长得漂亮，算是宣传队的头牌演员。他们自编了一出歌舞，叫"插秧舞"，很受社员喜爱，公社干部也说演得好。后来，省里要从各地调演优秀节目，《插秧舞》被作为上报节目候选。县里有位领导亲自审查节目，却发现《插秧舞》存在很大问题。这位领导还没看完节目，就拍着桌子勃然大怒：你们这节目是丢社会主义的丑！中央说了，1980年中国农村将全面实现机械化，你们还在这里表演原始的人工插秧！我们快进入共产主义了，你们还在搞原始社会！

《插秧舞》这个节目上面已经知道了，仍要上报，但必须重编重排。歌舞我是一窍不通，但总觉得人工插秧尽管原始，用歌舞表现起来却很有美感。用歌舞表现插秧机，就不知道是什么味道了。倒是插秧机的工作场面我是见识过的：一台插秧机得十几个人伺候，除了驾驶员外，还得有人不断往上面放秧苗，后面还得跟着很多人补蔸，将禾苗扶正。我当时见过的插秧机，技术从来就不过关。

20 世纪 70 年代，我家乡还偶尔有过拖拉机耕地，现在早就只有牛耕了，用的仍是古老的曲辕犁。我从中学历史课本上知道，曲辕犁是秦代发明的重大农耕技术。两千年过去了，中国已经可以把人送到太空去了，而农民仍在使用曲辕犁！一个通行的说法是人类近百年的科技发明超过以往几千年的总和，怎么就不见农耕技术有半点儿进步呢？中国北方土地开阔平旷，大型农业机械运用很普遍，南方山地的农耕技术需要有大的发展。

伊渡：我小时候也还看见过拖拉机耕地，20 世纪 80 年代以后就似乎慢慢绝迹了。我们的成长过程中，确实收到过太多的空头支票，再要我们相信什么承诺，的确有些困难。

王跃文：说到拖拉机耕地，我又想起一件事来。大概是 20 世纪 70 年代中期，家乡建了个拖拉机站，一色的铁牛拖拉机，有好多台。可能是学大寨虎头山上的铁姑娘，拖拉机手全部是年轻女子。她们大多长得漂亮，开拖拉机的样子很骄傲。我上学天天要从拖拉机站门口过，经常看见那些漂亮的拖拉机手得意的模样。有回不经意间听拖拉机站旁边的大人说，这些姑娘白天开拖拉机，晚上干部把她们当拖拉机开。我不知道拖拉机站是公社办的，还是县里办的，也就不知道晚上“开拖拉机”的是公社干部还是县里干部。有些干部的坏，也是有时代特色的。当年的工作是以整人为中心，干部犯的错误，当然是搞女人；现在工作是以经济建设为中心，干部违法乱纪就在经济领域。

不是说六七十年代就没有贪官，只是当时物质普遍缺乏，再贪也贪不了什么。记得当时有一种进口尿素，包装袋是尼龙布的，质感同当时流行的绵绸差不多，就有人拿它来做裤子穿。此风盛行，尿素袋子就被干部们贪掉了。当时很多公社干部都穿这种尿素袋子染黑之后做成的裤子，居然很时髦。那会儿有个顺口溜：大干部小干部，一人一条尿素裤。屙尿在日本，放屁加拿大。原来进口尿素要么是日本的，要么是加拿大的，一条尿素袋不够做条裤子，得用两个国家的尿素袋拼起来。有时候，染黑之后的尿素袋布褪了色，左边屁股上是日本，右边屁股上是加拿大。这屁股就够大了，中间隔着太平洋。

伊渡：我俩是同龄人，您说的很多事情，有的我有印象，有的我完全忘记了，您童年和少年的记忆为什么这么清晰？

王跃文：可能同我的敏感有关。因为从小在一种受歧视、受屈辱、受冷遇的环境中长大，对外部世界就格外敏感，又不善于发泄，凡事都放在心里。父亲被社会孤立起来，肯定十分痛苦。我从自己的亲身经历中就能体会到这点。我小时候生怕别人不和我玩。三四岁的时候，我在离家两三里的甘蔗地里见着一株野香瓜苗，回来告诉远房堂弟三坨。三坨不相信，说我肯定是骗他的。我赌咒发誓，硬说真的见着了。我引着三坨跑回甘蔗地，却怎么也见不着那株香瓜苗了。三坨骂骂咧咧的，说我骗他。我是又委屈、又害怕、又自责。三坨为这事好几天都不理我，我难过极了。照说他比我还小，他应在我面前服服帖帖的，可是我俩的位置完全颠倒过来了。

伊渡：您小时候在家里受宠吗？

王跃文：我家乡有个传统，爷爷奶奶疼长孙，爸爸妈妈爱满崽。不知道是什么原因，反正是这么一种风气。我家本来有兄弟姐妹七人，夭折了一个大姐、一个四哥。活下来的五个兄妹当中，我排行老四，肯定是最被大人忽略的。现在被我们叫作大姐的其实是二姐。那时候大人也没能力精心照顾每一个小孩，我们都像野草野狗野猫一样长大。我放学之后就在村子里野，没谁管我在干什么。突然听说哪家小孩在水塘里淹死了，或是爬树摔死了，全村人都跑去看看热闹，说些毫无意义的安慰话，没谁真的担心再出危险。大人们仍做自己的事，小孩子仍只顾自己玩。只有吃晚饭的时候，大人站在门口连叫带骂高声叫喊：野路鬼，吃饭了！野路鬼，就是书里说的孤魂野鬼。我们乡下大人骂小孩的话都很粗鲁，但大人小孩都司空见惯。早饭是不用喊的，小孩子起床后随便吃点东西就上学了。中饭没吃的，更不用喊。

村子大了，大人扯着喉咙喊几声，小孩子未必听得见，仍只顾着玩。天快黑了，我突然想起要回家了，就吓得大气不敢出，摸回家去。我肯定得吃残饭剩菜，还得低头挨骂。大人骂小孩无非是说他一天到晚只知道玩，吃饭都要人喊！我们父辈并不懂得玩是孩子的权利。小孩子听大人骂得多了，也觉得自己玩心太大，真是罪过。吃残饭剩菜我不怕，早习惯了；挨骂也不怕，反正只当耳边风。我最怕的是二姐和弟弟在旁边捣蛋，故意说脏东西。我从小怕脏，吃饭时想起什么脏东西，马上恶心，吃不下饭。二姐和弟弟落井下石，见我挨骂，幸灾乐祸，故意说些屎尿、鼻涕之类的，我就吃不下饭了。三四岁的时候，吃饭时见弟弟屙屎屙尿，我就会哭，不吃饭。可弟弟好像总是在吃饭时屙屎屙尿，我就每饭必哭。家里人就给我取了个外号，叫哭鬼。长大些了，吃饭时二姐和弟弟再故意说屎尿之类的，我们就打架。吃饭时家里最是热闹，小孩子的哭闹声、打架声和大人的叫骂声响成一片。

大人的骂骂咧咧让我自小就有种负罪感，感觉自己来到这个世界就是消五谷的，没有任何用处。“消五谷的”，这是我们家乡骂小孩和懒汉常用的话。星期天，学校不上课，大人也通常在这天出门赶集。我可以在家里玩，自由自在。可是，到了下午，我会突然紧张起来。因为大人马上就要回来了，而我在家里什么事都没做！我马上拿起扫把扫地，然后擦桌子，去井边挑水。忙过之后，见家里干干净净，水缸里盛满了水，我才安心下来。没多时，大人回来了。我偷偷瞟着他们，想让他们发现我的劳动成果，然后表扬几句。但我多半会失望。他们不会发现我努力做了事，该骂的照样骂。小孩子不可能万事周全，大人们永远都有骂人的理由。

我也没有理由埋怨父母。他们背着政治压力，又十分贫穷，生活太艰难了。我没有像大姐和四哥那样夭折，已是万幸了。

伊渡：心理学认为，童年缺少爱，会影响到成人之后的人格健全。人都是有多面性的。我们作为朋友相处，见您总是乐观、向上，甚至有些嘻嘻哈哈。不知您有没有人格的另一面？

王跃文： 谁的人格都有多面性，这是常识。总体上讲，我是积极向上、乐观通达的，但内心也掩藏着很多痛苦、孤独、苍凉、灰心，有时甚至是绝望。我曾被医生确诊患有抑郁症，所幸是轻度的。有医学研究认为，抑郁症患者的病根在于婴儿期缺少抚摸。我不愿意承认自己患有抑郁症，但我确实有周期性的情绪低谷。当我的情绪陷入低谷时，我易怒、孤僻、冷漠，耳闻目睹皆索然无趣。我当然不可能知道自己婴儿期得到过多少抚摸，但从我记事起就开始没有过被大人爱抚的经历。我很清楚地记得自己小时候总有种撒娇的冲动，但我怎么也不敢扑到父母的怀抱里去，我甚至为自己有这种心思而羞愧。

我小时候在情感上能享受最高待遇的时候，就是生病。一旦病了，妈妈就会温柔些，问我想吃什么。我永远能够想起的，就是吃面。面是那时候的奢侈品，拿大米换来的。不过就是碗光头面，几点油星子，几段香葱。就是这碗光头面，我还得躲在灶屋里偷偷吃，怕弟弟看见了也吵着要。我现在人到中年，知道健康是福。可我童年里却总盼着生病，生病了，就可恃宠生娇。

我小时候偏偏多病，哮喘、贫血、缺钙、失眠、抽风。我经常额头涨痛，其实是因为贫血，大脑缺氧。缺钙容易形成过敏性体质，就会犯哮喘病。可大人判断我是否生病，就是摸摸我的额头是否发烧。我身体不舒服了，哼哼着。大人扯我过去，摸摸额头，并没有发烧，就一把推开，说我装病。我感觉自己可能真的病了，欣喜之余就是不停地摸自己的额头，期待着发高烧。真发高烧了，兴许就有一碗光头面吃。

我的身体是十八九岁以后慢慢强健起来的。少年以前，我的身体一直很孱弱，常常连拳头都捏不紧。上中学的时候，放学回家通常已是黄昏。因为饥饿和虚弱，赶着十几里的路程，感觉肚皮越来越往背上贴，腰就不由得往下弯，最后只能弓着身子走路。我们家乡人形容饥饿，会说“肚皮贴到背膛心了”，真是太生动了。

伊渡：我从您有些写亲情的散文中看到，您很敬重您的父母和祖父母。

王跃文：我说自己从小缺少爱，却并不等于说我不敬重长辈。他们属于那个特殊的年代，他们养育儿女的方式同别人没什么区别。那时我们村里的孩子都是这么长大的。父母那代，信奉棍子底下出好人，小孩子挨打是家常便饭。我母亲最得意的事，就是我大哥成家当爹之后，还被她打了一顿。“他崭新一件背心衣，被我扯得稀烂！”年迈的妈妈现在说起这事，还眉飞色舞。一家人拉家常，妈妈说起自己当年打小孩的事，我们兄弟姐妹听着，只是笑笑。

我妈妈是颇以家庭功臣自居的，常说自己到王家几十年，就是同别人斗过来的。妈妈能说会道，性子刚烈，不怕事，不信邪。父亲挨整那些年，的确搭帮（方言，指依靠、多亏）妈妈撑着。家里风雨飘摇几十年，也多亏妈妈敢同别人争斗，不然家人会遭遇更多的灾难。可也正是她几十年的斗争生涯，让她养成了好斗的性格，有时候心硬如铁。母亲越到老年，越是不可理喻。她有许多似是而非、稀奇古怪的做人和治家理念，半新半旧、半通不通、半开明半固执，那是不允许任何人违抗的。我们做儿女的，只好顺着她，或者阳奉阴违。阖家老小越是敬重她，顺着她，就越让她的控制欲膨胀。村里人也都尊敬她，几乎把她尊为祖婆了。恰巧她在村里宗族里面辈分也很高，别人家的家长里短，摆不平的，搬她出马，她几句话就能让人家信服。但是最了解她老人家的，毕竟是她自己的儿女。有时候，她说的话在家里不灵验，她就怒火万丈。除非儿女们佯装顺着她，不然家无宁日。老人家的自我感觉越好，家里人的日子就越不好过。妈妈这些让人难以适应的性格是慢慢形成的，她年轻的时候并不如此。当众人拥戴她并肯定了她的地位时，她渐渐异化成了家庭暴君。我身为人父之后，常暗嘱自己以母亲为戒。

伊渡：我看过您一些写父母的文章，印象特别深刻的是您写母亲的。您母亲在过去苦难的岁月里非常勇敢，非常智慧。

王跃文：感谢你记得这些。说一个故事吧，就是我父亲第一次挨批斗的事，前面也提到过。那一天，妈妈扛了一条高高的长凳，带着我们兄弟姐妹五个，去大队部开会。大队部就是王家宗祠，有戏台、看台和天井。妈妈把凳子摆在天井最中间，我们娘儿几个并排坐着，很显眼。一会儿，二十几个男男女女，低着头，被人吆喝着，从祠堂外面进来，站在我们面前。他们就是村里的地、富、反、坏、右，就是当时说的五类分子。我一眼就看见了我的爸爸，头埋得很低，双手笔直地垂着。我怯生生地望望妈妈，却见妈妈并不看爸爸，似乎漠然地昂着头，望着戏台。戏台是大会的主席台，好些人在上面来来回回跑，忙得不可开交。

戏台上面的人来回跑得差不多了，就见几个人在台后的凳子上坐了下来。整个祠堂立即鸦雀无声。突然，有人走到台前，厉声叫道：把右派分子某某某带上台来！只见台下两个男子冲向我爸爸，抓住我爸爸的双手，往后使劲一扭。我爸爸的头被压得更低了，腰弯成了虾米。两个男子扭着我爸爸，飞快地往戏台上推。我前面说到过，木板楼梯很陡，我很担心爸爸的脚没那么快，会被折断。转眼间，爸爸就被揪到了戏台中间站着。人未站稳，爸爸又被他们踢了一脚，应声跪在地上。这时又有人飞跑着递了棕绳子来，爸爸便被五花大绑起来。这边两个人在忙着捆绑我爸爸，另一个人就在一旁高呼打倒右派分子。台下的人便齐声响应。妈妈也同人们一道振臂高呼。我们兄妹几个也举手高呼口号，这是妈妈早就交代过的。我后来一直记得，妈妈也经常提及，捆绑我爸爸的是一副新棕绳，僵硬而粗糙，将手腕捆出了深深的血痕。我妈妈一直对那根新棕绳子耿耿于怀。批斗会正式开始。有人拿着一沓稿子，历数我爸爸的累累罪行。批斗会不断被愤怒的打倒声冲断。戏台后面坐着的一个男子，戴着眼镜，总是站起来，指着我爸爸叫喊，说右派分子，你要老老实实向群众认罪。突然，我妈妈站了起来，冲着那个戴眼镜的人喊道：你是右派分子的老同事，最清楚他的罪行。你干脆等别人批斗完了再上来揭发，别影响了会议秩序！那个人是爸爸在县里工作时的同事，他望了我妈妈一眼，悻悻然坐了下来，再也不叫喊了。妈妈说完，悄悄离开会场。

过了会儿，妈妈提着一个竹篓子回来了，径直上了戏台。全场人目瞪口呆，不知我妈妈要干什么。妈妈往爸爸身边一站，指着爸爸厉声喝斥道：右派分子你听着！毛主席说吃饭是第一件大事！你饭也不肯吃，想自绝于人民？你先老老实实吃了饭，再来老老实实认罪！妈妈说着，就揭开竹篓，端了一碗饭出来。

谁敢违背毛主席指示？马上有人上来替爸爸松了绑。于是台上台下几百号人眼睁睁望着我爸爸吃饭。我猜想这种场面，哪里也看不到，尽管当时的中国非常荒唐。台上有人不高兴，但也无可奈何。妈妈明明听见有人在一旁叽哩咕噜，却有意高声喊道：右派分子你慢点吃，别噎死了！碗底还埋着两个荷包蛋哩！

爸爸吃完了饭，嘴巴一揩，双手往后一背任人绑了，批斗会继续开始。妈妈后来告诉我说：碗里哪里有荷包蛋？我是故意气他们的！

那是父亲第一次上台挨批斗，回家之后气呼呼地坐着。妈妈躲进灶屋洗脸，拿毛巾不停在擦眼睛。妈妈其实是在哭，她不想让父亲看见她的泪水。妈妈洗了老半天的脸，笑眯眯地出来说：你今天吃苦了。听说喝酒可以活血疗伤，我俩今天喝几杯酒吧。妈妈炒了几个菜，陪着爸爸喝酒。那是妈妈这辈子第一次喝酒。

妈妈是个豁达的人，过去的这些苦难，如今都是她嘴里的笑谈。20 多年之后，爸爸恢复了工作。有一天，当年在台上叫喊的我爸爸那个老同事碰见我妈妈，老远就打招呼说：老大姐，怎么理都不理我呀？我妈妈哈哈一笑，说：哦哦，我没看见您这位大领导啊！我们家吃了二十几年苦，油都没有吃的，眼睛不亮，您大人不记小人过啊！那个人也哈哈大笑，说：老大姐，我就怕你这张嘴巴啊！

伊渡：您这位母亲真是太伟大了！我童年时候最大的愿望就是想快快长大。大人们有很多让我眼馋的事，都是小孩子不可能享有的。您有渴望长大的愿望吗？

王跃文： 我也有这个愿望。我从大哥身上，看到了很多当大人的好处，比方说他可以抽烟。可以抽烟了，就是大人了。是大人了，在父母面前就可以有些反抗了。我老家的习惯，小孩子喝酒，大人不怎么管。做父亲的，自己喝着酒，总喜欢拿筷子往酒杯里蘸蘸，塞进儿子嘴里去。那儿子通常只有两三岁。说是父亲不让儿子学会喝酒，自己老了就没有酒喝了。烟就不同了，小男孩得偷着抽。偷学抽烟的孩子，被大人发现几回，打骂几回，就不再多说了。这时候，一个成年的乡下男儿就叼着烟，在村头村尾转悠了。

我还没被允许抽烟的时候，被一种盒子上印着鱼儿图案的香烟蛊惑着。有人给我表姑介绍了一个对象，供销社的职工。那时，一个农村姑娘，找个吃国家粮的，应该算是前世修来的好福分。可我表姑硬是嫌人家长得不好，满脸络腮胡子，脖子下面露着长长的胸毛。那时候并不流行浑身长毛的男人。

有天晚上，那位供销社职工提了些糖果跑到我家里，掏出那种盒子上印有鱼儿的香烟，递给我父亲。父亲抽了几口，只说这烟好。供销社职工说，这烟难得买到手，要票。他说下次想办法弄一条来，送给我父亲。供销社职工走后，父亲对母亲说，这人不错。没过多久，这个供销社职工就成我表姑父了。

我猜想那人终于做了我的表姑父，多半是搭帮那种鱼儿牌香烟。他口袋里揣着那包烟，走访了表姑的所有亲戚。亲戚们都说这年轻人很好，表姑就没话说了。但是，从来没有哪家亲戚收到过年轻人答应送的鱼儿香烟。我长大些才知道，那叫常德牌香烟。

但我抽的第一口烟，却是父亲自种的老旱烟，喇叭筒。上中学时，有个暑假，我参加生产队劳动。社员们忙过一会儿，就有男人大喊，呷烟呷烟！于是偃旗息鼓，男人们坐在田头，舔着口水卷了喇叭筒，吞云吐雾。女人们就在一旁说笑，你们男人真懒，工夫不见做多少，就喊着要呷烟了。男人们说，女人又不呷烟，坐着干什么呢？做事去！女人又说，修个男身就是好，不光有烟呷，还有酒喝，喝酒还要大口大口呷菜！

我很高兴自己是个男人，回家找了块白塑料纸，拿铁丝当烙铁，烫了个烟袋。第二天，我把父亲切好的烟丝偷了一把，装进烟袋里，还摸走了灶台上的火柴。我不知男人们为什么要系腰带，也跟着样子学了。家里没有多余的腰带，我就找了一条浴巾，捆在腰间。那个烟袋，就别在腰带里。

出工时，没有人在意我捆了腰带。我只等着有人喊呷烟。终于有人喊呷烟了，我从腰间掏出了烟袋。不料男人女人们都笑开了：人没有卵子大，卵子没有香棍大，就学着抽烟了！

别人再怎么说，我才不管哩！我只望着父亲。父亲也正望着我，张开大嘴，笑得只见满口白牙。我的父亲长得很黑，牙齿显得更白。

我抽了平生第一口烟，呛得像喉头穿了鱼刺，咳得眼冒金星。大人们笑得更欢了。我偏要充男子汉，刚缓过气来，又抽上了。仍是咳嗽，天昏地暗。父亲拍拍我的头说，你不是抽旱烟的料，长大了抽鱼儿牌吧！

那个暑假，我一直学着抽烟，父亲没有骂我。也许是劳动给了我做大男人的权利。可是，一到开学，我抽烟的权利就被剥夺了。

我就这么断断续续学会了抽烟，父亲后来干脆就不说我了。我开始变成真正的男人。整个大学阶段，我都抽烟。手头总是很拮据，几个成瘾的同学就凑着钱买烟抽。

伊渡：您大学毕业后是怎么去政府机关的？您是自主选择的吗？当时您明白自己将有什么样的人生吗？

王跃文：人的命运充满着偶然性。我当时只想当一名教师，很想到县里一中或二中。但是，不知道怎么就去了县政府。后来知道，县政府需要从新毕业的大学生中间挑选个笔杆子，就去县教育局看学生档案。正巧当时有两个副县长同我家有些故旧关系，父母同他们打了声招呼，我就这样去了县政府。那时候官场风气比现在好些，也不需要去给谁送礼。

母亲一直为父亲政治前途受挫而惋惜，又觉得他的灾难都是因为他管不住自己的嘴巴。我要去县政府工作，母亲就反复告诫我“六字真言”：紧闭嘴，慢开言。我刚进入政府机关时，的确很谨慎，工作也很卖力，很快就成了当地有名的机关秀才。我现在成了作家，多少就有些关于我的传说。有个传说，说我写机关材料出口成章，其实我没有那个本事，只是两桩很偶然的事促成了这个说法。有一回，临开大会了，我因为醉酒，浑身瘫软，无力握笔，躺在沙发上口授了县长的大会讲话。还有一回，我参加一个考察团赴安徽、福建等地参观学习，我同另外一位同事负责撰写考察报告。我们打算在安庆去九江的船上把考察报告写好，可我上船没多久就天旋地转晕船了。我又只好躺在船上口授，那位同事记录。

我从县政府调到市政府，又从市政府调到省政府，都是因为自己能写几笔官样文章。我没有任何靠山或后台。像我这种情况，如果不写小说，老老实实写官样文章，多少能混个一官半职，但绝不可能有所谓大出息。坦白地说，刚参加工作时，我还是有政治抱负的，希望能做个大官，有所建树。但后来见多了，知道官场并不是我当初想象的那样，就放弃这个想法了。我看破之后仍混迹官场多年，仅仅只是为着就业。

伊渡：您出来了，可仍有很多人往里面钻，有点儿像“围城”吧。但我想，这个时代，想钻进去的人还是更多些。

王跃文：人各有志。现实太强大了，官场的诱惑力也太神奇了。本科生、硕士生、博士生，他们就业的首选就是考公务员。看看每次参加公务员考试的场面之火爆，简直令人恐怖！人人都想当公务员，说白了就是人人都想当官。一个社会的价值引导到了这个地步，非常危险！说明社会治理在总体层面上出问题了。不过，官场里还是明白人多，但是明白道理是一回事，是否能按道理行事又是另外一回事。

当年我刚调到长沙，有位好朋友开玩笑说，你好好干吧，看哪天能混辆轿车，混个秘书，混部手机。当时手机三万多块钱一部，够奢侈了。我当时笑笑，没说什么。我是个安守天命的人。凭自己能力可以做到的事情，我会努力；如果要靠牺牲人格为代价，我会选择放弃。也就是那年，我知道湖南某银行的分行行长因经济犯罪被判刑，这件事对我触动很大。那位行长贪污 30 多万，放在现在已不算什么问题了。我当时想，一个农家子弟，好不容易考上大学，做到厅局级干部，已经很不错了。仅仅为了 30 多万块钱，弄得身陷囹圄，实在太不值得了。我当时就暗自下了决心，一旦有可能，就离开官场，靠自己本事挣钱去！当然，做官的除了诸多不用明说的利益，还有他们最看重的尊荣感。不过，那也只是他们的心理需要。我甘愿做个平常人，不要那种自作多情的尊荣感。我说他们自作多情，是因为越来越多的老百姓并不把当官看成什么大不了的事。

伊渡：当年作为公务员，您真以为自己很优秀吗？换句话说，您在官场没有得到重用只是因为怀才不遇？

王跃文：说实话，平时有很多记者提过这个问题，我很讨厌，好像我真的为自己怀才不遇而耿耿于怀似的。我很不愿意谈及这个话题，没有意思。应该说，官场里面有很多素质优秀的人才，曾经有位同事看上去很热心，总是对我说，你要活学活用马克思主义，学会抓主要矛盾，跟紧一把手，别的副手“不要甩起”。“不要甩起”是长沙方言，意思是不要理会。我总是含混地笑笑，不在乎他的建议。我是个“主要矛盾”和“次要矛盾”都不想抓的人。所谓抓“主要矛盾”和“次要矛盾”，无非就是平时多向他们表忠心，逢年过节上门拜访。我想着这些就烦，哪里愿意去做？

当时我也有些天真，看着某些人温文尔雅，应该不是贪图小利的人。事实证明，我太高看他们了。另外，那些人表面上一团和气，暗地里却是钩心斗角。我谁也不靠拢，他们就暗自猜测，甲以为我是乙的人，乙以为我是丙的人，丙以为我是甲的人。反正谁都不把我当成自己的人，也就没有任何人替我说话。我工作再刻苦，也是革命尚未成功，同志仍须努力。

伊渡：您认为官场中人应该具备怎样的特殊人格才能飞黄腾达？

王跃文：我不想抽象地谈这个问题，举两个例子。我在县里工作时，有一年闹洪灾，县长日夜战斗在抗洪前线。抗洪结束后，有关方面要我写一篇报告文学。抗洪那几天，我在办公室值班，有一位同事天天跟着县长跑。这位同事已经将他掌握的第一手材料写成了文字。正是这个时候，这位同事要外出学习，领导要求他把材料移交给我。这位同事临走的时候还专门同我讲，材料在某人那里。我去找某人，某人就是不肯交出材料。我百思不得其解，因为这是县里领导布置的工作。我反复找某人说服，他才道出真相。原来，写第一手材料的那位同事特意嘱咐过他，不能把材料交给我。我真是开了眼界！这位同事比我还小两岁，职务也比我低，却能干这种当面一套背后一套的事！我便料定，此人在官场必然大有作为。果然，当时那批年轻人里，只有他后来做到了副县级领导。别看副县级比芝麻官还小，但在县里从普通干部做上去很不容易。

调长沙后，有位外处室的同事，我同他平时只是点头之交，不太熟悉。有一回，这位同事受他朋友之托，约我吃饭。席间，这位同事大谈科学，总是遗憾自己脱离了本行。有位服务员走路时滑了一下，差点儿摔倒。同事便问我：你知道这是什么道理吗？我说：不知道。同事说：地板太滑了，摩擦系数太小。哎，处处都有学问啊！我说：你真是长了个科学脑袋。同事说：我晚上睡在床上，总是浮想联翩，感觉宇宙太博大了，有多少奥秘等待人们去揭示啊！我说：你真该去搞科研。同事摇头叹道：太忙了，太忙了。我现在最感兴趣的是生命科学。等哪天有空了，我会去研究研究生命科学。我暗自好笑：很多科学家毕生致力于生命科学都无所建树，这个人今后只要抽空搞搞研究就能大有斩获！我当时就想：这个活宝，在官场上肯定有出息。我又算准了。这个人很年轻就做了处级干部。我想他继续这么愚蠢下去，还会当更大的官。果然，他后来又成了年轻的厅级干部。有一次，我偶然看到他在微博里写道：抬头望见满天恒星，不禁心旷神怡！一个自命满脑子科学的人，居然不知道什么是恒星！

伊渡：俗话说，早知三年事，富贵万万年。您当初如果不那么自作聪明，学着傻一点儿，现在可能也在官场上发达了。您现在后悔吗？

王跃文：我待在官场里面也不会发达，我不具备某种特殊人格。我不后悔。我现在过得比原来好多了，为什么后悔？我指的不光是物质生活，精神也充实多了。套用陈寅恪先生的话，我现在可以说是自由之精神、独立之灵魂。

越热闹，越孤独

伊渡：您现在从事职业写作，感觉应该是非常惬意吧？

王跃文：自我感觉还好吧。话又说回来，人想彻底自由与独立，几乎是不可能的。我现在的感觉就是太忙了，手头总有做不完的事，可我最想做的事，就是无所事事、独自远行。我夜里多梦，但绝少美梦。有一回梦见自己找不着回家的路了，问了很多路人，没人理我，就从梦里急醒了。醒来之后却想，为何不在梦里远行呢？干吗急着回去？醒着不由人，梦里也不由人！

几年前，见媒体报道，有位中年男子在长沙街头徘徊，警察上前询问，原来那男子不知道自己是谁了，也不知道自己从哪里来，要到哪里去。我很羡慕那男子，居然患上这种很哲学的病。只可惜这种病用医学术语一说，就索然无味了，叫暂时性失忆症。此病极易治疗，甚至不治自愈，只需让他置身熟悉的环境，记忆很快就恢复了。

有一天晚上起来，我朝卫生间里的镜子望着自己，很陌生。心中窃喜，可能要患失忆症了。可是，脑子马上又清晰起来，尘世种种，历历在目。还有一回，某高校约请我去讲学，我却找错了地方。那地方我本来很熟悉的，几个月前还去过。我又想，自己可能真的要患失忆症了。可是，我仍然清楚地知道自己是谁！

我曾经把一个真实事情写进了小说。有个疯子，每天坐在街头，望着对面高楼大厦微笑。不管刮风下雨，他都坐在老地方，幸福地微笑。当时我还在政府机关，内心很彷徨，不明白自己去路在何方。我就老琢磨那疯子，羡慕不已。他眼里只有对街的高楼，那里面也许黄金如山、美女如云，都属于他独自所有。可我马上发现自己也许亵渎了疯子的纯粹。疯子脑子里只有快乐，地地道道的快乐。

近些年，我只做过一回美梦。我梦见很多很多飞机，多得像夏日雨前的蜻蜓，低低地贴着田野飞，天边霞光万道。没多时，我自己也驾着飞机，擦着田垄飞翔。我把飞机停在水田里，飞机也像蜻蜓一样，翅膀上下摆动着，优游自在。我穿得浑身素白，皮鞋都是白的，跷着二郎腿，嘴里叼着烟。醒过来后，好久，我仍恋恋不舍梦里那蜻蜓一样的飞机，盼着再遇这样的好梦，却总不遂意。

我总想耐着性子做好手头的事情，然后独自上路。不用周密筹划，也不去风景名胜，就像行脚僧人，载行载止，了无牵挂。

伊渡：我感觉到您内心有着强烈的孤独。

王跃文：也许是吧，我很孤独。孤独这东西在我是由来已久的，并不因为生活环境的改变而消失。我记得当年迷恋罗大佑歌曲的时候，还是一个倔头倔脑的少年。那时不知怎么回事，我平素没有音乐细胞的，罗大佑的歌却一下听到心里去了。夜里，我坐在窗下，听着不知被翻录了多少次的沙哑、苍凉的罗大佑的歌声，心中感觉实在无以言说。我慢慢意识到，这种感觉就是孤独。有时听遥远处火车呜的一声长鸣，一头撞进茫茫夜色，渐行渐远，我也会感觉孤独。罗大佑有首歌，歌名我忘了，里面几句歌词我却印象很深："爱情这东西我明白，但永远是什么？姑娘你别哭泣，我俩还在一起，今天的欢乐将是明天永恒的回忆。"

我活了这么些年，爱情这东西是什么，好像也不很清楚。这暂且不去管它。但永远是什么，我倒慢慢有几分明白。只是越明白，越不愿说，越不忍说。永远是什么呢？就是孤独。

伊渡：我有时也感觉孤独就那么没来由地笼罩着自己。我不知道为什么会孤独，好像仅仅只是孤独而已。

王跃文：我有时并不很信科学。按科学的说法，孤独只是一种心理感受。我却相信孤独这东西肯定是一种生理机制、一种物质，它蛰伏在我们大脑某处，就在那里，阴暗，固执，沉默，与我们的生命共始终、共存亡。有时我们感觉不到孤独，那是它睡了。可它只打了个盹，一转念间它又会醒来，睁着灵闪的眼睛。我忍不住想象人的大脑。我们已经能知道大脑的模样，它的构成、功能，哪里管形象思维，哪里管逻辑思维，好像都挺明白。可孤独所在的那块地方，永远处于黑暗蒙昧之中，没有任何一束亮光能照亮它，不论是神，还是人。

伊渡：作家也许本来就需要孤独？孤独也许是创作的必要条件？

王跃文：写作，孤独是必要的，但作家也是人啊。其实，每一个人，都害怕孤独、逃避孤独。它像虫子一样无情啮噬着你的神经、你的生命，把你的心吃个空空，除非你已麻木到以为自己没有心。千万别凭一个人的外在生活去判断他是否孤独，喜剧大师憨豆先生就是严重的抑郁症患者，曾贵为王妃的戴安娜因为孤独而去求助医生和药物。逃避孤独的方法其实只有一个，就是彻底把自己的心交出去，让别的人，或者神，或者不管什么东西代为保管。于是有人成了宗教狂，有人成了艺术家，有人纵欲无度、及时行乐，有人吸食毒品。也许只有彻底迷失自我、丧失自我，孤独才不再存在。我靠文学救赎自己的孤独。

伊渡：我想，独自远行还是太寂寞了。有个伴儿，到底还是会好些。

王跃文：我真的已独自出走过一回了。某一年的一个风雪夜，阳历新年的前几天，我给妻子留下一封致歉信，独自驾车出走了。我在信里说，我不知要走向哪里，我没有地方可去，可我一定要走，因为有一个东西在后面追我，使我无法安宁。我想暂时独自离开，找一个地方安静下来，转过身面对这追我的东西。

我沿着高速公路跑了四个多小时，随便找一家旅馆住下。我在那个完全陌生的地方，安静地睡了两天两夜，可又想家，结果还是回来了。

伊渡：一定把您妻子吓坏了。

王跃文：是啊。她驾车沿着长沙环线转圈儿，转了整整一夜，希望能碰上我。她早知道我心理可能有问题了，曾经假冒我的症状看过心理医生。医生说她患有抑郁症，其实就是我患了抑郁症。我回来之后，她说她一整夜脑子里只有一个画面，就是我开着炫目的车灯，在风雪中驾车狂奔。她害怕极了。

伊渡：但我想她是能够理解您的！其实谁又能说自己的心理绝对没有病呢？有些人是不自觉，有些人不愿正视，有些人就自暴自弃，还有些人在苦苦挣扎。

王跃文：也许人永远是在围城之中。人生的荒谬与困惑就在这里。

伊渡：我发现技术手段的进步，让人们的交往越来越方便，电话、网络等，简直太神奇了。但是，人与人之间的交流却越来越困难。也许日日相处一室，却彼此陌生。据说现在患抑郁症的人超过以往任何时候。

王跃文：世界越来越热闹，人们越来越孤独。如果从文学上解读这种现象，我认为人类很多美好的精神享受需要距离和缓慢，但现代社会，速度、节奏，消失了距离，摧毁了缓慢，破坏了很多人类内心精神层面的东西。有些美丽的忧愁，只能是往古的绝响了。宋人蒋捷有一首词叫《虞美人·听雨》，大家都很熟悉："少年听雨歌楼上，红烛昏罗帐。壮年听雨客舟中，江阔云低，断雁叫西风。而今听雨僧庐下，鬓已星星也。悲欢离合总无情，一任阶前，点滴到天明。"短短的一首词，就是一生的缓慢，就是一生的忧伤。

我很多次乘飞机，翱翔在万米高空，冥想古人牵肠挂肚的旅思，万般感叹。蓑笠毛驴，板桥冷霜，荒村野店，家山万里。于是，古人便"离愁渐远渐无穷"，"离恨恰如春草，更行更远还生"，"浊酒一杯家万里"了！

我正沉没在古人的万般愁绪之中，飞机已经落地。我得打开手机，向家人报平安。虽然也是家山万里，却似近在咫尺。没有离情别绪，用不着思念，也不会有忧愁。我们就像鲁迅先生《在酒楼上》里的那只苍蝇，嗡嗡地转了一圈儿，又飞快地回到原地。

有一回，我去深圳。有一家新开张的五星级宾馆知道了，辗转托人，邀请我去住几天。盛情难却，我入住了那家宾馆。那是家很有个性的水景主题宾馆，克林顿曾在那里下榻过。宾馆经理很客气，硬要我提些建议。

一介书生，哪懂生意上的事情？我搜肠刮肚，琢磨了一个点子，请他们倡议每位住店旅客给家人写封信，酒店提供邮资。中国邮政的信封按说应是印制最精美的，但恰恰是它们的信封最丑陋；相反倒是中国各地宾馆自制的信封都很漂亮，而且配有宾馆信笺。人们现在很少写信了，通常只有电话、短信和电子邮件。捧读亲朋好友的书信，那份温馨，早已久违了。我很得意自己这个点子，因为酒店的信封天南地北地飞，就等于酒店的广告满天飞。这么温馨浪漫的不动声色的广告，肯定会给人深刻的印象。

我当晚就给妻子写了封信，并且打算今后每次出远门，都会用酒店的信封、信笺给她写封信。我打电话告诉妻子，她也很是高兴。

可是，直到我回家一个多月后，妻子才收到我的信。信封后面贴着张纸条，上书一行字：请使用标准信封！

真是太扫兴了。

伊渡：您的浪漫破产了。我发现您好像特别需要交流和沟通，我突然产生了某种猜测，您是否承受了很大压力？

王跃文：您提到的是两个问题，交流和压力。谁都需要交流，只是有的人不善于交流、惧怕交流，或者找不到交流的对象、方法。压力这东西，得看自己怎么对待，不把它当回事，就无所谓压力了。我最困难的时候，大概是 1999 年后的两年时间，关于我的谣言很多，有的说我被抓起来了，有的说我被监视居住了，有的说我已出国避难了，有的干脆说我人已被灭了。

有一回，外省一位读者打来电话，说要找王跃文老师。我说我是王跃文。他反复问，真的是您吗？原来，他们那地方传言，说我已不在人世了。还有人发来匿名电报，对我表示声援。我至今不知道发电报的是哪位朋友，我要向他致敬！但愿这位朋友能看到这本书。

那段时间给我写信的朋友也特别多，年纪最大的是重庆一位 78 岁的大妈。老人家自称 78 岁健康老妪，一手钢笔字隽秀、清丽。我的真实处境其实也没那么可怕，外头传起来就吓人了。我自己倒不担心什么，只是唯恐家里人害怕，特别怕家里老人受不了。

我平时都是一个星期给老家打一个电话，那段时间我三天两头打电话回去，同爸爸妈妈拉拉家常。我想让他们知道，我的状态很好。可是，有一天，我正在家吃晚饭，门铃突然响了。我开门一看，两位白发苍苍的老人站在门口。我的父母来了。平时父母到长沙来，都会先打电话告诉我，我会去车站接他们。但是，他们这次没有事先告诉我，突然就来了。我明白，两位老人就是想突然出现在我面前，看看我到底好不好。我把父母迎进来，端茶倒水请他们坐下。我已经多年没流过泪了，那天我就像当年的母亲，躲在洗漱间不停地洗脸。我的泪水忍不住。吃过晚饭，妈妈正式说话了：儿子，你写的书我和你爸爸都看了，你没有写半个不该写的字。你不要怕，城里过不下去了，就回老家去，家里还有几亩地，饿不死你的。我的母亲只是粗通文墨，却懂得天下的大道理。我敬仰我的母亲。

当时，我的母校邀请我回去讲学。我应邀去了。我说自己没有资格讲学，把这两个字倒过来，就叫学讲吧。我因而“学”着向母校的师生讲了自己的创作经历。没想到等我回来之后，我的母校、当地电视台、报社、文联四家单位，都被要求写出接待我的经过，其实就是被勒令写检查。这四家单位的朋友纷纷打电话给我，很是义愤。后来南方一家名报知道了这件事，也颇为不解和愤怒，一定要报道出来。我阻止了这家报纸的报道。我无所畏惧，只是怕连累朋友们，他们还得在当地工作下去啊。我是一个没有被剥夺政治权利的自由公民，有讲学的自由。当地党政部门的做法是非法剥夺我的这种自由，并且还损害了我的名誉，我有权把当地有关部门告上法庭，但是我也放弃了，没有意思。

我平时做人本来很低调的，特别是不喜欢在电视里亮镜头。可是有一段时间，只要电视台邀请，我就满口应承。我想让天下所有关心我的人知道，王跃文还活着！

第二章

观闻：中国人的苦心与良心

官场小人物

伊渡：看您有些中短篇小说，如《很想潇洒》《天气不好》《蜗牛》，我隐约感觉到某种很强的自传色彩。您小说里的官场小人物，永远是那么谨小慎微、患得患失、孤独痛苦，他们永远在坚守与放弃间游移，在自尊与自卑间挣扎，在唯我独醒与难得糊涂间徘徊。可以把这种情绪看成您自己的心路历程吗？

王跃文：您说到的是我早期的小说，那里面的确有很强烈的自传色彩。不过那不是我的生活自传，而是心灵自传。官场小人物是卑微的，他们想要发达，必须放弃自我，甚至忘掉自尊，参与到官场游戏当中去。而这些小人物往往刚从大学毕业不久，涉世不深，原本对社会充满幻想。他们会发现社会同老师在课堂上讲的完全是两码事。我听很多刚毕业的大学生说过，他们快毕业的时候，老师郑重其事地向他们推荐《国画》。老师们用心良苦，就是想让学生早点儿通过我的小说认识社会，免得走出校门之后遭遇太多的失望。

伊渡：我可以告诉您，我也向学生推荐过您的《国画》，在他们临毕业的时候。

王跃文：感谢您介绍我的小说。1999年下半年，《国画》刚出版不久，我收到北京某科学研究机构一位年轻学者的来信。他说看了我的《国画》，非常灰心。他说为了自己研究的这个领域能够赶上国际先进水平，他成天埋头在实验室和北京图书馆，非常辛苦。但是看了我的小说，方知现实竟然如此！他怀疑自己的研究还有没有必要再继续下去。我本来没有给读者回信的习惯，因为没那么多时间每信必复，也因为懒吧。但是，看了这位年轻学者的信，我真是吓了一大跳。我不希望自己的小说收到如此消极的效果，它竟然有可能毁掉一项科学研究，毁掉一位年轻学者的学术前程。我马上回了信，大概是告诉他对现实要有起码的认知和心理承受能力。我还引用了一首歌曲的歌词，现在记不完整了，大意是这样的：在那高高的天上，有着太阳和月亮。当那太阳缓缓西下，月亮就会悄悄东上。我的孩子，你不要悲伤，这个世界就是这样。只要心中充满希望，人间处处会有天堂。

我很欣慰，那是位真诚、淳朴的年轻学者。他马上回信，说他看了我的小说，更加成熟了，请我放心，他会继续做好自己的研究工作。

一个成熟和正常的社会，不会掩盖事实与真相。成熟的民众，也敢于正视事实与真相。民众如果总是被蒙骗，就永远成熟不起来。成熟的民众，他们是理性的，明辨是非，不会盲从，不会偏执。社会的价值引导如果虚伪，不是培养虚伪的民众，就是培养愚蠢的民众。长此以往，一遇大事，必生民变。

回到你提出的话题，所谓官场小人物。我们翻开《现代汉语词典》就可以知道，官场事实上是个贬义词。我记得原文是这样的：官场，指官吏阶层及其活动范围，贬义，强调其中的虚伪、欺诈、逢迎、倾轧等特点。第六版《现代汉语词典》对这个词条的文字稍作改动，“贬义”改成“多含贬义”。也许因为这个贬义词在现实生活中用得太广泛了。不管怎样，官场从其词性来讲就不是个好地方。官场小人物面对的是强大而固化的官场现实，大多数时候他们除了随波逐流，别无选择。“多年的媳妇熬成婆”这句俗话，可以作为官场小人物成长的生动比方。官场小人物在做媳妇的时候，备尝艰辛和屈辱。他们的心理兴许是非常复杂的。他们也许会想，自己一旦熬成婆了，绝不会像眼前这些领导一样，一定要好好对待下属，一定好好干番事业；或许他们又会因长期受压制，形成强烈的报复心理，一旦真的掌权，就比原来的婆婆更加难以伺候；更多的时候，做媳妇的官场小人物什么都不想，只是迷迷瞪瞪地混着，日子久了，有朝一日熬成婆婆了，婆婆身上应有的所有坏毛病，他们身上也都有了。

中国的婆媳关系今后会怎么演变，我不清楚。但从我父母辈以上的婆媳关系看，鲜有和谐的。再温顺的媳妇，一旦熬成了婆婆，都会刁钻刻薄。她们必须把自己年轻时受过的苦难，强加到媳妇身上。但是，一个家庭，媳妇总能熬成婆的，只是时间问题。而官场上的小媳妇，未必都能熬成婆，更多的人是终身都当小媳妇，充其量是小媳妇混成老媳妇。所以说，我早期小说中宣泄的那种情绪，在官场是很有代表性的。

伊渡：真这么可怕？我庆幸自己没有待在官场。我曾经也有过厕身官场的机会，却本能地感到那种氛围与我的本性格格不入，赶紧抽身而退。我现在想来，自己当时真是太明智了。

王跃文：你的确明智。官场里当小媳妇，最要紧的是伏低做小。谨小慎微、诚惶诚恐是官场小媳妇的普遍性格。谁违背这条，注定没有好命运。

我曾把一个真实细节写进小说，那是发生在我一个熟人身上的故事。我们县财政局有个干部，当年下乡劳动的时候，放了一个响屁，便高声呼喊：同志们，十月革命一声炮响，给中国送来了马列主义！结果，他为这个屁付出的代价是判三年徒刑。放个屁而坐三年牢，这在人类历史上只怕是没有先例的。空前是肯定的，绝后就未必了。

当然这是发生在“文革”期间的故事。现在情况如何呢？我有个熟人，五六年前是某市一个部门的负责人，要找书记汇报工作。他连喊了几声某书记，某书记没听见。因为他同某书记平时还算随便，就直呼其名，某书记这才听见了。这下可好，此人竟敢当着众人面直呼某书记的名字，简直大逆不道。某书记是个铁腕人物，整人不过夜的。就在当天晚上，这位书记同市长在电话里通了气，就免去了那位胆大包天的部门负责人的职务。当然，免职理由可以随便捏造几条。封建时代也只有皇帝和自己父亲的名字需要避讳，而我这位熟人就因为喊了一次领导的名字，就在官场上一蹶不振。

我还讲一个真实故事，有个地方某年中秋节发生了杀人案，当地报纸在新闻报道中出现了“中秋杀人”四个字。不料，报纸招来了大麻烦，报社老总写了深刻的检讨，反省自己政治意识不强。原来，当地一把手的名字就叫“中秋”。如果任何官员的名字都要避讳，那就远远落后于封建时代了。清朝皇家的名字用字都很生僻，为的就是方便老百姓不要老是避讳。现代社会某些官员，难道连封建皇帝的度量都不如？

官场中人必须保证自己在领导那里有个好的看法。我曾在《国画》里调侃，中国最大的法律是看法。这不是瞎说。也许有人听我说起这些琐碎没有意思，也许有人为了维护某种东西而提出反驳，那么就让他成天直呼他的领导的名字试试！

伊渡：既然官场的生存环境大多像您所描写的那样，为什么还有那么多人汲汲于仕途而乐不知返呢？

王跃文：利之所在，趋之若鹜。目前中国官场仍然主导甚至垄断着社会资源的配置。相对来说，官场中谋事，利益最大，风险最小。就拿乡镇干部来说，很多地方乡镇财政十分紧张，干部工资都兑现不了，可是并没有几个乡镇干部愿意离职另谋生路。我也见过很多基层干部拿着很低的工资，干着很辛苦的工作。基层的确有很多兢兢业业的干部，我向他们致敬。但不管怎样，当干部总体上要比其他很多职业好。越到上层机关，干部待遇越好。如果有个一官半职，更不消说了。如果当了官而又能狮子大开口，日子就更好过了。官做得更大些，张嘴气吞山河，跺脚地动山摇，那份飘飘然，就不是普通百姓能够想象的了。

清代朱翊清的笔记小说《埋忧集》里有一则故事叫《捐官》，讲一个姓赵的布贩子花钱捐了个通判。清代捐官本是合法买卖，但这个布贩子太不通窍。按当时的规定，官员上任前需得引见。所谓引见，就是见皇帝。皇上问他做什么出身，为什么要捐官。赵某不会讲漂亮话，直说了："我私下以为做官比卖布生意更好些。"皇上大怒，革了他的职。赵某非常气愤，跑到吏部大闹，说："既然夺了我的官，就该把银钱退还给我！"吏部尚书哪里肯退钱呢？罚下去掌嘴五十，抽了一百鞭子，赶出吏部衙门。明代冯梦龙《古今谈概》记有一事，说的是明世宗时通州边事紧急，皇帝怒而杀掉兵部尚书丁汝夔。官员们感叹说："仕途如此险恶，做官还有什么意思？"有人却笑道："如果兵部尚书一日杀一个，那就不要做了；如果一个月杀一个，还是要做的。"

自古有道：千里做官只为钱。但时代毕竟不同了，现代官员不能再是这种心态。可是，目前升官发财的思想，似乎仍在有些人心里占有很重要的位置。

伊渡：但是，能做官的毕竟是少数，能做大官的更加是少数。绝大多数干部只能在官场上庸碌终生。

王跃文：这就是那个西方寓言所说的，潘多拉盒子里还留有希望。官场上，升官的希望吸引着所有的人，他们愿意为此付出任何代价，包括努力工作、小心做人、拍马逢迎、投机钻营、贿赂上司，等等。可悲的是很多人虽然如愿以偿，却丧失了人格和人性。几乎有个规律，凡是拿钱买来的官，必然贪得无厌；凡是当孙子讨来的官，必然欺压百姓。有媒体披露，广东省番禺市原公安局局长因贪污巨大而被判极刑，可他在遗书中追悔莫及的却是这两大憾事：一是曾经花天酒地，却没有喝过路易十三，家里有几瓶却在抄家时被没收了；二是在香港等地出入那么多高级场所，有钱，也有资格，却没去住过总统套房。人性堕落到这个地步，真是荒谬绝伦！

我在小说里更关注的是残酷的现实对人性的掏空和戕害，而不是简单地揭露所谓黑幕。比方贪官一倒台，身边喽啰一窝儿端且不说，他们的家人都会牵连进去。我吃惊的是他们全家男女老少贪污犯罪，居然可以其乐融融地生活在一起。全家都是坏人，生活在一起怎么就不别扭？我的这种疑问显然是迂腐可笑的。他们不但不觉得别扭，只要没有东窗事发，他们都以高等人自居，成天白着眼睛看别人。每见报端披露某某贪官落马，妻儿老小尽数入狱，我眼里所见更多的是发生在他们身上的人性悲剧。

伊渡：您在这里悲天悯人，感叹他们身上的人性悲剧，可是他们自己并不这么看。他们最多恨自己不走运，那么多贪官平安无事，自家却翻了船。

王跃文：你说得有道理。官员及其家人们长期高高在上，他们身上的优越感早已模糊掉了起码的道德原则。这种情况中国古来如此。《红楼梦》里面写贾府抄家之后失盗的那些情节，就很像写现在的事情，极有意思。贾母死了，贾府上下都去了铁槛寺，只留惜春、贾芸和几个家人守园子。凤姐正害着病。结果，奴才周瑞的干儿子何三纠集盗贼进园偷东西。贾政听人来报信，头一句就问：失单怎么开的？知道家里还没有向官府开失单，贾政这才放了心，说：还好，咱们动过家的，若开出好的来，反担罪名。读着这节故事，最耐人寻味的是贾府上下都知道如何报失单是件大事。贾府才被抄过家，再有好东西被偷了，麻烦就大了。因而，不管文武衙门的人如何催促，贾府的家人都推说被偷的是老太太的东西，掌管这些东西的鸳鸯又随老太太去了，只有等回了老爷们才好报去。

伊渡：《红楼梦》里面写贾府的贪很隐晦，甚至让人发生错觉，以为他们家风清白。里头写到贾政有回被派到外地做官，因为太清廉了，跟去的奴才捞不着好处，都不愿干了。

王跃文：不然为什么叫“假政”呢？贾府肯定有贪污之罪，不然何以招抄家之祸？不过曹雪芹写小说，话通常不往明里说的。但是，贪污并不妨碍贾府门庭之荣耀，道德之优越。贾府乃功勋之后，世袭爵禄，往来于王侯，酬对于官宦，言必家国大事，或称浩荡皇恩，俨然清白世家，仁德诗书相传。那贾政更是庄敬方正，同僚服膺，士子仰慕。贾政作为朝廷高级干部，教育儿子极是严厉，宝玉只要听得老爷叫他，两腿就会打战。这种尊贵门第的男女，是正眼不看人的。他们比别人高贵。遇着下人偶有小错，就打他一顿，撵出园子了事。

拿迂阔的眼光看，贾府既然是贪污之家，便不是什么好人，有何面目人模人样呢？古代有株连之法，的确过于苛严了。但如果要向贪污之家开罪，株连还真有些道理。家中有人做官，贪污钱财，自然是全家老小都知道的，却不见谁检举。自家老子或丈夫、妻子、儿女私吞公款，索人贿赂，全家窝在一起，心安理得花着肮脏钱，其乐陶陶。所以严格地说，贾府就是贪污之家，老少都是坏人。可他们居然可以相敬相爱，活得那么自在。相比之下，贾府里那些下人，无非只是上夜时吃个酒，或背后说过主子几句话，屁股便要挨板子，真是冤枉。他们其实比老爷太太们干净多了。

伊渡：不过我也听说过个别贪官是自己夫人检举的，那是因为丈夫养了“二奶”，她想教训教训。不料，一检举，出了大麻烦。她没有想到自己丈夫的贪污问题那么严重，结果弄得家破人亡。我听说过几起这样的案件，做妻子的事后都追悔莫及。

王跃文：那就让坏人们好好窝在一起吧。我并不认为亲人反目成仇是好事，要紧的是亲人之间应有相互的道德约束，不然就只有等到一家人都烂透了。坏人们可以好好地做一家人，这笔账只怕要算在孔子头上。《论语》里说了个故事：叶公对孔子说，我们那地方有个人很正直，他父亲偷人家的羊，这个人向官府证明他父亲的确偷了。孔子听了却不以为然，说：我们那地方所谓正直同你说的标准不同，父亲替儿子隐瞒罪过，儿子替父亲隐瞒罪过，这样做才是正直。也许孔圣人的哲学太深奥了，枉直可以颠倒？世人自然听孔子的，而不会听叶公的。中国人未必人人都读过《论语》，却都自觉遵循着孔子圣训："父为子隐，子为父隐，直在其中矣。"

如果把中国传统伦理同现代法律精神结合起来，我认为一方面不应鼓励父子相隐，一方面也不要提倡亲属在违法犯罪上相互指证。家庭要讲究和睦相亲，但和睦相亲不等于蝇营狗苟。

我很佩服曹雪芹的功夫，他写贾政这位朝廷高级干部，并无半字贬损，甚至还让人觉得溢美。但只一句话："失单怎么开的？"这位高级干部的"假正"嘴脸便出来了。

伊渡：我从媒体报道上发现，中国对贪污腐败官员判罪的尺度似乎弹性大了些。有的贪污受贿几百万就杀掉了，有的鲸吞千万以上仍可活命。

王跃文：具体法律问题我说不清楚，或许刑不上大夫吧。举个例子：浙江有个村，村里召开19个人的干部扩大会议，因为是在西湖边的国宾馆开会，成为备受媒体关注的腐败案件。五天的会议，开支43000多块钱。我算了一下，人均每天开支458块钱。结果，有关责任人都受到处分，包括撤销村支部书记职务，所有开支予以清退。也就是俗话说的，吃进去的你要吐出来。我并没有替这些村干部鸣不平的意思，他们大手大脚花着农民兄弟的血汗钱，真的太荒唐了。但是，凭良心说，同很多会议比起来，尤其是同很多高级会议比起来，这些村干部花的钱并不多。问题在于村干部同国宾馆，反差太大了。村干部是没有资格去国宾馆开会的，你去了本身就是问题，且不说你还花了那么多钱。

我想说的意思是，就连腐败都是有级别的。有些人有资格腐败，有些人没资格腐败；有些人的腐败不算腐败，有些人稍微出格就是腐败；有些人的腐败甚至是有制度保障的，比方各种高级豪华接待场所里的享受。我想把这种现象叫作“腐败歧视”。就说那个国宾馆，每年各种各样的高级人物要在里面上演多少腐败闹剧，人们都司空见惯，而村干部跑到里面去开会，那就不得了啦！就是天大的腐败了。老百姓对高级官员的奢侈享受有意见，最容易被人指责为农民意识。其实，老百姓是通情达理的，他们并不要求省部级干部都去坐公共汽车、住三室两厅，但再高级的官员都没有理由花纳税人的钱去住每晚几万、十几万元的总统套房。高官们的腐败，已远远超出老百姓的想象能力！你明白腐败是有级别的，就会明白为什么有的人贪污三四百万元就会杀头，有的人贪污几千万元还活得好好的。

伊渡：我注意到一种现象，目前中国老百姓对现实当中种种不正常的情况，有着很强的包容度，似乎见怪不怪。我觉得这是麻木和惰性。就像贾府里的家人，都知道主子的钱财来路不明，却自觉维护主子的财产机密。

王跃文：中国国民性的改造任务远未完成，文学应当继续担当国民性批判的任务。中国老百姓已经很驯服了，可很多官员还经常感叹老百姓越来越不好管了！从我参加工作以来，总看见官场当中有人不断地怀念过去。有人居然怀念“文革”时期，他们觉得那个时候老百姓好管多了。当然这种论调没有谁敢理直气壮地放在桌面上说，只敢私下里发怨气。为什么有些人总是怀念过去呢？这个传统大概从孔子时候就开始了。今不如昔是有些人惯常的心态，正像孔子向往的那样，“郁郁乎文哉，吾从周”。周朝之所以令人神往，无非是那时候民智愚昧，最好糊弄。权力被垄断之后，当权者最大的愿望就是权力运用得得心应手。

伊渡：我却发现“文革”暗流在网络上很猖獗。

王跃文：我也注意到了。我在微博上偶有对“文化大革命”的批判，立即就会招来很多人的围攻，说我是右派、公知。这些人仍是沿袭“文革”思维，最喜欢在网络上给人扣帽子、划成分。我曾多次回应说，我的眼里无所谓左派右派，只有正派和不正派；无所谓公知母知，只有良知和无知。有些人罔顾事实，颠倒黑白，极力美化“文革”，否认“文革”的任何错误和罪恶。

伊渡：我同意您的观点。我们仍然回到对官场的讨论吧。中国老百姓不到万不得已的时候，是绝不会和官府过不去的。自古就有句老话，“民不与官斗”，因为胳膊拧不过大腿。从这个意义上说，有些官员是被民众惯坏的。

王跃文：有什么办法呢？权力大到人们惧怕的时候就只有认了。如果有望从权力那里得些好处，就更加万事皆休了。所以，趋炎附势是很多人认同的明智选择。这是中国民众的弱点。曾经有的单位搞内部改革，旗号打得吓人：民主推举，竞争上岗；选票面前，人人平等。真是这么回事吗？扯淡！细则规定，领导班子1票等于20票！有的单位领导1票甚至等于30票。于是，热热闹闹、装模作样地改革一番，还是几个领导想用谁就用谁，群众意愿仅仅只是意愿。你有意见？人家甩出党管干部的底牌，你就哑口无言了；你再有意见？人家扣你个妄图搞大民主的帽子你就吃不了兜着走。端掉你的饭碗，看你还调皮不？！

伊渡：只要牵涉到饭碗问题，大家就老实了。如果社会资源真正属于市场配置，如果有完整的社会保障机制，如果饭碗真正是端在自己手里，大家的腰杆子会硬得多。现在有的官员埋怨老百姓越来越不好管了，很大程度上是因为有很多人的饭碗官方管不着了。

王跃文：老百姓自己呢？大多时候也是经不起拷问的。如今很多老百姓的怨气，就是巴尔扎克《高老头》里面写到的拉斯蒂涅的怨气。拉斯蒂涅痛恨上流社会，只是因为他不能像上流社会一样花天酒地。有些老百姓，如果自己家里有人做官掌权，他们看待官场腐败的态度就平和多了。包括有些小干部也是如此，他们自己没发达的时候，疾恶如仇，正义凛然；一旦自己时来运转，手握大权了，嘴脸就变了。正如鲁迅先生说的，人一阔，脸就变。

伊渡：这种人哪里都有，并不只是在官场，好像中国不管哪个角落都充斥着官场气息。学校校长、企业经理、医院院长都把自己的职位当官在做，真是荒唐。

王跃文：有人指责我的眼睛老盯在官场。说实话，我自己也有些烦了。可是，官场文化的阴影笼罩着整个社会，我做不到视而不见。有个笑话，说“文化大革命”期间，两个挨整的知识分子被派去劳动，他们出门几步，突然回头问管教干部：我们两个人哪个负责？我想这绝对不是夸张，官场意识真的如此根深蒂固。

官场文化你可以有种种定义，但最基本的内涵就是：我有权力，我要管你！至于我还要谋取特权，我还要贪污腐败等，都是自然派生的东西。

有些官员说现在老百姓不好管，最令他们头痛的就是老百姓动不动就集体上访。不论哪级政府门口，好像天天都有上访的群众，只是人数或多或少。政府在群众上访这件事上，本身就不能自圆其说。一方面，人民信访制度被说成是党和政府联系人民群众的桥梁，一方面又严令各级政府劝说群众不得上访，特别是不允许发生大规模集体上访。人民信访制度是在法治不健全的情况下，老百姓反映情况、伸张正义、洗雪冤情的渠道。现在老百姓仍然沿用这个渠道，只能说明法治路径照样不畅通。不管是哪个路径，民意总得有个气孔表达出来。一味地堵，只会造成更大的麻烦。如果把老百姓表达民意的举动看成是不好管了，显然是没有道理的。这些其实都是常识，并不值得我们在这里讨论。可是，有些官员往往无视起码的常识。

现代的官员把老百姓上访和告状说成民风不正，就像帝制时代的官员憎恨老百姓“喜讼”，这是极不正常的。康熙朝的时候，有个叫赵申乔的高级官员，做过湖南巡抚，官至户部尚书，早年曾在杭州做过官。赵申乔是个政声极好的清官，但康熙皇帝非常不喜欢他。为什么呢？因为赵申乔在杭州做官时，判了很多官司。这应该算是认真执法，调解民间纠纷，保证政通人和。康熙却责怪他好揽词讼，说什么为官以安静为务，不必弄得人心惶惶。难道遇事不理，听任民怨日积就好了？我们现在的官员，若仍是康熙皇帝的治国之道，那是非常危险的。

伊渡：我从政府门口经过，常常看到上访的群众，不知道他们的请愿都能否如愿以偿。

王跃文：请你我“王顾左右而言他”。我说件自己亲身经历的事情，我把它戏称为“机场革命”。某年大概是九月的时候，我从成都坐飞机去兰州，晚上八点多的飞机，结果延误到了第二天凌晨两点多。等待过程中，乘客们越来越激愤，要向民航方面索赔。机场方面先是不停地道歉，后来推说这是航空公司的原因，同机场没有关系。乘客当中有两位是某电视台的记者，扛着摄像机录像，说要报道这件事情。

机场方面怕媒体曝光，态度马上缓和起来，但没有任何实质性答复。乘客对机场值班的说，你如果没有权力解决问题，就马上向上头请示！值班的说，现在这么晚了，领导都睡觉了。乘客们听了这话，可气坏了，说我们这么多人深更半夜被滞留在机场，你居然说领导睡了就不敢打电话了！

那两位电视台的记者最积极，充当了乘客的利益代表。他们高声嘱咐乘客们，一定要索赔！这时，机场值班人员答应写张条子，说乘客在兰州下飞机后，即可去某航空公司索赔。乘客们拿着机场出具的条子一看，都说这个没用，只是证明误机多少时间，并没有承诺赔偿。大家更愤怒了，指责机场在愚弄乘客。

争论了个把小时，飞机到了。机场广播，请大家登机。两位记者呼吁大家不要登机。这时，有个乘客出来说话，说他刚坐过某航空公司的飞机，也是延误时间了，机场出了证明，大家一下飞机，每人领了 300 块钱的赔偿金。这个人说着，还拿出一个印有某航空公司字样的信封，说里面 300 块钱，他都还没动过。

记者告诫大家不要上当，上了飞机就说不起话了，飞机上是管制区域。你在飞机上乱说乱动，人家可以用妨碍公共安全的罪名把你抓起来！

时间已经很晚了，乘客们开始分化，有的坚持，有的动摇，有的观望，有的妥协。我一直坐着不动，只是冷眼旁观。这时，我突然发现刚才嗓门最大的两位记者不见了。

没过多久，两位记者不知从哪里又冒出来了。他俩提上箱包说，我们上去再说！有人提出登机，乘客们马上垂头丧气，纷纷骂骂咧咧地登机了。

登上飞机，没人再提索赔的事。这时，有人从座位口袋里翻出一张报纸，上面正好有这家航空公司因延误起飞时间同乘客争执的报道。那是几天前的事情。有乘客议论这件事，想再次引起大家的共鸣，但是再没有任何人响应。

我回头看看坐在我左边后排的两位记者，他们正把太阳帽罩在脸上打瞌睡。我怀疑这两位记者被机场收买了，而在机场证明航空公司肯定会赔偿的那个人说不定就是假冒乘客的托儿。收买两个头人只需一两千块钱就够了，不然真像那个托儿说的就要赔偿十几万！

“机场革命”就这么失败了。

政府门口的上访，很多时候也是这么化解的。策略和招术还很多，更有很多这方面的专业人才。

伊渡：您这个故事很有寓言意义。我看威廉·曼彻斯特的《光荣与梦想》，知道20世纪40年代初，美国数千退伍军人为了向政府讨取补偿金聚集到华盛顿，胡佛总统下令麦克阿瑟将军向他们开了枪。当时美国的舆论界也是众口一词，声讨这些进城的退伍军人是暴民。我听到过一种论调，就是用外国过去发生过的这些不光彩事情为自己辩护，动辄说过去美国也如何如何做过，英国也如何如何做过。

王跃文：不能拿别人做过的错事来开脱自己的愚蠢。说现在的中国老百姓越来越不好管了，实在是无能者的牢骚。毕竟时代不同了，百姓早不是皇帝治下的子民，尽管中国百姓仍然是这个星球上最能忍辱负重的。谁还拿听不听话评价民众，谁脑子里还装着刁民之类的侮辱性概念，他就应该被民众抛弃。

中国老百姓被几千年传统文化教化下来，已经是最温顺的了。普希金时代的俄国，有贵族提议，让全国的农奴统一制服，为的是管理方便。因为居然有农奴见了贵族没有行礼，而贵族们有时候单从衣着上又不能明确断定谁是农奴。农奴们如此无礼，贵族们不能容忍。但是，这个提议最终被沙皇否决了。沙皇担心，一旦让全国农奴都穿上统一的制服，农奴们就会知道自己的同胞原来如此之多，他们的势力原来有这么强大。沙皇心里很清楚，他统治之下的农奴并不都是那么温顺的。

伊渡：这位沙皇还算有自知之明，知道自己虽然贵为万金之躯，也并不是所有民众都心悦诚服。可笑的是有些自作多情的帝王。

王跃文：中国古代帝王并不都是自作多情的，他们治下的子民也的确好管多了。划阶级成分不是60前的发明，中国自古就是如此。中国古代很早就是所谓“四民”社会了，士农工商，早在服饰、住房等方面相区别了，而且不可随便混同，弄不好就是逾制大罪。怎么不见中国老百姓因为知道自己人多势众就闹事呢？中国当然也有百姓闹事的，轻则蜂起为盗、杀人越货，重则揭竿称王、动摇社稷，但没有哪次百姓起事是因为他们知道布衣者众，而是别有原因。中国皇帝们并不怕百姓人多势众，他们还往往拿人丁兴旺夸耀自己的尧舜之治哩！

伊渡：中国自古户籍制度严格，每年多少人丁都有详细记载，这只怕同帝王们的虚荣心也有关系。

王跃文：岂止是虚荣心？实惠得很啊！人口就是财富。古代加官进爵，所谓食千户、食万户，就是拿人丁来供养啊！这些被食的人丁，服服帖帖！原来中国自古就有“马上得天下，马下治天下”的训诫，这是历代皇帝都信奉的。中国除去远古传说里的禅让，历代天下都是好汉们骑在马背上打下来的。但是，中国的好汉登临大位，除了元朝的皇帝，都懂得从马背上下来，斯斯文文地治天下。

伊渡：比如李自成这样的草莽英雄，初起事时烧杀抢掠无所不为。他眼看着江山在握了，就把这江山看作自己的财产了。所以李自成后来也严肃军纪，不准扰民。中国自古以来有志抢天下的好汉，只有张献忠等极少数人始终只知道杀人。别的好汉们先是杀人不眨眼，眼看快“和牌”了就仁慈起来。李自成之辈所以如此，不过就是看到自己要溜下马背治天下了，不想把天下弄得不好收拾。

王跃文：俄国沙皇们肯定不明白马下治天下的道理。俄国沙皇本来就是游牧血统，他们过于留恋马背，君临天下之后仍然迷信马鞭、弓箭和大刀。他们害怕穿着统一制服的农奴都拿起马鞭、弓箭和大刀，真那样的话，麻烦就大了。沙皇俄国同泱泱大中国相比，毕竟资历太浅。沙皇权力的象征是权杖，中国皇权的象征是华表。我瞎猜，沙皇手中的权杖是由马鞭演变来的，它怎么能同中国的华表相比？华表是汉白玉雕刻的，游龙飞云，威武壮观，庄严肃穆。沙皇俄国的历史不过几百年，而尧帝门前的诽谤木演化成华表，则历时数千年！当华表还是诽谤木的时候，百姓可以随意把自己的想法刻在上面，上达君王。一旦诽谤木成了华表，别说它石质坚硬，哪怕是豆腐做的，也没人敢在上面刻字了。诽谤木演变成华表的过程，就是由让百姓说话到叫百姓闭嘴的过程。皇帝们的聪明脑袋，不得不叫人佩服。自秦始皇开始，2000 多年间，中国在位的皇帝不过四百九十几个，就是这四百九十几个脑袋，竟然把中国亿兆百姓的嘴巴调教得无话可说！华表终于成了屹立千古的风景！

所以说，治人之道，首在治心。心已乖顺，嘴便无言。嘴既无言，天下大治。这是自古皇帝们都心领神会的浅显道理，哪里用得着担心百姓人数多寡？其实，这个道理，街头流氓都明白。常有二三流氓当街作恶而过往群众袖手旁观，流氓为何不怕百姓人多势众？他们知道好人怕流氓。原来好人怕流氓，也是多年流氓作恶做出来的结果。流氓们知道好人多有怯弱之心，再多的好人他们都不怕了。皇帝眼里百姓是乖顺的，流氓眼里百姓是怯弱的，都好对付！

伊渡：原来皇帝和流氓都需要对付民众，因为他们都需要民众供养。有时候，皇帝就是流氓，不同的只是他们是大流氓。

王跃文：中国历史上由流氓直接做到皇帝的不是没有，刘邦就是的，朱元璋也是的，袁世凯同样是的。王朝代代兴废，华表岿然不动。到了近现代，就连诽谤木的“诽谤”二字，意义都早变了。诽谤的原意，拿今天的话说，大概就是“提意见”。而今天的诽谤，词典里的正宗解释是：无中生有，说人坏话，毁人名誉；诬蔑。我猜想，今天说的“提意见”，过不了多久也可能会转化为贬义词，恐怕会朝着造谣、中伤、诬蔑等意思演化。今天“提意见”三字，词典上还没有新的解释，但现实中却早显端倪。虽然官员们常说，欢迎群众提意见，但真正的意见他们是不喜欢听的。又比如说谁对谁有意见，就是说谁跟谁有矛盾。词典没有对意见的词义作出新的解释，但现实中的意义早就变了。语言是活的，词典是死的。谁听说有人给他提意见了，肯定满心不高兴。这个被提了意见的人，若是领导，嘴上会说“有则改之，无则加勉”，背地里却会给提意见的人穿小鞋；这人若是群众，马上就跳起来了，非要找那提意见的人对质问明白不可。这种词义的变化，近几十年的例子还有不少。比方批评，原来的意思是指出优缺点。可是，近几十年使用这个词最多的就是大小官员。他们常常板着面孔批评下属和群众，批评的实际意义早已经变成骂人了。说谁挨批评了，就是挨骂了。现在只有天真的文艺理论家还在使用批评的原意，所谓文学批评。

伊渡：民主与自由早已是世界大势，中国民众也早不是五六十多年前的民众了，一切落后的统治观念与手段都应摒弃。

王跃文：但是，历史是有惯性的。官方有个说法，领导就是服务。既然是服务，服务与被服务，至少应是平等的。但事实上，领导是高高在上的。嘴上说领导就是服务，但搞服务的从来不是领导。领导和领导机关的眼里，民众永远是下面，是管制的对象。通常干部去农村、进工厂，都是说“下去”。当然你可以说我这是在文字上钻牛角尖，事实上这就说明在潜意识里领导和领导机关就是把自己放在百姓上面。

汉语里有两句话，所谓“打天下”“坐江山”，可以很好地解释历代统治者同民众的关系。天下是好汉们打下来的，江山当然由好汉们来坐。似乎这已是天经地义。江山是什么呢？其实就是老百姓。如果统治者动辄屠城，杀尽天下百姓，空有大好江山，他们也没什么好坐的。

伊渡：您这个“打天下”“坐江山”说法很生动，自古以来官民关系的确如此。别说皇帝坐天下，就连方面大员、封疆大吏都叫坐镇一方。他们屁股底下坐的，就是百姓。

王跃文：我们不妨来说说屁股。如果文雅些，应该把屁股说成臀部。可是，我敢打赌，大多数人想到这个部位的时候，脑子里浮现出的词肯定是屁股，而不是臀部。同样是碳水化合物，肉长在不同的地方，竟分出高下贵贱来。可见人的虚伪或市侩无处不在，乃至不能公平地对待自己身上的每一块肉。既然如此，要让人公平地对待别人，当然不太容易了。

伊渡：是啊，齐生死，等贵贱，似乎只有圣人才做得到。

王跃文：但很多最高统治者在金銮宝殿上坐久了，就会自我膨胀，自命圣人。古代很多皇帝死后追封谥号都会用“圣”字。我们这会儿不讨论圣人，只说屁股。初看起来，好像屁股由精神到肉体都彻底地被歧视。腹中浊恶，喷薄而出，本与屁股无关，偏要诬赖为屁。屁股就莫名其妙地有了臭与脏的形象。想把谁往不堪里说，就说他“算个屁”！谁说话不中听，就是“放狗屁”！事不关己，就是“关我屁事”！如此种种，都是对屁股的歧视。要责罚人，也是打屁股。自古至今最常见的责人之法都是打屁股，而古时候打屁股还是正儿八经的刑罚。

伊渡：正像鲁迅先生说的，脖子因为最细，发明了砍头；膝盖能够弯曲，发明了磕头；屁股因为肉多，发明了打屁股。这是中国式的智慧，是国粹。

王跃文：屁股只要存在着，总有被打的危险。自然法则是用进废退，物竞天择。怎么就不见屁股争口气，稍稍进化些，长出犄角或坚甲，挨打的时候也许好受些；或者干脆长出两个拳头，也去打打别人，以雪千万年羞耻。然而，屁股竟是这般无用，肥嘟嘟呆板板沉默不语，哪怕忍不住放屁，也是唯恐有人听见，尽量遮掩着。真可谓哀其不幸，怒其不争！

但我们只要想到“坐江山”三个字，就明白屁股为什么甘愿做屁股了。原来天下诸多好事，终究是要屁股来受用的。屁股最原始的功能，就是坐。而坐，很多时候不但是享受，而且是待遇、身份、地位的象征。与尊者相对，尊者坐，贱者立。尊者让你坐下，你就欣欣然，陶陶然。你去做客，主人首先就是请你坐下。如果主人只让你站着，几句话就打发走人，你会很没有面子。那等堂而皇之的场面，坐就更有讲究了。坐主席台上还是坐主席台下，坐前排还是坐后排，坐左边还是坐右边，坐中间还是坐角落，位置不同，天壤之别。很多人就为着屁股能往某块地儿上放，费尽心机，使尽伎俩，甚至连小命都搭上。他们终其一生的奋斗，都是为着屁股。看人贵贱，明里看脸面，实是看屁股。屁股下有无专役之物，人就分出了尊卑贵贱。尊者贵者，座位便是宝座，别人不敢觊觎；车马便是座车座骑，专供一人独享，别人不得眼红。屁股之尊，直逼九五。千古英雄纷争，狼烟不断，干戈铿锵，血流成河，白骨如山，无非是屁股想坐到龙椅上去！所以，帝王坐江山，就是坐百姓。所谓改朝换代，无非就是老百姓头上的屁股换来换去。

伊渡：综观当今世界大势，国家越是贫穷，政局越是动荡，官员越是腐败，反过来就越会陷入更深沉的贫穷。这些国家抢龙椅的人更多。

王跃文：抢龙椅手段有高低，有人血战终生，有人不战而胜。有的人看上去无所作为，实际上虎视眈眈。这种人想要表现无为之状，竟然也靠屁股发言，叫作坐山观虎斗。不充英雄，袖手旁观，总没错吧？但是，一屁股坐在那里看别人杀得昏天黑地的，绝非良善之辈。他们看上去深藏不露，韬光养晦，其实是静候良机、蓄势待发。而他们最后的所谓“发”，照样是靠屁股说话：坐收渔利，坐享其成，坐地分赃，直至坐上江山。

人往高处走，水往低处流。人到最高处，又是屁股出来威风，江湖上就叫作坐大。凡坐大者，若是流氓，则出入招摇，马仔喝道，杀伐无忌，自称义士；若是教主，则旌幡飘扬，装神弄鬼，满口谎话，竟为教义；若是政客，则金口玉言，蛮不讲理，狂语梦呓，亦成圣旨。

伊渡：说到底，人的贵贱，就看屁股的贵贱。高贵的屁股坐百姓，而百姓的屁股则是专门预备着挨打的。

王跃文：最高贵的屁股，自然是帝王们的屁股，他们的屁股坐江山、坐龙椅。说到龙椅，我又想到了袁世凯。袁世凯是颇有些新派姿态的。他提倡新闻自由，他的儿子便办了一张报纸，却只发行一份，供袁大总统独个儿阅读。他不搞个人崇拜，允许把自己的图像铸在钱币上，老百姓谁都可以在他的头上摸来摸去。他哪怕是后来禁不住天下人劝进，奉天承运做了洪宪皇帝，也要把龙椅改革改革。人类已进入 20 世纪，太和殿里那张坐过明清两代众多皇帝的雕龙髹金大龙椅，实在不合时宜了。西学东渐，科学昌明，国际交流远胜往昔，天下万物生机勃勃。洪宪皇帝的龙椅，也得同国际接轨，才不会被西方人耻笑。于是，袁大总统摇身变成洪宪皇帝时，登基坐的龙椅就是一张中西合璧的沙发。但毕竟不是纯正的西式沙发，它可是金銮宝座。高高的靠背上，有个大大的帝国国徽。最有意思的就是这个国徽了，圆形，径约两尺，白色缎面做底，上面用彩色丝线绣了古代十二章图案。

伊渡：我没有见过袁世凯的龙椅，想必肯定有些不伦不类。

王跃文：我也没见过，有位终身供职故宫博物院的老专家在著作里写到了这则掌故，应该不是讹传。沙发欲柔软舒适，里面要么用弹簧，要么须有填充物，或许还有更高级的技术。袁世凯坐着那龙椅是否舒服自在，别人不知道。那张龙椅虽然有些非驴非马，但在当时朝贺的洪宪大臣们眼中，实在是威武无比的。谁又料想这张龙椅只有 83 天的寿命呢？最叫人们料想不到的是天长日久之后，龙椅背上“中华帝国”国徽上的白色缎面渐渐断裂，里面露出的填充物竟然是稻草！

伊渡：稻草？真是匪夷所思！

王跃文：生活本身永远超过作家的想象力。故宫博物院为了修复那张明清雕龙髹金大龙椅，耗时近千个工日，可见龙椅制作技术之精、工序之繁。谁有这么大的胆子，敢往洪宪皇帝的龙椅里塞稻草呢？如果把那人想象成预言家或革命家，知道袁世凯倒行逆施，日子久不了，那真是神了。真是这样的好汉，他就早如蔡锷揭竿而起护法去了，绝对到不了袁世凯麾下去的。督造龙椅又是天大的事情，非几个工匠就能成事，必有相当于内务府总管以上的官员天天盯着。但督造龙椅的官员，不论官阶高低，谁敢如此胆大包天？或许某个工匠是位觉悟很高的劳动人民，看透了封建社会的腐朽，便背着督造官员，故意把稻草塞进袁世凯的龙椅里。不过这种想象，只可能在30年前的革命小说里出现，显然是天真可笑的。

伊渡：我还真是怀疑，谁有这么大的胆子，往龙椅里塞稻草？那可是杀头的罪啊！

王跃文：但是，稻草毕竟塞进龙椅里去了。那么，只有一种可能，那就是：官场上弄得无比正经的事情，其实大家心里都明白那是儿戏。官场中人谙熟此道，再大的荒唐都会出现。

当年追随袁世凯的人，很多都是久历宦海的官场混混儿，从晚清混到民国，又想把民国变成“中华帝国”。他们最能从庄严肃穆的官场把戏中看出幽默、笑话、无聊、虚假、游戏等，因而就学会了整套欺上瞒下的好手艺。既然大家都知道官场门径多为游戏，为什么还玩得那么认真呢？又不是黄口顽童！原来大家都明白，皇帝虽然喜欢杀人，但只要哄得他老人家高兴，赏赐也是丰厚的。管他游戏不游戏，玩吧！玩得转了，不论赏下个什么官儿做做，便可锦衣玉食、富贵千秋。

伊渡：我都替他们担心，万一稻草从龙椅里钻出来了怎么办？

王跃文：你多虑了。替袁世凯造龙椅的人早算计过了，要等到这龙椅露出稻草来，须得百年工夫。有着这百年时光，他们想做的什么事情早都做成了。督造龙椅的官员，早已福荫三代、赐公封侯了。那些抡斧拉锯的工匠，倘若运气不错，也早已由奴才变成主子了，他们的后人只怕也做上总督或巡抚了。这个时候，如果稻草露出来了，混得有头有脸的后人，大可替显祖辩白。总得有个人抵罪，倒霉的大概是某个混得最不好的后人。也不一定真会出事，皇帝表示宽厚仁德也是常有的。如果后来真有袁二世或袁三世，他兴许会说：这都是猴年马月的事了，朕不予追究。只是各位臣工往后要仔细当差，否则朕绝不轻饶！

伊渡：袁世凯可不是吃素的，替他造龙椅的那些人难道吃了豹子胆？

王跃文：我想，倘若袁世凯当时就算知道自己坐着稻草龙椅，他也不会龙颜大怒，只把这口气往肚里吞了算啦！宰相肚里尚且撑得船哩，何况人家是皇帝！袁世凯心里很清楚，如果离开身边这帮成天哄骗他的人，他是连稻草龙椅都坐不成的，他得坐冷板凳！

伊渡：皇帝不是一个人可以做的，他得靠大家帮忙。封建社会，尽管皇帝权力至高无上，百官只会俯首帖耳，但君臣之间私下是有默契的。谁都别玩过了火，否则，要么君不再是君，要么臣不再是臣。

王跃文：所以，古代所谓英明天子，最大的本事就是和稀泥。康熙就是位和稀泥的高手。他讲究所谓以宽治天下，曾对大学士们说过一番话，大意是说，治国宜宽，宽则得众。若吹毛求疵，天下岂有完人？康熙还举例说，赵申乔任湖南巡抚的时候，大小官员都被他参劾过，难道全省没有一个好官？官之清廉只可论其大方面者。张鹏翮居官很清廉，但他在山东兖州做官时，也曾收过人家的规例钱。张伯行居官也清廉，但他刻了那么多书，而刻一部书非花千金不可。这些钱哪里来的？只是朕不追究而已。两淮盐差官员经常送人礼物，朕不是不知道，只是不想追究！

伊渡：多年前在媒体曝光的沈阳市原市长慕绥新贪污案，其实早被一位香港记者发现端倪。慕绥新为了宣扬自己的政绩，邀请大批记者前往沈阳采写新闻。内地记者多是懂得游戏规则的，拿人钱财，替人消灾，一般不会乱说。可是这位香港记者偏偏不按牌理出牌，盯上了慕市长的一身行头，从衬衫、领带、西服、皮带到皮鞋，全是世界名牌，粗略估算也值几万港元。回港之后，这位记者在报道中提出疑问：内地市长的月收入不过1000多元，慕绥新如何穿得起这么贵重的行头？按照内地人的观念，正像当年康熙说的，那位香港记者是在吹毛求疵。

王跃文：曾经见媒体报道，说美国前总统小布什戴的手表只值50美元。我觉得这丝毫不是丑闻。当然我也没有证据说明小布什清廉或者贪污。但是，如果有谁愿意把查办慕绥新案作为经验，光从领导干部日常生活查起，不知要查出多少贪官。他们抽的烟、喝的酒、穿的、住的、用的，工资是远远供不起的。也许应该发明一个新名词，叫“日常腐败”。日常腐败似乎可以忽略不计的，不然中国处处是洪洞县了。

我读了康熙那番话，明白一个道理：原来官员清廉与否，皇帝其实都是知道的。似乎康熙也并不在乎官员是否真的清廉，只要大方面说得过去就行了。康熙提到的几位官员，在历史上都有清名，而最清廉的是赵申乔。偏是这个赵申乔，康熙好像并不怎么喜欢。有一回，康熙又同大臣们说起赵申乔的清廉，这位英明天子并不以为然，说道，朕相信赵申乔是个清官，但作为封疆大吏，要说他一清二白，朕未必相信！倒是对明知其多少有些贪行的张鹏翮、张伯行，康熙反倒宽宏多了。就我所读到的清史资料，康熙对这两位“张清官”颇多赞赏，动不动就说他们是“理学名臣”。

伊渡：我也从有关史料上知道，康熙表面上很憎恨贪污腐败，曾经说过，凡别项人犯尚可宽恕，贪官之罪断不可宽。但事实上，康熙往往是嘴上说得严格，下手却很软。特别是到了康熙晚年，贪污腐败之风已不可救药了。

王跃文：康熙朝被史学界称誉较多，但并不妨碍它出产贪官。雍正继位当年，就查处江苏巡抚吴存用贪污所得，贿赂朝中大小官员及太监等，共 226 人，计银 44 万多两。今人熟知的名臣嵩祝、李光地、张鹏翮及六位皇子皆在受贿之列。山西巡抚苏克济更厉害，他向各州县索贿四 450 多万两银子。这些贪官都是康熙皇帝留给儿子的“政治遗产”。须知，雍正元年(1723 年)，户部存银只有 2300 多万两银子。

贪官并不一定都会倒霉的。索额图和明珠都贪，索额图死于监牢，明珠得享天年。徐乾学和高士奇也都贪，徐被皇上罢斥永不叙用，高告老还乡仍被召回。赵申乔的儿子赵凤诏因贪污被参劾，论罪处斩了。原来康熙说，赵申乔确实清廉，但他养的这个儿子太贪了，应按律处斩！不能臆断康熙杀赵凤诏的真实动机，但他并不喜欢赵申乔这个清官，应是事实。康熙曾责怪赵申乔教子不严，赵便上书，称自己“不能教子，求赐罢斥”！康熙看了他的折子，龙颜大怒：“今阅赵申乔所奏，其词意愤激，殊非大臣之体。”当时的赵申乔是户部尚书，因失大臣之体，挨了处分，戴罪留用。

伊渡：当时有个封疆大吏噶礼也很贪，而且屡次陷害忠良，康熙多次包庇他。直等到噶礼自己母亲出面告他有弑母大罪，康熙才下令惩办。但也没有按律处斩，只是令他自尽。

王跃文：赵申乔的儿子赵凤诏就是噶礼的走狗，帮着噶礼敛财。赵凤诏处斩，应是死有余辜。他的老子赵申乔是否真的清廉，也不必再去辩护。况且清官多酷，也有不是之处。就说赵申乔，他在湖南巡抚任上，把所有官员都参了，实在有些过分。奇怪的是康熙对官员之好恶，同他们官品之优劣，并没有多大关系。

伊渡：帝王时代，国法就是家法，皇帝就是家长。皇帝杀谁不杀谁，只看他的心情。

王跃文：的确如此。说桩公案，便知康熙如何英明了。李光地和陈梦雷是福建同乡，又是同科进士。康熙十二年（1676年），耿精忠在福建造反，当时李陈二人正在老家告假，成了事实上的附逆之人。李陈二人密约，上“蜡丸书”给清廷，告知耿精忠造反的详细情况。两人商量完所有细节，约好由李光地起草上书。可李光地是个夺情卖友之人，上“蜡丸书”时独自具名落款。平叛之后，陈梦雷便成了附逆罪臣，逮捕下狱，贬戍奉天。李光地却扶摇直上，官至文渊阁大学士。李光地非但不救陈梦雷，反而落井下石。陈梦雷很是愤恨，屡屡上告，终无结果。陈梦雷成了当时有名的上访户，但所有上访信都被有关部门卡了。多年之后，闹得康熙都知道了，就在巡视关外时，召见了陈梦雷。

陈梦雷以为他可以洗清罪名，自己的出头之日到了。康熙却并不想昭雪冤情，而是挑唆陈梦雷说出李光地的不忠之处。陈梦雷倒是个君子，任康熙如何暗示、胁迫，他只说："李某负奴才千般万般，要说他负皇上却没有，奴才怎敢妄说？"康熙若是常人，即使不为陈梦雷的厚道感动，也应为李光地的忠诚而欣慰。可康熙恰恰不是常人，他是皇帝。他非常失望，非常气愤，咬牙切齿斥责陈梦雷，怒道："你是个罪人，如何见得朕？你今日有话不说，自此后终无见朕之日矣！"原来，这时的康熙想整李光地了，只是治罪无凭。皇帝想治别人的罪，本可不用理由，但若能有些把柄，毕竟方便些。可见，皇帝用人整人，不太关乎官员们的奸忠贪廉，也不关乎国法纲纪。

我写《大清相国》的时候，查阅了康熙朝所有重臣的事略，他们时而被治罪，时而又起复，很像"文化大革命"。康熙皇帝到了晚年脾气很怪很坏，立储一事不准任何人提起，一提就要杀人。有个刑部尚书进言立储，被康熙下旨像壁虎一样钉在墙上，哀号三日而死，叫人闻之心胆俱寒。可是，正是这位整人无数、杀人无数的皇帝，后人对他无限敬仰！

伊渡：想到这些年有些影视剧把康熙吹到天上去了，真是笑话。

王跃文：康熙在位60年，平三藩、安四边、收台湾、治河工，的确功勋卓著。但这位英明天子在吏治方面，一直是和稀泥。有位巡抚去江苏赴任，康熙专门叮嘱说：你下去以后，有事尽管密奏，但治理地方，以安静为要，不可吹毛求疵！可见康熙不仅治吏不严，反而得意于自己的宽厚仁德。正是这个原因，康熙晚期，吏治已烂到不可收拾的地步。

伊渡：只要是人治社会，法律在书面上写得再如何堂而皇之，都是不济事的。皇帝们在位时间越长，就会越来越昏庸。汉武、康熙、乾隆等御位时间长的皇帝，概莫能外。

王跃文：我很欣赏丘吉尔的一个观点，那就是抛弃伟人。“二战”胜利后，丘吉尔作为伟大的国家英雄，马上被英国选民抛弃了。丘吉尔是否豁达地接受了民意的选择，我们无从知道，可是丘吉尔借评论当时法国前总理克列孟梭被法国人抛弃的事实发表了自己的看法：“对他们的伟大人物忘恩负义，是一个强大民族的标志。”如果我们赞同丘吉尔的看法，中华民族的问题就大了。很多现代中国人仍然奴性十足，他们之所以崇拜汉武大帝、康熙大帝、乾隆大帝，一个重要原因就是这几位皇帝在位时间都很长，都有过卓越功勋。政治强人恋栈，后果往往是灾难性的，中国民众却很乐意纵容他们！中国不能再上演“封神演义”了，中国封神榜的仙班名单已经够长了。

伊渡：官场腐败至今仍是个国际性毒瘤，它影响社会公正，阻碍社会进步，毒化社会风气，最坏的结果是导致社会动乱。可是，综观世界，似乎亚洲国家的腐败更为严重。

王跃文：也许我们应从亚洲传统和文化方面寻找原因。我不具备这方面的学养，没能力讨论这个问题。我只是隐约觉得，亚洲在宗教方面有缺陷，某种意义上来说，我们中国是个没有宗教的国家。这必然影响着人们的思维方式和行为习惯。《圣经》里有个故事经常被人引用：有位妇人犯通奸罪，依照摩西的法律当乱石砸死。法利赛人把这桩公案交给耶稣裁决。耶稣说，你们中间谁是没有罪的，谁就可以先拿石头砸她。人们听了这话，从老到少一个一个都离去了。结果，没有一个人敢把手中的石头砸向这位妇人。好在耶稣时代交通不太便利，中国人还没法远游西域。不然，《圣经》里关于罪恶的这条教义将是另外一番模样：个别人是没有罪的。

伊渡：我们中国的传统观念，不仅是个别人没有罪，而且是所有人都没有罪。所谓“人之初，性本善”。

王跃文：教义变了，整个教化就不同了。所有人都没有罪，人人便都厚着脸皮过活；个别人没有罪，便谁都想充当无罪的“个别人”。要证明自己没罪，最直接的办法是诬陷别人有罪，攻讦便成平常之事。人既然分有罪和无罪两种，仇恨就是天然的了，争斗便亦无可厚非。如此如此，天下便越发罪孽深重。最终有一个人会让天下人相信他是最清白、最高尚的，此人就是皇帝。所以自古皇帝加尊号，可以用上十几个、几十个最好的辞藻，不嫌累赘和拗口。这种教化之下，普通百姓无自我检讨之心，九五至尊以自我神化为乐。

伊渡：中国人缺乏忏悔意识，根源就在于没有良好的宗教支持。

王跃文：我毫无诋毁同胞的意思，只是历史为我们提供了太多难堪的例证。在中国，大凡全民族的灵魂面临严峻考验的时候，人性的丑陋、凶恶和残忍便如洪水猛兽般集体爆发。往远了不说，单是“文革”十年，我们脚下这块土地上演出过多少告密、陷害、残杀的丑剧！只要有人政治上倒霉了，旁人最人道的做法是同他划清界限，很多人还会添油加醋揭发出新的罪证。有的人仅仅为了表现自己的清白、进步和革命，就不惜无中生有置人于死地。同样一块石头，在《圣经》里是检验人皆有罪的试金石，在中国却成入了一个很不光彩的成语——落井下石。

一块石头，为何被基督徒丢在了地上，中国人却拿它砸向落井受难的人？其中必有宗教、文化和传统诸多原因；但从人本能的生存智慧上看，劣根性似乎是先天的。譬如放屁一事，写成白纸黑字虽是不雅，从中却可以照见中国人的天性。中国小孩子在一起玩，忽然闻见屁臭，都会掩住鼻子，环顾左右。他们掩住鼻子，与其说是怕臭，不如说是表示这屁不是自己放的；而放屁者往往最先做掩鼻皱眉状。可见，中国人从小便知道证明自己是清白的，哪怕他就是放屁的人。这些从小放屁不认账的人，长大就成了有了罪也无悔意的人。

伊渡：我感觉您说的中国人生存智慧也好，劣根性也好，深层原因也许是因为宗教信仰先天不足。

王跃文：也许是吧。有罪者非但不自觉有罪，而且在谆谆劝诫别人不要犯罪，义正词严地斥责别人犯罪，铁面无私地惩治别人犯罪。只不过谆谆劝诫是言不由衷，义正词严是装腔作势，铁面无私是假模假样。所谓贼喊捉贼在西方有无很贴切的对译词，抑或是我邦独有之国粹？我不知道。我们经常看到的情况是贪官们在倒台之前，装腔作势，人模狗样，颇具道德优越感。

法利赛人想陷害耶稣，故意把犯了通奸罪的妇人交给他来处理，企图抓住可以控告他的把柄。因为上帝是不宽恕淫乱的，耶稣面临的就是两难选择：他既不能纵容通奸妇人的不贞，又不能违背上帝的仁慈而杀人。所谓最大的人道，就是不要把人性推向必须接受考验的悬崖。法利赛人的行为就是最不人道的，他的阴谋让耶稣在内的所有人的人性都面临考验。推而论之，凡是容易为人性之恶从魔瓶里爬出来提供机会的社会，无论暴政庸政，都是不人道的。

伊渡：大致可以这样说，信奉基督教的民族，多有着良好的法制传统。《圣经》是上帝之法，法律是人间之法。人神共管，灵与肉都有约束。

王跃文：中国人只归人管，不服神管。神的旨意是不变的，而人的旨意则随心所欲。中国皇帝只认自己是天子，皇权是上天老子授予的。而芸芸众生，则只能听皇帝的。所以但凡每个皇帝上台，都要自己弄套新玩意儿。康熙皇帝曾经有一道圣旨颁行天下，类同教谕臣民的乡规民约，简单扼要，112 个字，叫“圣谕十六条”。这道圣谕的底色是孔孟之道，实际上就是康熙治国教民的政治主张。每逢初一、十五，各地官员必须集合当地乡绅、学子、黎民等宣讲康熙这些语录。据说康熙年间，天下归心，乾坤朗朗，康熙《圣谕十六条》起到过很大作用。

但是，《圣谕十六条》却被后来的皇帝变来变去。高明的皇帝都知道，光是大开杀戒不足以治天下。清代推崇“敬天法祖”，雍正正好利用这条祖宗传下来的老规矩，号称“以圣祖之心为心，以圣祖之政为政”，把康熙的《圣谕十六条》详加阐发，写成洋洋万言，重新颁行。这就是雍正的所谓《圣谕广训》。各地官员又得在每月初一、十五召集百姓宣讲《圣谕广训》，累年不辍。但是，如果说康熙那十数条圣旨言简意赅，那么雍正的阐述则是王妈妈的裹脚布。可惜雍正享国之日太短，在金銮殿上只坐了 13 载，寿年不过 57 岁。假如他真如乃父，坐朝 61 年，终有一天会偷梁换柱，不用再拿康熙去吓唬人。

伊渡：雍正坐上皇帝宝座，首先要吓唬的大概就是他的骨肉兄弟们。

王跃文：的确如此。这位四阿哥做皇帝，凭的仅仅是康熙一句话。康熙六十一年（1720年）十月某日凌晨，皇帝召众皇子和亲近大臣到榻前，下了谕旨："皇四子胤禛人品贵重，深肖朕躬，必能克承大统，着继朕登基，即皇帝位！"这个时候，军功赫赫的十四阿哥却在西藏平叛。中国人认皇帝，讲究的是正统。雍正承父皇之位，正统自是无疑。反对正统，大逆之罪。十四阿哥心里暗自不服，却也只好打落门牙往肚里吞。他奉旨回京，还得问清楚先去吊唁先皇，还是先去恭贺新皇；其他的阿哥们自然更是无话可说。野史记载，雍正还把自己的两个亲弟弟八阿哥、九阿哥改了名，一个叫阿其那，一个叫塞思黑，意思是满语的猪和狗，用意在于震慑别的阿哥们。野史不见得可信，但雍正之酷，史家早有公论。

雍正尽管做了皇帝，但他必须堂而皇之地把康熙放在神龛上供着。康熙35个儿子，他们在父皇驾崩之前过的日子可谓血雨腥风。皇子们疯癫的疯癫，关押的关押，为了立储之事，不知掉了多少脑袋。我前面说到过，康熙到了晚年，几乎听不得大臣们提及储君之事，谁胆敢说到立太子，重者杀头，轻者罢官。康熙衰老之际，十四阿哥胤禵军功最大，授抚远大将军，世人多以为他会承继大统；没想到，康熙看中的偏偏是皇四子胤禛。胤禛不仅没什么功业，甚至还有些蹈高临虚的姿态，多年同世外之人相与为伍，谈佛论道。皇子们争来斗去，几乎忽略了还有个四阿哥会同他们争天下。可是，正是这位看上去与世无争的四阿哥最后做了皇帝。越是如此，雍正越是要残酷地迫害亲兄弟，越是要把先皇的灵幡举得高高的。但是照抄《圣谕十六条》又太不高明，所以就有了《圣谕广训》。

雍正短命，便宜了乾隆。乾隆觉得让全国官民年年月月读那雍正的洋洋万言，太烦琐了，而且多年下来，早已流于形式，有名无实了。于是，着令废止。雍正同乾隆，做法不同，目的却是相同的。康熙能够被称为“圣”祖，其神圣之处是不可动摇的，雍正只有借其光芒方能照耀天下。雍正终究未能至圣，只被称作“世”宗，平淡地承继一“世”而已。乾隆改改他的做法，反而又显得高明了。于是乾隆庙号便有个“高”字，叫高宗。我这么解释皇帝庙号，严肃的史学家们肯定会笑话我了。他们想笑，就让他们笑吧。

伊渡：帝王时代，一朝天子一朝臣，或者每逢新朝便改弦易辙，根本原因在于人治。帝王们口头上总是标榜祖宗之法、先王之法，心里却都有自己的小算盘。

王跃文：是的，皇帝们做事用人，全凭他们自己个人的想法。雍正登基不久，云南巡抚杨名时上折子，请求把巡抚衙门的收入留下少许，其余的悉数上缴国库。这分明是个清官，可雍正皇帝却勃然大怒，批示说：督抚这点银钱，岂可用法则限制？取所当取，而不伤乎廉；用所当用，而不涉乎滥！若一切公用、犒赏之需至于拮据窘乏，殊失封疆之体，非朕意也！雍正还斥责杨名时：矫激以沽誉，不知是何用心。可是，13年后，乾隆皇帝登基没几天，就把杨名时召回京城，赐他一个礼部尚书衔，领国子监祭酒，兼值上书房、南书房。乾隆称赞杨名时：为人诚朴，品德端方。同样一个杨名时，在两个皇帝面前是两种评价，两种待遇。

雍正虽然要借康熙的光，但他自己去阐述康熙的圣谕，目的却是想自己再搞一套治国之策。乾隆干脆推翻雍正玩的那套，重新按自己的想法去做。当然，不管怎么玩，清朝各代皇帝口头上都会说敬天法祖。这个幌子是轻易动不得的，不然皇帝就做不成。别人会假借数典忘祖之类的罪名把他从金銮宝殿上拉下来。

为什么康雍乾三代皇帝都要各弄一套呢？原因当然是多方面的，我想他们缺少宗教情怀，没有一个永恒的精神主宰，应是其中重要原因。本来政治同宗教应是各司其职，但中国的传统向来就有政教合一的意思。当然这里所说的教，并非真正的宗教，而是宗教的替代品。这种替代品，或者是被帝王借用的思想学说，如孔孟之道；或者是帝王们自己发明的所谓思想。但那些帝王思想对教化百姓是否真正起到过作用呢？这是大可怀疑的。统治者固然可以利用严酷的刑罚推行帝王思想，但百姓是否心服口服，就很难说了。每遇政治不稳定的时候，就有英雄揭竿而起，百姓便把帝王们成天灌输的思想抛置脑后，这就说明统治者总想把自己的政治理念强加给百姓，都是徒劳的。也许有人立即就会指出我逻辑不周延，因为宗教国家的政治形态、政治体制、政治理想也并不是一成不变的。事实当然如此。

政治同宗教本来就是两回事，宗教可以影响政治，却不能取代政治。但有没有宗教，情形就是不同。

明末清初有位名叫唐铸万的学者说过一句话：老养生，释明死，儒治世，三者各异，不可相通。这句话很有道理，推而论之，政治家、思想家、哲学家、宗教家，都应各司其职，谁想把各种名分都放在自己一个人头上，注定是行不通的。尤其是政治家，既想当帝王，又想做教主，还要扮演思想家，天下必然大乱。就我所知道的史料，古代皇帝自己著书立说的，只有自作聪明的雍正。结果怎么样呢？中国历史上的思想家，再怎么排名次，都轮不到雍正皇帝。

伊渡：目前世界上只有少数宗教极端的国家，政教合一，政治元首在某种程度上就是教主，而且充当思想家。偏偏是这些国家，政局混乱，官场腐败，民生疾苦，四面楚歌。

王跃文：你的观察是有道理的。一旦宗教直接同政治联姻，后果是不堪设想的。当今世界动乱不已，有个重要原因就是有的宗教政治化了，思想也是如此。思想家的职责仅仅是生产思想，他们的思想是否能转化成政治理念，靠的是天时地利人和，或者说要看这种思想是否在现实政治中行得通。而且，并不是所有思想家的思想都是天经地义的，有的甚至是十分有害的。有的思想之所以被成功地转化为政治理念，必定有历史的论证和取舍过程。自以为是的政治家们，如果把自己的思想不由分说地转化为治国理念，就是拿国家和民族的命运冒险。

一个国家是不能交给政治家做试验田的。希特勒把他的纳粹思想转化成国家意志，结果造成人类20世纪最大的灾难。

伊渡：希特勒利用了尼采的学说。因而可以说，尼采思想作为纯学术，它也许是有意义的；而把他的思想转化成政治，则是有害的。因为，要么思想家们的学说很可能良莠并存，要么政治家们吸收某种学说的时候采取的是实用主义。政治家都是典型的实用主义和机会主义者，比方希特勒最感兴趣的就是尼采的超人学说。

视爱情为宗教信仰

王跃文：20世纪以来人类政治的最大特点之一，就是某些思想学说影响政治思潮，甚至直接转化成政治实践，包括某些宗教思潮中的宗教激进主义直接被用于政治。可以这么说，目前世界政治动荡不安，很多国家贫穷落后，政治腐败，根源就在这里。

所以，我认为不光宗教，做学问也应同搞政治分开。孔子说的“学而优则仕，仕而优则学”，后人望文生义理解成学问做得好的人就去做官，做官要做得好就须不断学习。这完全是误解了。这句话说的“优”字，并不是优秀的意思，而是多余、富余的意思。孔子的本意是说，读书读好了，如果有多余的能力，就去做官；做官做得好，如果有多余的能力，可以做做学问。可是，中国自古就有从政的人，既想当官享受现世的尊荣，又要立言梦想千秋万代。其实，真正做学问有成就的，都是专心只做学问的。清代做学问的官员不少，但真正在学术史上留下遗产的，无非就是清初顾炎武、黄宗羲、王夫之等不肯效忠清廷而潜心学问的人。清初有个万斯同，也不肯做清廷的官，既不应试科举，也不应试博学鸿词。后来，因为清朝要修明史，万斯同出于故国情怀，才答应入清廷明史馆。他拒受任何官禄，以布衣之身撰修明史。他注有《明史稿》500卷。但是，当时的明史馆总裁王鸿绪却命人将万斯同的著作重新抄录，署上自己的名字，上呈康熙皇帝。一个不学无术的官僚，靠偷书就成了大学问家。当时还有个学界大师级人物叫徐乾学，官也做得很大。但是，他的《读礼通考》，通篇都是万斯同捉刀而成的。李光地这个人物，因为电视剧《康熙王朝》中对他颇多笔墨，所以知名度挺高。他是当时有名的学问家，号称理学名臣，但他的学说完全承袭宋明旧说，老调重弹，全无建树。

伊渡：李光地这个人物，当朝就有评价，几乎鲜廉寡耻，后来雍正却称他为一代完人。雍正并不如他的父亲那样所谓的宽厚，却依然如此褒扬大臣，其中定有深意。

王跃文：李光地是何等人物，雍正肯定也看得明明白白，可他为什么要睁着眼睛说瞎话呢？都是驭人之道的需要。帝王需要按照自己的标准和想象塑造模范大臣形象，自然就会产生李光地这样的一代完人。我们稍加注意就会明白一个规律：所谓完人都是死后追封的。没有活着的完人，因为活人随时都可能变坏，而死人是变不坏的。死去的人如果早就是坏人，只要隐恶扬善，他就是好人甚至完人了。这是另外一个话题。

我们刚才说到的是官员做学问。说实话，我看见有些官员递上的名片，上面署有什么博士、硕士、教授之类的头衔，我总是不以为然的。现在不光政客们喜欢拿学术头衔装门面，企业老板们也颇好此风。曾有位什么公司老总给我递上名片，上面竟有博士、硕士头衔五六个，差不多抵得上胡适先生了。我想历史上做官又做学问的人，真实动机也许并不是“代圣人立言”之类，而是装点门面，好让自己的官越做越大。当然，如果能让自己的学问传下去，自然是好事。可惜这样的例子很少见。现在做学问的官员呢？只怕仅仅是为脸上贴金。有一位已经落马的四川省副省长，先当教授，后来从政，扶摇直上做到副省长，又掉转头回到大学任教。他的学问做得怎么样，我不知道，只知道他是个挪用公款上亿元的大贪官。现在，学位、学问等，不仅成了有些官员的晋升资本，更成了有些贪官的保护色。老百姓对读书人还抱有朴素的幻想，认为他们知书达理，坏也坏不到哪里去。曾有一位文学界名流同湖南某官员在一座名山上对话，那位文学界名流说：您热爱书法，又写诗作文，可见是位文化修养很高的官员。大凡读书人做官，总坏不到哪里去。不料，名山对话过后不久，这位书生官员就因巨大的腐败案件而翻身落马。

伊渡：听您说到这些事情，感觉您似乎是个很悲观的人。可是从您的作品看，您又是个很入世的人，您有着强烈的社会关怀情结。这是否有些矛盾？您自己反省过这种矛盾吗？

王跃文：我的确是个很悲观的人。有时候我甚至认为人活在世上都是没有意义的。因此，我看到别人为着蝇头小利相争，上下其手，相互伤害，我会觉得很没意思。我对世俗之利很淡泊，深层原因也在这里。这是我在人生哲学层面的感悟或思考，并不影响我世俗生活的乐观和豁达。我是个很自律的人，对自己的要求甚至有些苛刻。比方写作，我离不开它，不写作我会有种负罪感。我不明白这种负罪感来自何处，更不明白偷懒会对谁有罪，只是觉得消闲的日子稍微长些，我就会焦躁不安，我必须不停地工作。我知道自己的能力是有限的，但我总是自觉把善待亲人的责任放在自己肩上，总想通过自己的劳动让他们尽量过得好些。我一方面有些厌世遁世的情绪，一方面对亲人有着深深的眷恋。我常常痴想，假如没有这些亲人，我就独自出行，浪迹天涯，老了病了，驾鹤西游了，就长眠于某处的野山荒水。

伊渡：我感觉您是个用情很深的人，您说的遁世厌世只是一种情绪，或者偶尔飘过心头的一片阴霾。您深深爱着您的亲人和朋友。您心目中的朋友是什么概念呢？您有非常好的朋友吗？

王跃文：我当然有很好的朋友，但我的交友之道是“君子之交淡如水”。我对待朋友很真诚，但也很淡然。我几乎想不起要给哪位朋友打个电话问候，只是有事的时候才联系。不了解我的，甚至会觉得我薄情寡义。也有很好的朋友背叛我的，我心里知道，也从不点破。他仍会在我面前充朋友，我也善待他，只是我不会再同他说太知心的话，我会热情地应付他。我并不觉得这是虚伪。我有自己的待友之道，别人伤害我，那是别人的事，不过看穿一个人了，同他再交往时留心保护自己就行了。我不太容易同别人反目成仇。仇恨这东西不好，至少伤自己的身体。

伊渡：那么爱情呢？可以谈谈您的爱情观吗？

王跃文：爱情观？别弄得这么吓人。谈谈爱情倒是可以，别动不动就是什么“观”。世间的事情，只要弄得高深了，过大了，就难免虚假。

爱情是最难说清楚的东西。什么是真正的爱情？有没有一个永恒的爱情让我们去追求？我都想不清楚。但是，就像伏尔泰说的，没有上帝也要创造一个上帝。我的意思是说，这世上哪怕并没有真正永恒的爱情，我们也要相信爱情。人已经是很悲惨的动物了，如果连爱情都不相信了，还怎么活下去？所以，我们不妨像信仰宗教一样信仰爱情。或者，我们应该把爱情看成宗教。

不知为什么，我年轻时一想到爱情，必然想到革命牺牲。我觉得平凡的生活里不可能有真正纯粹的爱情。我当时心目中最完美的爱情版本是《牛虻》中的亚瑟和琼玛，悲苦，激烈，至死不渝。他们表面上共同为一个政治目标出生入死，是战友，是同志，他们的内心却汹涌着爱的激流。讲到爱情，我就联想到亚瑟和琼玛他们那颤抖的心、深情的泪眼、两具爱得死去活来却又始终不能拥抱的身躯。我尤其为琼玛打亚瑟的那两个耳光心醉，觉得那两耳光打得惊天动地，比亲吻拥抱更来劲。我以为，也许真正的深情，必然要以一种激烈的方式才能表达。当然，这是年轻时候的感受。

我很赞同罗素的一句话，他说有三种激情支配了他的一生：对不幸的同情、对知识的追求、对爱情的渴望。很显然，罗素把爱情归到了激情。爱到深处，必然会做出某些非常举动。像纳西族的恋人们动不动就要在一起殉情而死，毫不犹豫就把爱情放置于生命之上；温莎公爵为了辛普森夫人毅然放弃王位也是一段佳话。对他们来说，人生也许本来并无意义，幸而有了爱情。

爱情是上天对人的赐福。有了爱情，人生的漫漫长途至少就有了一支烛，有了温暖和光。有了爱情作底，你的人生再失败，再落魄，你也不会是真真正正的穷光蛋。但是，就目前中国世风来说，你真的成了穷光蛋也许就没有爱情了。这是现实层面的问题，不是我要讨论的问题。

我是把爱情当成宗教来信仰的。别人信基督，信佛，信真主，我信爱情。因为我知道，我人生的许多时候是为爱情而活的。我心甘情愿为爱情去燃烧。燃烧是一种消耗，一种无怨无悔的付出。

爱情最开始时总是“我需要你”，如饥似渴，如火如荼。不知不觉中，爱情就会变成“你需要我”。我们急不可待地反复去怀疑，去求证，去追寻，只为了让爱人说一句：亲爱的，没有你我不能活。说到底，爱情的真正含义就在于奉献和牺牲。只有我们毫不怀疑地感觉到“你需要我”的时候，我们的爱情幸福才会真正降临。

你被深爱着的人所需要，你有福了。

我会为爱情去死吗？也许我不会。但如果我这一生，从来就没有体验过真正的爱情，如果我从来没有为爱情战栗过，我会认为自己是一个最不幸的人。

伊渡：哎呀，这不仅是您的爱情观，几乎称得上您的爱情宣言了。我却听到现在大学生有种貌似洒脱和玩世不恭的说法：都 21 世纪了，还谈恋爱？真是老土！他们看来，似乎只有肉欲，只有刺激，所谓坚贞不渝的爱情，早已是古老的童话。

王跃文：我看到过一份资料，比较各民族的婚恋观，只有意大利人认为，外遇同忠实婚姻和爱情没有矛盾。但大多数国家是把忠贞当作爱情的试金石的，中国人更不用说了。辜鸿铭说茶壶不怕杯子多，那是纯粹的男权观念。现在男人们即便也是如辜老先生那么想的，也不敢说出来。男权、女权之类，都同政治有关了，人们就变得虚伪起来。听说有极端的女权主义者针对辜鸿铭的话，说了一句“笔筒哪怕毛笔多”，这大概可以看作女权主义者对男权主义的报复。但是，深层次的问题是，无论男人或女人，都是围绕着“忠贞”二字思考爱情的。

伊渡：我也认为爱情起码的是忠贞，其次才是深沉、甜蜜、永远之类。

王跃文：人们通常都是把对爱情不忠的板子打在男人身上。俗语说“男怕入错行，女怕嫁错郎”。又说女儿出嫁，犹如第二次投胎。这都是说婚姻、爱情对女人的重要性。自古以来人们都认为男人大多是花心萝卜，女人就是做小伏低了，也不一定有好结果。《诗经》里面很多诗都是写男人负心、怨妇悲苦的，比方那位“抱布贸丝”的氓。外国文学的情形也通常是“痴心女子负心汉”，俄国女诗人茨维塔耶娃就在诗中写道：“千百年来，女人们沿着河岸哭喊，亲爱的，我有什么地方对不起你？”

伊渡：您是在替男人喊冤吗？

王跃文：没有，我只是就事论事，随便聊聊。男人花心，首先因为他们占有了社会绝大部分经济资本和文化资本。经济资本的占有，使他们能够随心所欲地买女人，买性；文化资本的占有，使他们拥有话语权，设置对于男人女人的双重标准。对男人，花心是成功性感的标志；对女人，移情则是最令人不齿的堕落。比较“风流公子”与“破鞋”两者不同的话语色彩，便可看出对男女设置的不同的道德标准。

伊渡：不光男人，大多雄性动物在对待性的问题上都不如雌性严肃认真。比方公鸡，亮着漂亮的羽毛向母鸡求欢，飞快地完成刺激之后，拍拍翅膀就走掉了。母鸡呢？还得生蛋，孵小鸡，带着小鸡觅食。遇着天上有老鹰，飞快地跑过去保护小鸡的永远只是母鸡。公鸡呢？也许正同另外一只母鸡快活着哩！

王跃文：据说男人花心，除了社会历史文化原因以外，还真有生殖学等自然科学方面的原因。婚姻中，男人与女人投入的生殖成本是不对等的。男人播完一次精子，马上就能开始下一个周期的生殖，所以很容易说变就变，再觅新欢。女人则要十月怀胎，还得生养，生育投资非常高，何况从物质上说，女性自己承担衣食和孩子养育通常都不能自立，女人想花心也不容易啊。世界超级花花公子毕加索就有经验之谈，他说控制女人最好的办法就是不停地让她生孩子。男性生殖投资低，性行为本来就容易犯“机会主义”错误，再加上他们一直掌握着社会的经济权、话语权，所以“痴心女子负心汉”就自古皆然了。

男人既然如此，女人怎么办呢？动物学家威廉斯做过这样的预测，如果雄性动物的生殖投资超过雌性，它们的性行为就会发生逆转。目前这样的动物已经被发现了：它就是海里的尖嘴鱼，是海马的近亲。雌性尖嘴鱼只须将卵产在雄性尖嘴鱼腹袋里的血管上就完成生殖任务，万事大吉了。尖嘴鱼的儿女们只好仰仗爸爸体内的养分来发育成长。果然，雌性尖嘴鱼不但在求爱时成为主动的一方，而且性伴侣的数量也大大超过了雄鱼。只可惜雌雄动物性游戏颠倒过来的，目前只发现尖嘴鱼。女人总不能嫁给尖嘴鱼吧？

伊渡：照您这么说，男人花心是生物性决定的？那样的话，男人花起来，不就更心安理得了？

王跃文：你误解了。我不但不会为男人辩护，我甚至还有些厌恶男人。尽管我自己是个男人。世界上的人祸，大到专制暴政、战争，小到流氓斗殴、家庭暴力，绝大多数都是男人干的。世界不得安宁，灾难深重，流血不断，都是因为那些野心勃勃的男人。你打开电视看新闻，世界政要都是男人，他们那么自以为是，扬扬得意。也许男人变好了，世界就太平了。

伊渡：女权主义者听了您这番言论，应该向您致意了。但我却以为，男人并非生物本质就坏，不过是男人掌握着权力而已。权力是恶的发源地。

王跃文：我丝毫没有向女权主义者谄媚的意思，我讨厌任何主义。我没有太多的历史学养，无法真切地想象古代母系社会的情形。中国最早的神是女娲。《山海经》里说，女娲长得人面蛇身，日夜七十交。《说文》记载说："女娲，古之神圣女，化万物者也。"女娲最大的功绩是抟黄土造人，创建各种文化业绩，比如炼五彩石补，置神媒，制笙簧等等。女娲之功德可说是上达九天，下至地府。

我想，女娲那神圣光芒所照耀的便是辉煌灿烂的母系时代。若干年后，子虚乌有的未庄有位绝对真实的阿Q先生，他的崇高理想是要什么有什么，喜欢谁就是谁。可是，女娲之神庇佑的母系时代，女人们早就实现了阿Q式的男人们从未遂愿的理想。那时的女人们，拥有绝对的财产控制权、婚姻自主权、家庭分工权，真的是“要什么有什么，喜欢谁就是谁”。

伊渡：难道母系社会不是另外一种霸权？我的意思是说女人主宰世界同男人主宰世界会有区别吗？

王跃文：我至少没有见到过母系社会的血腥记录。母性先天就是温柔和包容的，也许她们主宰的世界会比男人的世界美好多了。人类过早地失去了母系时代，这是历史必然，也是真真切切的不幸。

不知是哪天，“女娲时代”就变成了“女祸时代”。一切似乎来得太仓促，女人还没来得及在历史上留下自己的声音，就无影无踪了。我们现在所知道的有限的几个中国古代女人，只有害得商朝亡国的妲己、害得周幽王丢失社稷的褒姒、害得陈国覆亡的张丽华、害得唐玄宗仓皇西逃的杨玉环，再想多举几个例子，就只能想起苏小小之类的妓女了。

大概在孔子时代，女人已经很坏事了。老夫子摇头叹息说：唯女子与小人为难养也。“女人祸水”这话不知是谁发明的，流布甚广，几成公理。认同这话的，不光男人，更包括绝大多数女人，尤其是儿子讨了媳妇的年长女人。几乎所有妈妈教育自己的儿子都会说：远离漂亮的女人，那种女人是狐狸精、美女蛇，轻则害人，重则误国。不知功高盖世的女娲，为何偏偏要长得人面蛇身；或许正是神的先知先觉，她早已预见到了自己若干世之后必然演变成害人误国的美女蛇吧。古代中国的传统便是国破家亡，美女抵罪。男人们的勇武所在，就是为了天下苍生而把女人勒死，譬如唐明皇。

伊渡：所谓“女祸时代”，完全是男人信口雌黄。男人们当家做主，大祸临头了，账就算在女人头上。

王跃文：从性别角度去研究历史，就会发现男人们歪曲了历史。神威无比的女娲到哪儿去了呢？北岛在诗中写道：“人民在褪色的壁画上默默地死去，默默地永生。”用这话来描述女娲时代的消亡倒也很恰切。但即便是绘在壁画里永生的女人，也是被扭曲了的。西方曾有学者写过一本震撼了历史界的书，叫“中世纪前没有儿童”，说在中世纪前没人意识到儿童原来是个独立存在的特殊群体。我们同样可以说，中世纪以前的西方也没有女人，因为“she”这个词直到12世纪才发明。中国女人就更悲哀了，“她”字直到1920年才被刘半农先生在《教我如何不想她》这首歌里发明出来，比西方晚了700年。可见，女性由辉煌而式微，东西方概莫能外。

伊渡：可是据说有些目光敏锐的人士已经看到，“女祸时代”悄然结束，“女娲时代”卷土重来。国际上亦有类似女娲时代的说法，谓之“她时代”。20世纪末，美国方言协会做过一个调查，评出21世纪最重要的一个字，就是“she”。有位台湾地区的男性研究专家宣称，上海已进入“准母系社会”，并为之击节称快。他们发现，现在的女人，主持家政的是她们，驰骋江湖的也是她们。

王跃文：倘若真是如此，我想今后书写历史的也必然是“她们”。我没法想象，今后在“她们”书写的历史里，男人又会是个什么面目呢？

伊渡：我在网上看见，有评论家评论您的小说时，说您有“圣女情结”。似乎您小说中写到的坏人尽是男人，您笔下的女人却没有让人讨厌的。

王跃文：我自己没有注意到身上的所谓“圣女情结”，既然有人发现了，也许是真的吧。我很尊重女性，尤其是尊重身为人母的女性。有一个心理测试题说，你和你的旅伴，还有大象、老虎、孔雀、猴子和狗，穿过一片险象环生的森林，你必须逐一放弃你的旅伴，最后你只能与这些旅伴中的一个从森林里走出，你会选择谁？

我和周围的亲朋好友做过这道题，答案五花八门，大象、孔雀、老虎和狗都会被人选中，就是没有人选择猴子。后来我终于遇到了一位选择猴子的人，她是我的岳母。我问岳母为什么选择猴子，岳母一脸柔和，快乐地说：只有猴子需要照顾，而且猴子很可爱啊！

岳母脸上的光辉让我有些动容：这就是母亲啊。据说在这道心理测试题里，大象象征父母，老虎象征配偶，孔雀象征情人，狗象征朋友，而猴子象征孩子。母亲选择了孩子，我怎能不为她的回答动容呢？

伊渡：您的岳母真有爱心。

王跃文：我其实并不相信这类游戏的测试意义，觉得它太牵强，谈不上科学；但是，我相信天下母亲都是有爱心的，她们也许什么都舍得放弃，却唯独不能放弃孩子。我冒昧地把人类的世俗生活简化为感性、理性、神性三位一体，又大胆地断言纯粹女性的精神里充盈的是神性，而纯粹男性的精神里灌注的是理性。但无论是女人还是男人，都不会是单方面的纯粹。人性是有局限的，无所不在的局限性使天下男女悲喜交困。

最近，一位少年时代的女友频繁给我打电话，诉说她不惑之年的困惑。近20年的婚姻生活，她相夫教子，无怨无悔，充实快乐，几乎从来没有想到过自己。现在，儿子上了大学，丈夫的公司越做越大，忙得回不了家，她突然觉得心里空落起来。她还没来得及整理内心没来由的空虚，又突然发现丈夫有了外遇。她屡屡苦劝，丈夫却口是心非，同她玩起了斗智斗勇的游戏。可是，她为了丈夫在儿子面前的形象，为了丈夫在社会上的地位，为了孩子有个完整的家，她不得不把家庭维持下去，不得不保持沉默。她说，她等待丈夫有一天会幡然醒悟。

我不确信她的丈夫会回头，也不同意她的处事方法，但我为她身上那种女性的宽厚与仁慈而感动。那是一种纯粹的女性的精神，具有某种宗教意义的神性。面对这样的女性，我没有勇气残忍地劝她选择放弃。

伊渡：可现实生活中，女人们又正是因为这种美好善良的天性，让她们不断陷入更深的不幸，有时候她们这种美好善良的天性甚至纵容了男人。

王跃文：是的。女性身上的神性是伟大的，但她们毕竟还是人，真实的人性光彩照人，同时也千疮百孔。就说我的这位女友，她和所有的女人一样，在世俗生活中散发着神性的光辉，同时也用眼泪和沉默诉说着女人的脆弱和伤痛。

男人同女人究竟是怎么回事？人间真实的神话是这样的：万木丛生的大地上，男人和女人繁衍着子孙，男人仰慕女人的神性，女人仰慕男人的理性。他们无法停止爱对方，他们无法停止伤害对方。他们总能相互宽恕，使爱和伤害继续下去，丰茂的大地提供给他们无穷无尽的养料。

歌德的《浮士德》是这么终结全篇的：伟大的女性，引领我们上升！

我的财富价值观

伊渡：世间最说不清楚的话题也许就是爱情。我们换个话题，说说有关财富。我看过一份资料，说中国目前每5000人中间就有1位千万富翁。不知道这个数据是否权威。但是，显而易见的事实是贫富差距不是在缩小，而是在扩大。您认为财富占有的不公平将会对社会产生怎样的影响?

王跃文：我看现在中国面临的严重社会问题主要是三个：一是官场腐败，二是财富非法集中，三是贫富悬殊。这三个问题是相互关联的，最后构成威胁社会的普遍问题就是贫富悬殊。有人笼统地批评仇富心理，却没有追问产生这种心理的病根。应该说，导致仇富心理的原因，既有传统的，也有现实的，当然还有人性弱点方面的。

中国自古的传统就是只要说到富人，就想到为富不仁。这个词的意思，或者是说富者因不仁而富，或者是说为富之后就不仁，或者两者兼而有之。反正是贬义。富人既然为富不仁，仇富的心理也就油然而生。所以中国历史上，农民起义大多以“均贫富、等贵贱”为口号，乡里则把“吃大户”看作理所当然。侠客们最大的美德就是劫富济贫。不光中国如此，西方人也如此。阿拉伯人就说，富人死后要进天堂，比一匹骆驼穿过针眼还要难。

伊渡：仇富心理并不理智，毕竟我们需要富裕，不需要贫穷；而且很多人的财富都是自己合法创造的。

王跃文：我反对盲目的仇富心理，那样对社会进步不仅没有好处，相反是有害的。可是仇富心理已经是种社会存在，不能视而不见。我敬仰那些道德高尚的富人。美国钢铁大亨卡内基的座右铭是：富人在道义上有义务把他们的一部分财产分给穷人。最有意思的是当今世界首富比尔·盖茨，据说他的资产已有 430 亿美元。他在过去 4 年里，捐献给慈善事业的财产达到 235 亿美元，相当于他现有净资产的 60%。(此处数据为 2005 年)

可是，比尔·盖茨却并未因此就树立起一个美好的富人形象。相反，他动辄得咎。他捐一亿美元给印度人做抗艾滋病研究，有人说他只是为了获得免税权；他给学校捐献电脑和电话，有人说是在变相做广告，向下一代推销自己的产品。舆论的威力真是不可思议，众口铄金，积毁销骨。比尔·盖茨被各种说法弄糊涂了，他在回答哥伦比亚广播公司记者采访时说：确实，我对于自己拥有如此巨额的财产，多少感到内疚。

伊渡：我们中国正是缺少比尔·盖茨这样的大慈善家。

王跃文：中国的富人们正在绞尽脑汁忙着怎么偷税逃税哩！比尔·盖茨将自己财产捐出 60% 之后居然还内疚了，也许这正是经济学家们说的财产伦理在作怪吧。但是，这种财产伦理可能只对比尔·盖茨这样的人有制约力，中国的富人们才不管那么多哩。有资料表明，中国百万美元以上的富人已超过 23 万人，富人之多在亚洲仅次于日本。

富人自是越多越好，但中国有些富人是怎样富起来的，虽属商业秘密，公众还是能够窥知一二的。只不过话语权是跟着财富跑的，普通老百姓知晓再多内幕也只能在茶余饭后发发牢骚。当然，同富豪们大发横财的内幕相比，普通老百姓看到更多的还是这些人的阔绰。比如多年之前，位于北京国际饭店旁的“贡院六号”房产，每平方米售价 6 万元人民币，普通老百姓听了不敢相信，却被富人们一抢而空。又比如，目前世界上最大的豪华轿车销售市场不是美国或日本，而是中国。宾利轿车最低价 800 多万人民币，在中国供不应求。再比如，北京某饭店最低消费两万元人民币，每日门庭若市，不事先订座还吃不着饭。

伊渡：总体上说，中国富人的素质不高，这不是嫉妒。有位专门追逐女明星的富豪结婚了，他的豪华婚礼正逢印度洋海啸灾难之后，因此备受媒体非议。各种批评中，最令人啼笑皆非的是有位富人揭发这位金牌王老五并不是什么大老板，而只是个拿年薪的高级打工仔。这位主动出来揭发别人的富豪，真像那只没有吃着葡萄的狐狸，似乎如果真是大富豪了，他就有资格玩遍女明星，不然就是假冒的花花公子，有侵权行为。

王跃文：我无权批评富人们的奢侈和荒唐。人家钱是自己赚的，人家想怎么花就怎么花。哪怕他的钱不干净，只要没有东窗事发，人家兴许还是人大代表或政协委员，我们还得高举红标语上向他们学习、致敬！当然，所谓学习致敬，看起来也有些滑稽。那些胸口别着红花的富人是否真的值得去学习和致敬，没有人征求我们的意见。我们可以向他们学习、致敬，但他们也总得有值得我们学习、致敬的地方啊！说个简单的事实：2003 年“非典”期间，中华慈善总会共收到捐款 770 多万元，其中只有一个富人以个人名义捐了 200 万元人民币。如此泱泱大国，富人财产如此之巨，当国家面临那么严峻的灾难，收到的捐款竟然只有可怜的 700 多万元，并且富人捐款仅一人而已！

相比之下，我敬佩美国那些富人。小布什上台之后，曾经考虑过取消遗产税。按我们中国人的想法，这是大大有利于富人的。但在美国，恰恰正是包括比尔·盖茨父亲在内的许多富人联名发表声明，呼吁政府不要取消遗产税。他们讲到的一条理由，就是不能让有的人生下来就拥有一切，这是不公平的。

如果不从根本上解决贫富悬殊问题，只是要求穷人安分守己，不要眼红富人，更不要因为仇富而闹事，社会就和谐了，那就想错了。近日看到媒体报道，北京某房地产公司老板大放厥词说，他作为富人和商人，就不应该考虑穷人，不能让百姓都能买房。这简直是一派胡言！我初听此言，脑子里冒出的是两个字：混账！

骂人是不文明的，但是仅仅从字面上望文生义，中国很多富人钱袋里的进账，就是靠浑水摸鱼混到手的。所以，说这些人混账也没什么不可以。中国富人如果都是这种货色，迟早会出大事的。中国很多富人的发家史本来就是经不起追问的，他们为什么还如此猖狂？无非是有恃无恐！如果富人的财产来源是道德而合法的，就不用担心仇富心理。而事实也许恰恰相反。中国神话般地造就着富翁，富人聚敛财富的速度超过了任何发达国家。我认为这并不是经济快速发展的标志，而恰恰是在给社会动荡种下深层祸根。某种程度上甚至可以这么看，正是极少数人的暴富，加剧了多数人的贫困。有一种现象屡见不鲜，就是很多国有企业破产了，却有人从中大发破产财，靠成千上万职工的下岗失业，成就自己充满血腥味的财富。

伊渡：您认为社会出现这么多问题，原因在哪里？

王跃文：深层次的原因，我们是没法展开讨论的。我至少认为，社会缺乏健全的危机预警机制。早些年银行开始剥离不良资产，我同某省银行资产管理公司的负责人叙谈，我就说过，这是那些有门路的人大发横财的又一良机。他惊叹我作为非专业人士的眼光敏锐。我说哪里是敏锐？显而易见的问题，我这个搞经济的外行都看得出来，上层官员和专家们肯定早就心中有数。现在很多年过去了，我后来从媒体报道看到，果然有很多人从中非法暴富了。也就是我刚才说的，他们靠“混账”混富了。媒体报道是非常有限的，内幕严重到何种程度外界没法知道。再比如，最近禁赌声势浩大，其实赌博问题早就应该有所察觉了，非要等到中国边境线都被赌场团团包围了，高官大亨们把钱财大量输往国外了，才引起重视。头痛医头，脚痛医脚，甚至要等到病入膏肓才去投医，会很糟糕。

再比如，前些年各大城市纷纷掀起别墅热，有些二线城市也宣称进入了别墅季。我听着就惶恐。中国这样土地资源并不富裕的人口大国，国家应该明确禁止城市建别墅。可是，高层对此视而不见，装聋作哑。好像过了好几年，国家有关部门才作出了建别墅的限制性规定。人人都在忙着升官发财，不知道有谁在为国家长远利益未雨绸缪。

伊渡：您总是思考这些关乎大局的问题，颇具忧患意识，而且有些愤世嫉俗，疾恶如仇。您看上去很善良，我却最害怕那种抹着浓厚道德油彩的好人、善人。所谓大善大忠，必隐大恶大奸。不过，请不要误解我的意思。

王跃文：我很清楚，怎么会误解你呢？我虽然是个疾恶如仇的人，但从来不认为自己至善至美。我有很多毛病，比方缺乏勇气。说件很有意思的事情。《国画》刚出版不久，有回晚饭后，我碰见一位领导，刚从外面吃饭回来，一脸醉容。他热情地上前和我打招呼说，听说你最近出了一部书，写得很不错，我还没时间看，一定抽空看看。我就开玩笑说，您当领导的，哪有时间看我的小说？多看看《邓小平文选》吧。领导很高兴，站在那里同我扯淡。结果，他说着说着，就把《国画》里面的精彩细节说出来许多。原来，他不愿意承认自己已看过《国画》，却因醉酒把刚说过的话忘记了，很快又吐出了真言。他是什么心理，我没法琢磨。我当时很想点破，却终于没有开口，碍于人情世故，我没有这个勇气。很多时候，我都是事后想起热血沸腾，临有事时却又犹豫观望。日常小事我都如此畏缩，真的临遇大事了怎么办？我怀疑自己的勇气。

我基本上不看当代中国作家的小说。我不是看不起当代中国作家，只是怕受别人的影响，也怕看了别人的东西自己没了信心。经常有媒体记者问我如何看待中国当代文坛，我总是顾左右而言他，就因为自己对此确实缺乏了解，我不能不负责任地乱说一气。我还很羡慕有的作家能写善画，很能应付场面，我就没这个能耐。欧阳修说，观人题壁，便知文章。我很惭愧。我每次去大理，都去一家叫“美香林”的餐馆吃饭。餐馆不大，店家却很客气，菜也不错。店家多次想让我留下所谓“墨宝”，我都推掉了，非常不好意思。我的字见不得人的，怎敢留下？我开玩笑说，等我把字练好些再写吧。我在大理某宾馆看到过某高级领导人的题字，知道那字确实有点儿丢人；尽管如此，我还是没有那位领导勇敢，我没有信心。

20 世纪 90 年代初，我参加省作家协会举办的作家读书班。读书班在某大学举办，两人合住一间房。有个星期日，室友外出了，我不慎把钥匙忘在了房间里，我在窗外望着钥匙就放在桌子上，但就是够不着。我必须进到房间里去，所以没办法，我只得找来一根竹竿，捅破纱窗，小心翼翼地挑出钥匙。可是，等我进了门，再望着自己捅破的纱窗，心里怎么也不舒服。我郁闷了好大会儿，突然想道，那么多的贪官污吏蚕食鲸吞国家钱财，我只是捅破一面纱窗算什么呢？我必须这么安慰自己，心里才稍稍释然。我知道，这都是病。

第三章

灵肉：肉体理智多于心灵最高智慧

肉体无处安放

伊渡：我想再回到前面提到过的宗教问题。您是否认为，包括中国在内的一些亚洲国家，因为宗教缺陷等文化方面原因，使得这些国家或民族在精神建设方面存在先天不足？而精神建设的形态，又必然会影响到国家和社会形态的构建？

王跃文：一个国家或民族缺乏良好的宗教传统，肯定是一件遗憾的事；但是，人类早已走过了精神蒙昧期，现在再要往某个民族意识深处重新植入某种宗教，无异痴人说梦。时至现代，那些落后的亚洲国家只有依靠先进的政治文明，才可自我救赎。

这个话题太大了，不是我能力涉及的。我倒是胡思乱想过人类精神建设过程当中对肉体的背叛和逃避。人的肉身与生俱来，人之为人的一切可能，首先都是因为有了肉体。人的灵魂精神，喜怒哀乐，你是愚昧也罢，智慧也罢，都必须以人的肉体为载体。没了肉体，就如水浇火，青烟散尽，唯余冷灰。精神依托肉体而存在，早已是现代科学的常识。但我们回首人类心灵史，却是一部不断蔑视肉体、仇视肉体、背离肉体、戕害肉体、忘却肉体的历史。人类真是一种很奇怪的动物，他们想逃离肉体，欲往何处？人的荒诞在于：大多时候，他们总是蔑视和背叛自己所固有的，向往自己所没有的，甚至不可能有的。他们的内心永远有一种超越和解脱的渴望，一种寻找生命价值和意义的焦虑。

伊渡：人类必须承认一些假定的前提才能心安理得，不然真没法活下去。比如人类知道没有上帝，也要创造一个上帝，为什么？因为人类需要上帝。人活着的意义也是如此，我们必须首先承认生存是有意义的，因为生命仅仅诞生于偶然，无所谓高贵意义。宇宙间，由于极偶然的原因诞生了这么一个适合生命存在的地球，又由于极偶然的原因滋生了种种原始生命，仍然由于极偶然的原因人类进化出来。也就是说，人类极可能不存在，或者极可能是另外一副模样；既然如此，人类自命的使命感哪里来的呢？

王跃文： 造化创造了人的肉体，也创造了人的思维；可思维偏偏想离开肉体，飞升到另一个空灵的境界当中去。世世代代困扰着人类的这种灵魂相对肉体的无望挣扎，究竟缘何而起？别的动物也同我们一样因为肉体而焦躁不安吗？又是谁独独给人类设置了这样的宿命？或者，真有一个上帝吗？人类的命运不过是上帝设置的一个游戏？人类的生活永远在别处。这让我想起鲁迅先生曾尖刻地讽刺过的那种人，他们拼命拔着自己的头发想离开地球。可是千百年来，人类一代一代确实在做着拔着头发想离开地球的事。从这个意义上说，人类注定是一种绝望的动物。

曾看电影《阿拉伯的劳伦斯》，听那位英国的劳伦斯对满怀好奇心的土耳其土著人说，我来自一个富裕的国家，那里的人都很有钱。我很感慨：中国人从来就没有真正富裕过。有人分析中国贫穷的根源，列举了很多原因，包括战争频仍、政治腐败、科技落后、国运不昌等等。我想还有个重要原因，就是中国文化中对肉体的蔑视和排斥。人有物欲和肉欲，天经地义，可是中国传统文化偏偏重义理而轻物欲，这是相当虚伪的。统治者自己享受着优厚的物质生活，却张口闭口仁义道德，甚至告诫老百姓不要看重物质利益，就更加假仁假义了。

蔑视肉体、物欲，“文革”时期达到巅峰。所谓艰苦朴素，直接成了不要物质利益，只要思想觉悟。当时有的干部偶尔置了新衣服，得特意缝上两个补丁。没有物质利益的向往，哪来的创造动力？贫穷就是很自然的了。

追寻这种荒唐的政治理念的历史文化根源，就在于精神一直梦想着逃离肉体。中国的文化里面，人为什么如此希望突破自己的肉体？灵与肉一定是势不两立的吗？东郭先生曾经问庄子，您所说的至高无上的“道”在哪里呢？庄子说，道无所不在，在蝼蚁，在杂草，在烂瓦，在屎尿。既然如此，庄子为什么又要人们形如槁木，呆若木鸡，心无所悬，坐化忘机呢？难道非如此不能悟道？人类肉体的丰富感觉，它给予人的愉悦和痛苦，难道不是大化和自然的一部分吗？可庄子言下之意，道无所不在，却唯独不在人的肉体内！中国的哲学家至少从庄子开始，就把自身肉体忘得干干净净！

伊渡：中国古人所说的“物”和“我”，通常是两个对立的哲学概念，而其中的“我”通常又是指精神的我，而非肉体的我。

王跃文：也不尽然。我觉得中国哲学家并没有把肉体忘得干干净净，而是认为肉体是万恶之本，灭掉肉体欲望和肉体感觉，才能灭掉恶。

康德说过，有两样东西，我越是持久地思索，它们就越使我的心灵充满始终新鲜的不断增长的景仰和敬畏。康德说的这两样东西是什么呢？他说，那就是在我头顶的星空和我心中的道德法则。

中国文化中，康德说的那种心中的道德法则，也就是孟子所说的“人皆有不忍之心”。孟子打了一个比方，一个小孩落井了，看到的人不免惊骇，油然而生恻隐之心。这种恻隐之心，不是因为想和小孩的父母搞好关系，不是想在乡邻中博得见义勇为的美名，也不是因为孩子呼救的声音刺耳难听，确实是因为心中有所不忍。孟子说，无恻隐之心，算不上人；无羞恶之心，算不上人；无辞让之心，算不上人；无是非之心，算不上人。恻隐之心，是仁的萌芽；羞恶之心，是义的萌芽；辞让之心，是礼的萌芽；是非之心，是智的萌芽。孟子说的这四种萌芽，就是人性中的善。善是与生俱来的，在人的内心自然生长，像小树长成大树，像花苞开成花朵。只要听凭善的本性滋长，人皆可以为尧舜。

伊渡：同基督教里面的原罪思想正好相反。

王跃文：是的。这善是寄居在哪里的？身体发肤自然受之父母。人性的善受之哪里呢？孟子说，善来自天。他说的这个天，不是自然界中与地相对的物质的天，而是意理之天、道德之天。冯友兰先生认为，孟子所谓的天，就是一个由道德主宰的宇宙，人间的道德原则就是宇宙道德在人身上的体现。

伊渡：按照孟子这种说法，灵肉可是一体的呀。人由父母所生，善由天所授。也就是说，人一来到世间，他的身上就有着善的本性。

王跃文：表面看来是这样的，似乎人的肉体和人性浑然一体了，人的肉体和宇宙道德第一次连在了一起。这是贯穿中国文化始终的天人合一思想的开端。孟子说，吾善养吾浩然之气。什么是浩然之气？按孟子的说法，它是一种宇宙之气，超乎人的道德之上，至大至刚，塞乎天地之间，上下与天地同流。然而，这种浩然之气同样可以养在人的心里，运行于人的身体和行为之中，最要紧的是它必须寄居于人的肉体之上。

伊渡：孟子的浩然之气只能存在于什么样的肉体上呢，或者所谓肉体并不重要？重要的仅仅是心灵？

王跃文：我想到了苏格拉底。苏格拉底生活在古希腊，他的身体与常人不同：面孔酷似野兽，体魄异常强健。宴会上，他是铁打的汉子，一个精力无比充沛的人，困倦和烈酒对他毫无影响。每当人们烂醉如泥，酒量最大的人也被折腾得精疲力竭之后，唯有他可以从容地扬长而去，继续到广场上去唇枪舌剑，驳倒他的对手。

据说，苏格拉底对严寒的非凡抵抗力也让人惊讶。寒冬天气，人们躲在家中闭门不出，还得穿上羔羊皮袄，裹上毡子；苏格拉底却依然穿着平时那件大衣，赤着脚出门，安然行走在冰雪之中。路上的士兵们对他侧目而视，以为他是故意嘲笑他们在寒冷面前的畏缩。

苏格拉底强健的肉身与他令人生畏的智慧难道不是相互依存的共生体？敏捷的思维必须要有强健的肉体才能承载。有时，苏格拉底黎明即起，笔直地站在那里苦苦思索。中午到了，人们议论纷纷，说他从黎明开始就站在那里思考问题！夜幕降临，好奇的人们吃过晚饭，把卧床搬到外面，观察苏格拉底的动静。他们看到苏格拉底竟这样沉思着呆立了一夜！太阳升起了，苏格拉底对着太阳，虔诚地做过祷告，然后离去。

伊渡：也许我们可以说，苏格拉底如果没有如此强壮的肉体，他那卓然超群的精神就没法产生。

王跃文：是的。假如霍金有健康和强壮的身体，他的伟大很可能会呈几何倍数增长。好像是南怀瑾说过，印度自古诞生哲学和宗教，就因为它地处亚热带，野生水果很多，人们吃食不愁。他们几乎不用劳作就可以吃饱，然后坐在菩提树下冥想，于是就诞生了哲学和宗教。我们没有必要把这种说法当成严谨的学术结论，但可以肯定的是人们起码要保证肉体的温饱，才能谈得上精神。爱斯基摩人生活在苦寒的北极圈内，必须吃尽苦头才能填饱肚子，才能保暖身子。我没有听说爱斯基摩人那里诞生了哲学和宗教，也没有听说那里诞生过伟大的文学艺术。可能是我孤陋寡闻吧。

我们无从知道孟子的肉体生活，不能想象他是在怎样一具肉体中涵养他的浩然之气的。尽管孟子及其弟子共同著有《孟子》7卷，但其中对孟子世俗的肉体生活却鲜有记载。然而，从《孟子》的一些篇章中，我们仍略微可见孟子对肉体的态度。孟子说，理义让我的心愉悦，就像肉食饱我口福。从孟子的这个比方，我们知道他是承认肉体需要的。他更明确地认为，口喜美味，耳喜美声，目喜美色，四肢喜安逸，这些感官喜好是先天的，属于天命。天命的存在是合理的。孟子游说齐宣王实行王道，齐宣王推托说，不行啊，寡人有疾，寡人好色。孟子马上说，没关系，只要您照顾到老百姓也有同样的欲求就可以了。

伊渡：看上去孟子好像很重视人的肉体生命，可其实又并不如此？

王跃文：是的。孟子轻视感官的欲望，而极端重视心灵的“人性”。孟子说的人性，并不包括人本能的肉体需要，而独指人性之“善”，即所谓人性中的仁义礼智。他认为就是因为有了仁义礼智，人才区别于禽兽；所以他说，人之所以异于禽兽者几希！庶民去之，君子存之。求则得之，舍则失之，是求有益于得也。孟子极其强调人的个体对理性追求的重要，甚至主张“舍生取义”。他有一段名言中国人都熟知：鱼我所欲也，熊掌亦我所欲也，二者不可得兼，舍鱼而取熊掌者也；生亦我所欲也，义亦我所欲也，二者不可得兼，舍生而取义者也。孟子在这里作了选择：义重于生，性高于命。孟子眼里的灵与肉虽不是水火不容，却是轻重判然。

“文革”的时候，我们村有个老人，天寒地冻，还在参加劳动。县委书记看见了，上前亲切地询问：老人家，您多大年纪了？老人回答：72 了！县委书记非常惊讶，又问：您这么大年纪了，还积极参加劳动，为的是什么？老人回答得很干脆：为嘴巴！县委书记非常失望，不再问下去了。因为他需要的答案是：为革命。县委书记得到老人这么低级的回答，没有把那老人打成“现行反革命”，已经很人道了。

从孟子开始，到这位县委书记，中国哲学走的是一条重灵轻肉，直至存天理灭人欲的道路。按照现代心理学的说法，人的欲求产生于匮缺。人们缺少什么，就想得到什么。孟子重灵轻肉，重性轻命，难道是因为他的肉体生活没有产生匮缺？孟子虽然也曾周游列国，推行王道遭到冷遇，但齐宣王对他一直优待有加。他当时住的地方，齐宣王专门为他开康庄之衢，高门大屋，相当尊宠。孟子的膳食肯定也不错，甚至可以选择于鱼与熊掌之间，营养应该不成问题。

伊渡：应该说，孟子不是没有欲望，而是优厚的物质生活满足了他的欲望。

王跃文：对呀。孟子活了82岁，在那个时代是相当长寿的。由此可见，他的肉体很好地承载了他养其浩然之气的使命。但是，他好像并不感激自己的肉体。

伊渡：我猜想，孟子的身体应该是很健康的。如果他老是牙痛，失眠，胃痛，高血压，逼得他不得不重视他的肉体，可能他又有另外的哲学观点了吧？这种人往往会成为厌世者。

王跃文：与孟子同代的学问家庄子是一个追求快乐的人。他有时靠借米度日；有时以编草鞋为生；他做过漆园小吏，可是没干多久就归隐了。显然，庄子追求的不是物欲满足的快乐，不是肉体感官的快乐；他的快乐恰恰是要忘却肉体、泯灭肉体感觉。庄子的快乐，是在宇宙间的逍遥游。他的逍遥游有“有恃”与“无恃”之分。“有恃”的逍遥游就像那只大鹏，翅若垂天之云，怒而飞，绝云气，负青天，水击三千里，扶摇直上九万里。这是何等的力量与自由！可谓逍遥矣。可惜，它的自由不是绝对的，必须“有恃”。所谓“有恃”，就是有所依托。大鹏鸟的飞翔依赖于海啸带起的大风，所以大鹏的快乐也只是相对的快乐。

庄子认为最高境界的逍遥是“无恃”的，即不借助任何外在力量的“至乐”。能够获取这种“至乐”的人，必然是“至人”“神人”和“圣人”。他们已经做到了无己、无功、无名、物我两忘、天人合一，所以能凭借自然的本性，顺应六气的变化，独与天地精神相往来，绝对自由地逍遥于无穷宇宙之中。

不管庄子是如何高明之人，不论他的学问如何玄妙，我总觉得他的学说未免有些自欺欺人。他的学说果真好，穷人都去信奉庄子好了。中国最好把他的学说输送到非洲国家去，穷人们坐在猴面包树下玄想着忘我，就可以获得至乐。事实是庄子哲学在他的诞生地中国，几千年来没有救助过一个穷人。我是世俗中人，只能用世俗的眼光看待庄子。当然，我们不能用实用主义对待任何哲学。有些哲学的存在意义也许仅仅在于它可能存在，承认它是人类精神资源的一脉而已。有时候，无用的东西，也是最有用的。

伊渡：庄子描绘的绝对自由的“至乐”的确令人神往，但要达到至乐境界非常人所能。须知人要忘却肉身，谈何容易！

王跃文：是啊。如果再往前走一步，人干脆不活算了。人生下来就死掉，或者干脆就不要生下来，就无所谓快乐或痛苦了。

《庄子·大宗师》里描述了孔子最聪明的门生颜回学习“坐忘”的过程：

颜回对孔子说，老师，我长进了。

孔子问，怎么说呢？

颜回回答，我忘掉仁义了。

孔子说，不错，但还不够。

隔些日子，颜回又对老师说，我长进了。

孔子又问，怎么说呢？

颜回说，我忘掉礼乐了。

孔子又说，不错，但还不够。

又过一些日子，颜回又说，老师，我长进了。

孔子又问，怎么说呢？

颜回说，我坐忘了。

孔子大惊不已，说，颜回，你真贤明啊。请让我做你的学生，跟随你一起学习吧！

伊渡：什么是“坐忘”呢？

王跃文：依颜回的说法，“坐忘”就是要“堕肢体，黜聪明，离形去知，同于大道”。

伊渡：原来，“坐忘”就是要废弃肢体，闭塞耳目，离析肉体，然后除去心智，这样才能同于大道。那不就是植物人吗？

王跃文：庄子在《大宗师》里敷衍的这个故事，表明的正是他对肉体的态度。庄子眼里，人的肉体只要顺其本性，不以人害天，同样可以有相对的快乐。可是，生老病死是自然法则，无法回避，人只要活着就得承受无穷的痛苦。而人的种种痛苦的根源，都因为人有肉体，没有彻底抛弃这个臭皮囊。只有把它忘个一干二净，方可有真正的自由。正像南郭子綦，神情木然，人如槁木，心若死灰，吾丧我而物化，同于大道。于是栩栩然蝴蝶，蘧蘧然周也。这时，绝对自由的逍遥便来临了。

伊渡：庄子追求快乐的方法原来就是更残酷地对待肉体。

王跃文：庄子解决痛苦的方法确实高妙。他太聪明了，来了个釜底抽薪。产生痛苦、感受痛苦的肉身都已被废弃和忘却，还有什么必要去追问痛苦因何而生，以及怎样才能解决痛苦这些问题呢？庄子不是去解决问题，而是把问题直接撤销了。果真能如此，倒是真令人向往的。其实庄子这种解决痛苦的方法，浓眉长髯的老子早就说过了。他闭目坐在树下，轻描淡写地说道："吾所以有大患者，为吾有身。及吾无身，吾有何患？"

我怀疑老子或庄子，他们自己真正做到了"无身"吗？或者，中国古代的哲学或哲学家从来就是矫情的？也许，武断地说老庄们矫情倒也容易，但要说清楚他们为什么要矫情就有难度了。孟子和庄子，对待肉体都不是太友好的，只不过孟子中和些，庄子残酷些。

忘却肉体到了 20 世纪六七十年代的中国，已是登峰造极。有人把毛主席像章直接别在肉里，寻求精神上的无限崇高感。唐山大地震，几十万肉体陷入废墟，拯救肉体所能借助的不是物质，而是蕴藏着无限精神力量的红宝书。

我是个肉体感觉特别敏感的人，弄不懂离开肉体还有什么精神；相反，当肉体遭遇强烈冲击的时候，满脑子想象的都是跟肉体有关的问题，从来没有从肉体痛苦中悟出过什么道来。也许我只能是个俗人。比方生病的时候，我感觉这病没有尽头，总以为自己可能就这么死去。我心里清楚情况并没有这么严重，但肉体的痛苦不断强化着自己的坏心情。我觉得自己除了肉体里面生长出的种种古怪想法之外，没有高悬于头顶的空灵的精神。

庄子没有想到，他死后2000年，德国一个叫费尔巴哈的哲学家伸出指头，轻而易举就点住了他的死穴。费尔巴哈写道：思维活动是一种机体活动。费尔巴哈直截了当地把意识生命首先还原给物质。他认为，表现在感觉上的就是真实。换言之，可感觉的表现就是实在本身。感觉直接产生于肉体，产生于口鼻眼手耳。一切思维活动都是通过肉体而展开的，智力的运行表现在肉体上，而且只能表现在肉体上。费尔巴哈第一次给肉体赋予了哲学的尊严。

伊渡：是不是人的肉体在这个时候才具有了哲学上的意义？可是我们中国的哲学家一直忽略肉体，听凭空灵的意念凌驾于肉体之上。

王跃文：庄子是否想过，当他真正形如槁木、心如死灰地“坐忘”之时，他能通过什么媒介感受到他所津津乐道的至乐？

当感受痛苦的肉体彻底废弃之后，感受至乐的肉体不也同样不存在了吗？槁木、死灰是既没有痛苦，也没有快乐的。其实，庄子之所以能够描绘出如此玄妙迷人的绝对自由境界，恰恰因为他有一个高度智慧的感官肉体。现代医学倒是证明，人之将死，意识模糊，只能产生种种离奇的幻觉。我想，这种幻觉哪怕美如海市蜃楼，也决然不是庄子心目中的至乐吧。庄子确实是一个快乐主义者，然而他的至乐只是一种人们永远无法达到的寂灭。这一点上，他不与佛教的涅槃殊途同归吗？有意思的是，那位佛教始祖苦行六年，形容枯槁，奄奄一息了，还未能悟道。如果不是那位善良的牧羊女搭救了他，就再没有千年佛教的绵绵香火了。释迦牟尼喝了牧羊女给他的鲜奶，恢复了元气，才终于在菩提树下觉悟了。悟道终究还须元气充沛的肉身啊！不过，佛教提倡的依然是忘却肉体。

我怀疑庄子自己到死都没有达到过他苦心孤诣描绘出的至乐。

中国哲学就是在这种敌视生命、鄙视肉体的状态下蹒跚起步的。

只有此岸，没有彼岸

伊渡：可是，无论怎样的一统江山、千秋万代，总会有些另类的声音破口而出吧？

王跃文： 当然。道家著作《列子》里，就有这样的另类声音。战国时代有个杨朱，比孟子早，孟子称他是“拔一毛利天下而不为”，说天下之言，“不归杨，则归墨”。孟子将“距杨、墨”视为自己最大的责任，足见杨朱当时的影响力。

但《列子》第七篇中的杨朱，只是假托了真杨朱之名。这位假杨朱说，人能活到一百岁者，千人之中无一人也。假设有一个，除掉孩提与昏老之时，再除掉睡眠的时间和人生的痛疾衰苦、亡失忧惧，生命已所余无几了。人生苦短，生既是暂时，死后亦归于寂灭，所以要及时行乐，“且趣当生，奚遑死后”。只管追求活着的快乐，哪管死后怎么样呢？人生唯有快乐享受才有价值，人生的目的和意义就在于此。欲望越能得到充分满足，人生才越为可乐。

其实，这正是蔑视肉体的哲学传统下必然出现的反动。当主流哲学家们视肉体如粪土的时候，真实的人性就会被虚伪地扭曲。终于有一天，针锋相对的哲学观念发出来，矫枉过正，石破天惊。你要禁欲？我偏要搞享乐主义！

当今中国物欲横流，有些人的奢侈、挥霍已到了病态地步，探究其社会心理方面的原因，也不能不说是当年物质高度匮乏之后的变态。过去人们没法追求肉体快乐，现在有条件享受了就醉生梦死。我去西安，参观了杨贵妃当年用过的温泉浴池，实在是太寒酸了。现代中国有钱人的享受，当年帝王之家都是没法想象的。

伊渡：古希腊的哲学家伊壁鸠鲁说过跟假杨朱几乎同样的话。他说，快乐是幸福生活的开始和目的，因为幸福生活是我们天生的最高的善。我们的一切取舍都从快乐出发，我们的最终目的仍是为了得到快乐。应该强调的是，伊壁鸠鲁的快乐来源于感觉，而感觉只能首先来源于肉体。

王跃文：这个假杨朱之后1500年，法国的唯物主义哲学家拉美特利，同样注重身体的快乐。拉美特利给自己改名为“机器先生”，他如此描述自己：机器先生没有灵魂，没有思想，没有理智，没有道德，没有判断，没有趣味，没有礼貌，没有德行；一切都是肉体，一切都是物质。拉美特利原是一位军医，因为患上一场热病，摇身一变成了享乐主义的唯物主义哲学家。也许疾病有助于哲学家了解肉体，或者说病痛往往催生哲学家。

拉美特利在病中发现，思维能力仅仅是肉体这个机器结构组织产生的一个结果，而肉体完全是物质的。拉美特利的原理非常简单：人是机器，宇宙中唯有变化多端的物质。拉美特利自从有了自己的哲学，便肆无忌惮，出言不逊，纵情享受肉体快乐。他别出心裁，用鹰肉代替鸡肉，加上猪肉和生姜，又塞进一些变质猪油做成馅饼食之，最后因为消化不良而一命呜呼。拉美特利死得真像个哲学家！

《杨朱》篇里虚构了这样一个故事：

晏婴问管仲怎样养生。管仲说：肆之而已，勿壅勿阏。

晏婴又请教：愿闻其详！

管仲回答：恣耳之所欲听，恣目之所欲视，恣鼻之所欲向，恣口之所欲言，恣体之所欲安，恣意之所欲行。

显然，管仲认为所谓养生，就是要满足耳目鼻口等身体各种感官的欲望，美声美色，美味美服，总之要恣欲纵行，否则就是“壅”和“阏”，就是对生命欲望的压抑和虐待，就只有痛苦烦恼。如此活着，即使活上一百年、一千年乃至一万年，又有什么快乐和意义呢？不如纵情享受、及时行乐，去掉烦恼的根由，熙熙然等待死的到来。这样，哪怕是只活一年、一月、一天，也算是活过了。

伊渡：我理解，管仲对晏婴所说的养生，就是简单赤裸的肉体享乐。生命的本质只在于感觉，享乐就是道德。生命通过肉体欲望的满足获得自由。这就是《杨朱》里面管仲的人生哲学。

王跃文： 应该是这样。管仲对晏婴说了这一番养生的大道理后，问晏婴道：我已经告诉您怎样养生了，那么您死后又该怎样？

晏婴一通百通，马上回答说：死后就无所谓了。既然死了，人还能怎样呢？烧掉也行，丢到河里也行，埋掉也行，暴露在外面也行，用柴草裹着弃之沟壑也行，衮衣绣裳装进棺椁厚葬也行。

管仲高兴地说：生死之道，我们都已进一步地领悟了。

伊渡：这倒是非常唯物主义的。

王跃文： 同样，《杨朱》篇里还讲了另一个故事。当然这个故事也是虚构的。

公元6世纪郑国著名的政治家子产治国三年，成绩斐然。可他的一个哥哥和一个弟弟，却是一个酗酒、一个好色，臭名昭著。

子产痛心疾首，郑重地找哥哥和弟弟谈话。子产说：人之所以比禽兽高贵是因为他有智慧，能思考。智慧和思考使人有礼义。一个人，只有守礼讲义，名和位自然会来找他。如果只是任情而动，耽于嗜欲，他的性命就危险了。

子产的哥哥、弟弟怎样回答的呢？他们不以为然地说：善于治外的人，还没开始治外自己的身心就已经痛苦；善于治内的人却因为听从自己的内心，不矫情地迎合别人而身心安逸。所谓“治外”，使人守礼讲义，不过是为了迎合世俗，是“从人”，这种道理也许可以在一国之内推行，但未必符合人心。如果像我等，任其自然，顺从本心地活着，不但可以推行天下，连君臣之道都无用武之地，都可免了矣。子产听后，无言以对。

《杨朱》所表达的思想，实际上就是魏晋名士们“越名教而任自然”生活的开端。《列子》上书，其实就是魏晋人的作品。魏晋时代，终于成为中国历史上一个风流蕴藉、率性任情的时代。

魏晋时期很有一批追求粗鄙的肉体享乐的人，他们极尽声色口欲满足之能事。写作《无名论》的“正始名士”何晏，因为母亲貌美，被曹操收为义子。他姿容美丽，好修饰，面白如玉，以至魏文帝怀疑他脸上搽了粉。有一次正是大夏天，魏文帝故意赐给他热汤饼吃。何晏吃完满头大汗，他用自己大红衣袖擦汗，脸色更加皎然。何晏是个登徒子，纵情声色，从妓女那里学来名为养生、实为催情的“三峰”药，他不但自己享用此药，还用它来讨好当权的大将军曹爽。何晏纵欲过度，虚火攻心，当时的神鉴名家，也就是看相先生管辂给何晏看相说，何晏魂不守宅，血不华色，精爽烟浮，容若槁木，谓之鬼幽。所谓鬼幽，就是为欲火所烧。想象起来，何晏也许真像一个面色苍白的幽灵，何晏为了补精益气，发明“五石散”服用。“五石散”其实是用紫石英、白石乳等五种矿物质放在一起熔炼，熬成粥状服食。这种药药性酷热，药效一旦发作，皮肤如有火烧，所以服药者都须穿着宽衣缓带、长袍大袖。食用“五石散”成为当时富贵高雅的象征，据说何晏只有招待最高贵的客人时才捧出这种仙药。何晏最后因依附曹爽而被司马懿所杀。我想，即使他有可能寿终正寝，也不会长命；但是，以《杨朱》的理论来看，何晏反而属于“善养生”者了。

伊渡：是啊。“五石散”的名气如此之大，以至于到了阮籍、嵇康时代，人们对服药仍迷信不已。《晋书·嵇康传》记载，当时有一个嵇康的崇拜者王烈，他在山上得到一种“石髓如饴”的东西，视为宝贵，自己吃了一半，留了一半准备送给嵇康吃。可惜还没来得及送到嵇康手里，那神奇之物就已凝固成石头了。人们于是说嵇康之所以不能长命，也许就因为他没吃上这种石浆。所谓“石髓如饴”的故事，说的正是“五石散”之遗风。

王跃文：《世说新语》里记载了很多魏晋人追求极致的感官享受，穷奢极欲的故事。石崇、王恺斗富，人们多已熟知。王恺用糕饼擦锅，石崇就用蜡烛当柴烧饭；王恺用紫丝绸衬上绿绫里子做成长达40里的步障，石崇就做50里；石崇用香料刷墙，王恺就用赤石脂刷墙。晋武帝曾把一株两尺高的珊瑚树赐给王恺，这株御赐珊瑚树稀罕无比。王恺得意地向石崇炫耀这棵珊瑚树，岂料石崇不屑一顾，用手中的铁如意应声将它打碎。王恺声色俱厉。石崇满不在乎，拿出自己收藏的珊瑚树赔给王恺，他家三四尺高的珊瑚树就有六七株。石崇家的厕所用沉香汁和甲煎粉熏得芬洌四溢，十多名婢女丽服藻饰，侍候其间，弄得客人都不好意思去上厕所。石崇大宴宾客时，令美人劝酒。客人如果不肯饮酒，石崇就命令阉奴把美人拖出去杀掉。丞相王导和大将军王敦经常同在石崇家做客，王导本不善饮，为了不使劝酒的美女丧命，每次都喝得酩酊大醉。王敦却故意不喝，冷眼旁观。有一次，因为王敦不肯喝酒，已经杀了三个美人。王导实在看不下去，责备王敦不仁。王敦满不在乎地说，他自杀他家的人，与你何干？

伊渡：也是王恺家的故事。王恺的儿子王济，少有逸才，文辞俊茂，又娶晋武帝的女儿常山公主为妻，为一时秀彦。他和他父亲一样，豪爽奢侈，华衣玉食，甚至去与他父亲比富。有回晋武帝御临他家用膳，100多名婢女身穿绫罗，手擎饮食，上下伺候。有一道蒸乳猪，味极鲜美，晋武帝大异，不禁相问。王济却淡淡地说，这小猪不过是人乳喂养的罢了。晋武帝大为不悦，心里真是愤愤不平，饭没吃甩袖而去。

王跃文：可是像何晏、石崇这些人，穷珍极丽，盛致声色，极重肉体感官的享乐，却并非只剩肉体；因为任何一个肉体享乐者都不可能彻底做到行尸走肉。何晏居然是正始年间系统阐述老庄思想的大学者。他进一步发挥老子“天地万物生于有，有生于无”的思想，提出：“有之为有，恃无以生，事而为事，由无生成。而无语，名之而无名，视之而无形，听之而无声，则道之全焉。”所以，道即为无。又因老子提出过“人法地，地法天，天法道，道法自然”的命题，何晏进而指出：“天地以自然运，圣人以自然用。”又因为庄学主张以理化情，所以何晏以为圣人无情，没有喜怒哀乐。何晏的肉体生活也许正是他哲学思想的极端体现。兴许充分满足和享受肉体欲望，就是何晏所谓的“圣人以自然用”？道既然为无，精神道德伦理自然也为无，肉体同样为无，通通都为无了，何必有高下雅俗正邪之分？

伊渡：石崇也有颇为一本正经的时候。石崇常和王敦一起到学校去游玩。有一天，望着学校里挂着的颜回画像，石崇忍不住说，如果我和他同为孔门弟子，恐怕也没有多大的区别吧？王敦嘲笑他说，你只能与家有千金的子贡相比。石崇却严肃地说，读书人就是要追求生活舒适，名高位重，何必和那些穷苦人扯到一起？也许在石崇看来，追求生活的舒适享受是人生再正当不过的欲望，根本不存在不礼不义有违名教的因素。这么一说，石崇也是有他自己的哲学的。

王跃文：魏晋时还有另一类人，他们也放浪形骸，狂放不羁，却简约玄澹，俊雅疏放；他们任情，重情，深情，纯情；他们也是越名教而任自然者流，却真正体现了超逸脱俗的风流精神。

伊渡：您说的是“竹林七贤”吧？

王跃文：是的。比如阮籍和阮咸叔侄，都名列“竹林七贤”之中。阮氏家族皆能饮酒，诸阮共聚，饮酒往往不用杯盏，而以大瓮盛酒。众人围坐，相向大酌。阮家养的猪也颇通酒性，常常群集酒瓮之侧，同诸阮一起把嘴伸到瓮里开怀大饮。

伊渡：毕加索曾画过一幅素描，描绘了文艺复兴时期艺术家们放浪形骸、人猪共醉的情景。画家不曾知道，中国的一群风流哲学家比他们早1000年就体会到这种“同于万物”的自由境界了。

王跃文：“竹林七贤”中的另一个更有名的酒徒是刘伶。刘伶身长六尺，相貌丑陋，整日沉迷醉乡，神情悠忽，视形骸为土木。他耽酒而病，却更加渴酒，哀求妻子再给他一点儿酒喝。妻子劝他戒酒，哭泣着毁掉酒器，把坛子里的酒也一倾而尽。刘伶说，好吧，我自己无法控制酒瘾，只有在鬼神面前发誓才能戒掉，请你把酒肉供在神像面前，让我来祈祷发誓。于是刘伶跪在神像面前说：“天生刘伶，以酒为名。一饮一斛，五斗解酲。妇人之言，慎不可听。”于是饮酒进肉，又颓然而醉。

伊渡：我喜欢他的《酒德颂》，那无疑是他最生动的自画像：有大人先生者，以天地为一朝，万朝为须臾，日月为扃牖，八荒为庭衢。行为辙迹，居无室庐。幕天席地，纵意所如。止则操卮执觚，动则挈提壶。唯酒是务，焉知其余？

王跃文：现在流行于餐桌的酒歌也不少，比如：领导在上我在下，您说几下就几下。只是这些酒歌太没文采，更谈不上哲学。刘伶在醉乡中除了酒中滋味，还悟了道，正是庄子“坐忘”“物化”“吾忘我”的高妙境界。刘伶说自己在醉乡里“无思无虑，其乐陶陶。兀然而醉，豁尔而醒。静听不闻雷霆之声，熟视不睹泰山之形。不觉寒暑之切肌，利欲之感情”，这不是庄子所谓能够摆脱形与物的羁绊，自由逍遥的“圣人”“神人”“至人”吗？不同的是，庄子企图以忘却废弃肉体感官来达到这个境界，刘伶恰恰却是通过肉体感官达到了这个境界。庄子的道路是一条行不通的绝路，刘伶的道路却简便易行。

伊渡：其实，阮籍、嵇康这些魏晋风流名士，都自觉或不自觉地走了一条由肉体通向性情的道路。他们不是肉体的蔑视者和敌视者。他们与庄子的目标一致，途径却相反。肉体是他们飞升的翅膀，而不是障碍。他们知道，如果没有肉体，他们将什么也没有。没有肉体，既没有性情，也不会有哲理清谈，更不会有流芳后世的“魏晋风流”。人们都知道，正是因为嵇康肉体生命的消失，《广陵散》才“从此绝矣”！

王跃文：中国思想史上最大的异端非李贽莫属。1602 年（明万历三十年），李贽以“敢倡乱道、惑世诬名”的罪名被捕，被关押在北京皇城监狱。一天，他吩咐狱卒给他剃发后，取剃刀自刭而死。临死前狱卒问他：痛否？他以指蘸血在地上写道：不痛。又问：为何自杀呢？答：七十老翁何所求？于是血尽气绝而亡。

伊渡：李贽确实是个自觉的异端。他曾经夫子自道：天下世俗之人与假道学者流都把我看作异端，我不如干脆就做异端，免得他们把异端的虚名加在我的头上！李贽之异，异在何处呢？

王跃文：李贽公然为人的“私心”正名，说自私就是人心，人必须自私然后才有心，如果没有自私就没有心了。他宣称，吃饭穿衣，即人伦物理。举凡好货，好色，多积财宝，多买田宅为子孙谋等，均为百姓之常情。这种“私心”，即“童心”，即人生下来就存在的本心，所以纯真。他依照此番逻辑，推出了情性自然论。他说，声色之来，发于情性，由乎自然。情性中自然含有礼义，不需外在的礼义去约束。情性不可以一律求之。人莫不有情，莫不有性，极具个体特征，岂可一律求之？李贽更是大声疾呼：不必矫情，不必逆性，不必昧心，不必抑志。

伊渡：宋明道学家们言必“存天理，灭人欲”，李贽则把人从所谓的“天理”拉回到“人欲”。

王跃文：正是。李贽认为吃饭穿衣，声色财货，都来于自然，也只能听其自然。自然中已有礼义良知，何必外在求之！那些假道学、伪君子们在李贽眼里是面目可憎的：志在温饱，而自谓伯夷叔齐；质本齐人，而自谓饱道厚德；分明一介不与，而以有莘借口；分明毫毛不拔，而谓杨朱贼仁。动与物迁，心与口违。李贽看腻了假道学的嘴脸，终于忍不住破口大骂："阳为道学，阴为富贵。被服儒雅，行若狗彘！"

伊渡：骂得真痛快。

王跃文：李贽不光学说异端，他人生之旅也殊为异端。他有官弃官，有家弃家。他的弃官弃家并不是为了摆脱世俗欲望，而是为了更自由地追逐自己的欲望。他认为自己在欲望中深谙佛家三昧，已经无善无恶，和光同尘了。他 61 岁出家为僧，却没有受戒，也不守戒规。他从不奉经祈祷，连读书都怕费目力，而要别人读给他听。他居然率领僧众跑到一个寡妇的卧室里化缘，又作《观音问》与士人妻女论道，这在当时是伤风败俗的丑行。他公然宣称，与其死于假道学之手，宁死于妇人之手。

伊渡：李贽真够狂的。

王跃文：所以，李贽的狂诞悖戾使那些道学家们又怕又怒。1601 年初春，他出家为僧的芝佛院被一场来历不明的大火烧得四大皆空。据说那场火就是当地官吏缙绅指使无赖放的。1602年，曾是他的好友的礼部给事中张问达上了一本奏章，参劾李贽耸人听闻的罪状：尤可恨者，寄居麻城，肆行不简，与无良辈游庵院，挟妓女白昼同浴，勾引士人妻女入庵讲法，至有携衾枕而宿庵观者。终于，万历皇帝大怒，着令锦衣卫将他捉拿入狱。他的著作也被下令焚毁，应验了他自己起的书名《焚书》。

伊渡：谈了这么久，可是纵观中国的哲学发展史，尽管多多少少有几个离经叛道者，大体上还是一部灵魂对肉体的压迫史。中国人哲学存在的前提仿佛必须是蔑视肉体。既然肉体如此低级鄙俗，成了人性善的桎梏，那么我们能将肉体放在何处？

王跃文： 我们今天再提对肉体欲望的压抑与厌弃已经不合时宜，但谈论灵魂的高尚与自由又往往被看成迂阔可笑。新的疑惑又出现了。这是否可以看成历史的进步，是人性的张扬还是人性的堕落？我们到底在追求什么？我们所要的生活到底存不存在？人类什么时候才能像歌德笔下的浮士德博士那样，对我们所能够拥有的生活心满意足，禁不住喊一声：生活呀，你停下来吧，太美好了！

伊渡：英格玛·伯格曼导演的电影《第七封印》中的主角有段台词很有意思。他说：我的肠胃就是我的世界，我的脑袋就是我的永生，我的双手就是两个呱呱叫的太阳，我的两腿就是时间的钟摆，我的一双臭脚就是我哲学的起点！天下事样样都跟打了一个饱嗝似的，只不过打嗝更痛快些。

这段俏皮得有些粗俗的台词，道出的其实正是哲学的本源。如果想说得文雅或严肃些，我们可以引用诗人保尔·瓦莱里的话：一切人体未在其中起根本作用的哲学体系都是荒谬的，不适宜的。

王跃文：尼采在《查拉图斯特拉如是说》中也写道：你肉体里的理智多于你的最高智慧中的理智。

可是，人世间有多少疑惑经得起追问？人世间又有多少追问会有答案？或者，疑惑本身就是答案？也许人类的宿命就是永远只能眼泪汪汪地望着到达不了的彼岸！

无违

第四章

执念：绝望中的永不放弃

孤独与想象是孪生兄弟

伊渡：我有一种奇怪的感觉，您天生就应该是一个作家，仿佛这是您的宿命，不容置疑，别无选择。您的创作经历好像也能说明这一点：您不像别的作家有过学习期、成长期；您似乎没有过满脸青春痘，满腔愤激，目空一切，左冲右突找不到出路的“文学青年”时代；您一开笔就已经成熟，而且一发而不可收拾。按照弗洛伊德的理论，一个人的成长必然受他早期经验的制约，童年是成人的父亲。您能从您的童年中找到现在作为一个作家的端倪吗？

王跃文：我没有你想象的那么神奇，但的确没有过四处投稿、四处碰壁的文学青年期。我写的头一篇散文发表了，写的头一篇短篇小说也发表了，写的头一部长篇小说引起了广泛关注；但我看不出自己身上有什么天才气象，只是一切来得很自然。我上大学时也爱好文学，可我从来是个守规矩的人，当时觉得应该好好读书，担心痴迷文学创作会影响读书。所以，整个大学阶段，我几乎没有进行文学创作。只为我们学生自办的文学刊物《涉江》写过一篇小说，叫“山娘娘”，不料很受同学好评。写童年故事，学的是《城南旧事》。我们当年创立的这本叫“涉江”的文学刊物现在仍被后来的学友们办着。有一年，我回到母校，学友们拿出他们办的《涉江》给我看，比我们当年办的漂亮多了。我们当年是手刻蜡纸的油印刊物，他们现在出的刊物是印刷厂印的。学友们要我写几句话，我记得好像写了八个字：涉过江去，岸芷汀兰。

我的童年，既不像普希金有一个会讲故事的奶奶，也不像安徒生有一个爱读剧本的父亲。我的童年甚至没有阅读。我中学以前除了看过几本连环画，没有接触过任何文学书籍。乡村中小学没有图书馆，农村也没有谁家里藏书，而要我自己掏钱买书更是不可想象的，没有钱。朦胧中的印象，小说应是厚厚的书本，所以中学时读到课本中鲁迅的《故乡》，说那是小说，我莫名其妙。因为我很小的时候看到哥哥曾经捧着一本小说读，他说是《红岩》，厚厚的，卷了边儿。小学时，语文课本里开始有新诗，老师说它是诗歌体。我们老师说的都是方言，我一直听作“丝瓜体”。我想到的是屋后竹篱笆上的丝瓜。我真以为老师讲的诗歌体就是“丝瓜体”，长长短短的句子排列下来，同丝瓜的形状差不多。一个乡村少年，文学就是这么启蒙的。我从能记事起，就知道全家人都必须把精力放在觅食上，能吃饱饭是最重要的肉体和精神需要。我说过，我少年时的梦想是能当上一个拖拉机手，与作家毫无关系。我那时也根本不知作家为何物。我从小生活在一个没有文学的环境里。我五六岁就捡狗粪、掏煤渣，七八岁时就砍柴担柴，十几岁就做田里的活了。做活的时候很孤独，胡思乱想，什么都想过，就是没想过什么文学、什么作家。看见城里人穿着绵绸裤，裤子总在颤动，总在飘荡，我就想象如果没有风吹的时候，需不需要不停地抖着腿脚？因为我感觉绵绸裤最大的魅力就在于它的颤动和飘荡。

伊渡：哈哈，真有意思。听说当年乡下人总是琢磨城里穿裙子的女孩是否穿内裤，您该没有想过这个问题吧？

王跃文：这个问题我倒没有想过，我那时候太小了。但我的确听比我大的男孩子争过，有个人就赌咒发誓说，他曾看见有个城里的女孩骑着单车，突然吹过一阵风来，撩开了她的裙子，真的是光着屁股。

伊渡：那个人应该当作家，太会虚构了。您多次说到孤独，小时很孤独吗？

王跃文：非常孤独。我家有个后院，围着土墙，上面爬满了常青藤。我小时候经常坐在院子里，望着土墙发呆。常青藤在墙上勾画出很多形象，那是我永远用不完的想象素材。土墙上尽是蜂窝，每到春夏，里面就藏着蜂。我们那里叫这种蜂为土蜂，同蜜蜂不一样。整个春夏，我最大的乐趣就是捉土蜂玩。我会不停地同蜂说话，自问自答，我一会儿是人，一会儿是蜂。每到土蜂飞舞的季节，我都会捉土蜂装在瓶子里，再把瓶子里放些油菜花，希望看到土蜂酿出蜜来。我小时候年年都做这种傻事，从来没看见土蜂在瓶子里酿过蜜。我小时候真的是非常孤独。

伊渡：您这正是艺术家的本性，这也许就是您天生必当作家的原因呀。

王跃文：你愿意这样认为，我就认了吧。我记得小时即使和小伙伴们一起玩耍，叫喊得热火朝天，不亦乐乎，可猛然间，我会意识到，冥冥之中还有一双眼睛盯着我，盯着我和我的小伙伴们。这双眼睛在观察，在窥视，在评判，这双眼睛就在空中，在我们头顶不远不近的地方，使我时刻警惕，不能忘形。其实我知道，这双眼睛就是我自己的眼睛，在我自己的内心里。这是一双冷眼，敏锐，洞察一切。

说个小秘密。我上中学的时候，有位语文老师很喜欢我，经常同我谈些文学话题。我从他的谈吐中知道，他是个失意的文学梦想者；但我只把这个感觉放在心里，没有说出来。有个冬天，这位老师怕冷，邀我同他睡在一起。我不习惯同年长的人睡，心里很不情愿，但不方便拒绝，就同意了。

有天晚上，他回家去了，嘱咐我晚上注意安全。我晚自习结束后，回到老师的房间，见墙上挂着个本子，本子斜斜的，拿扫把撑着。我顿时就明白了，老师在考验我，想看看我是否乱翻他的东西。因为我如果动了那个本子，本子就不会再斜着，而是垂直挂着了。我马上就生出恶作剧的心理，心想偏要翻一翻，而且不能让老师发现。我注意观察了一下本子倾斜的角度，然后拿开扫把，翻开本子，其实那就是一个考勤本，里面没什么秘密，老师仅仅想用它来考验我。然后，我把考勤本按原样斜挂着，再拿扫把撑起来。我回头看看老师的桌子，平日都是锁上的，今天偏没有上锁。我又好奇，轻轻拉开抽屉。天哪，抽屉里面一个笔记本上面竟然放着两张五块的钱！那时候，老师的工资可能就是二十几块钱，他却拿出十块钱来考验学生，真是太冒险了。我仔细观察记住这十块钱是怎么放的，然后把它拿开，翻开老师的笔记本。原来，里面是老师自己的习作，有小说，也有散文。现在想不起老师写了些什么东西了，印象很深的是我在上面发现了好几个错别字。学生发现老师写错别字，是件很得意的事情。完事之后，我把那十块钱按原样放好。我做着这一切的时候，突然间觉得大脑异常清醒，似乎灵魂出窍，一双眼睛悬在天花板上，正紧盯着我。这双眼睛就是我自己的。我那位信任而且喜欢我的老师，绝对想不到他的这么一个不怎么说话的学生，其实闷在心里正观察着所有，包括琢磨他的心思。

伊渡：也许您的老师并没有考验您的意思，一切只是您的想象。您这么说，我甚至觉得您有些可怕了。

王跃文：哪里的话？我只是好奇，并没有恶意。小时候，这种琢磨是一种恶作剧心理，也有小孩子的顽劣天性在里面。后来我总是本能地观察生活，那是因为我成年了，必须思考了。

伊渡：孤独与想象是孪生兄弟。

王跃文：确实如此。孤独使人沉溺于想象。寂寞苦难的童年，孤独是对我这样的弱小孩子最有力的保护。孤独中的想象，则是我最大的乐趣。想象充盈了孤独，就像空气充盈了气球。有了想象，童年就变得不那么沉重黯淡了。我的村庄坐落在溆水开阔的河谷上，当地人甚至把它称作平原。我的村子叫漫水，1949 年后被叫作万水。漫字比万字写起来麻烦，后来人偷懒就写成万水了。四望皆远山，逶迤连绵。每一日，太阳自东边山上升起，从西边山上落下去。西山离家很近，我小时候经常去那里砍柴，捡蘑菇。可是，西山往西还有山，重重叠叠，神秘得没个尽头。东山就更加神秘了，我永远只能看见它朦胧的山影。我儿时的想象中，翻过东山，应该就是世界的尽头。东山黛色山脉上，有一处断崖，赤黄色，状如飞马。我不知多少次，坐在村子西边一处叫台儿田的高地上，目光越过村子低低的屋檐，望着东山断崖上的飞马发呆。我从未想过自己长大以后会到飞马那里去，那里只是我诞生幻想的地方。

伊渡：事实上，就在您望着断崖上的图案想入非非的时候，一个艺术家已经诞生了。孤独和想象，这是艺术家最本质的特征。我猜想如果能给您提供充足的外在条件，您即使不当作家，也会是一个画家，或者雕塑家，或者音乐家。

王跃文：不行不行，我在美术和音乐方面没有任何修养。我只能勉强当个作家，写几个字，我也从来不认为自己是个很优秀的作家。整个社会的受教育程度普遍提高了，具备写作能力的人非常多；现在网络发达，发表作品是轻而易举的事情；即便是传统的出版，也是有钱就可以出书。我感觉作家已越来越不像一种职业，出了书的人能否算个作家，真不是马上就可以下结论的事情。

伊渡：什么是您提笔创作的真正动机？总不会是一梦醒来，就鬼使神授，梦笔生花了吧？

王跃文：应该说是理想的幻灭。我受的文化熏陶是很正统的儒家文化，尽管整个受教育阶段并没有突出这些东西，但从自己开始阅读以来就特别喜爱儒家经典。比如《论语》我认认真真背过。《论语》里说，君子之道四焉，其行己也恭，其事上也敬，其养民也惠，其使民也义。这几句话我曾奉为自己的行为准则。中国的古代诗人里，我最敬佩的是杜甫，他的诗我认为一直是他的政治理想和政治情怀的表现。“穷年忧黎元，叹息肠内热”，“在家常早起，忧国愿年丰。语及君臣际，经纶满腹中”。有位号称救苦救难的大救星喜欢李白而讨厌杜甫，我非常不以为然。尽管这只是个人的文学趣味，但从中也可窥见其情感倾向。这是题外话。我当初认为，一个人的最高理想就是能做到修身齐家治国平天下。封建社会要实现儒家的这一理想只有走科举的道路；1977 年恢复高考后，上大学成了现代的科举之路。那时人才奇缺，一个大学生要实现自己济世救民的理想，似乎很容易找到途径。我就是在这种情况下大学毕业，走进政府机关的。

1994 年我从老家调往省城，当时觉得自己往前一望未来无限辽阔，心想自己可以干很多事情。我现在明白这种想法原来十分迂阔可笑，但当时我的确如此真诚过。我终于没有糊涂到以为自己可以改变生活，倒是生活彻底改变了我。我同 20 年以前完全不同了，不论外在形象还是内在心灵。再过 20 年，我又会怎样？没办法预料。

伊渡：您上的是哪所大学？

王跃文：我是怀化师专中文系的毕业生，只有大专文凭。现在它改作怀化学院，已是一所本科大学。令我沮丧的是我在外省说起怀化市，很多人不知道。我得这样说：湘西有个美丽的张家界，张家界隔壁就是美丽的怀化。说来好笑，我儿子有一天非常认真地问我，爸爸，您真的是大学生吗？我大笑不已。儿子为什么有此一问呢？因为怀化师专在他印象中不算大学。但是在 20 世纪 80 年代初，在我们那个偏远的小县，一个大专生已经很吃香了。我还是复读才考上大专的。应届那年，我以全校文科最高分而光荣落榜。讲自己母校的坏话，有失厚道；但客观地讲，我的中学教育，基础条件太差了，我的历史、地理课都没有课本，只有几十页油印纸。头一回参加高考，历史考试有个名词解释：孟良崮战役。我从未听说过孟良崮战役这回事，就连“崮”字都认不得！

伊渡：您当时是否认为从政就能干一番轰轰烈烈的事业？

王跃文： 从政不是我的自主选择，但符合我当时的理想。我过去所受的教育都是革命英雄主义和革命浪漫主义，满脑子都是为崇高的事业而献身的思想，决不允许自己做一个庸庸碌碌的人，只恨自己没有生在战争年代，不能干一番轰轰烈烈的事业。那时我们骂人最毒的一句话就是：“庸俗！”不像现在，庸俗事实上成为某些人的生活常态，有些人甚至把庸俗当时尚而自鸣得意。当时正值改革开放初期，百废待兴，许多新的思想、新的观念刚刚涌入，我们真是如饥似渴。我是认真思考过我的人生的。大学毕业前有一段时间我非常痛苦，我不知道人为什么要活着，人活着的意义是什么。我最初坚信一条，人活着必须创造，可创造什么、为什么而创造，我却回答不出来。后来又想要实现个人的价值，要以某种方式证明自己活过。但是，即使能证明自己活过又有什么意义呢？这个问题我也回答不出。最后，我觉得还是应该把自己有限的生命投入到伟大的事业中去，能对社会做一点儿事，让自己成为一个对社会有用的人，我是真诚地这样想的。说起来很傻，为了想这个问题，我真的度过了一段茶饭不思的日子。我是个认死理的人，遇着问题如果不想通，真好像就不可以活下去。

说一个真实的故事。当年清理所谓精神污染的时候，我陷入了极大的困惑，内心非常痛苦。当然，清理精神污染后来被上层刹车而草草收场。可我当时实在太难受了。我找一位教外国文学的老师倾诉，我说现在要清理和反对的这些东西，我认为都是正确的，都是我们年轻人所追求和向往的。我并不认为这些东西污染了我们的精神，而是启迪了我们的思想。那位老师听完我的倾诉，长长地叹了一口气，说：跃文，你是我碰到的最特殊的学生，这种形势下没有任何人会对此质疑。但是，你太年轻了，不懂得政治的残酷，你把这些话都放在心里吧，再也不要同任何人说了。

我非常感激这位老师。多年之后，这位老师因病到长沙就医，我去医院探望他的时候，他还记得这件往事，说：跃文，我当时就看出了，你比同龄人清醒，成熟，深刻。可是，我也为你担忧。

这位老师叫王瑞璜，已因病不幸逝世。愿老师安息！

伊渡：我特别能理解这种找不到生活意义的痛苦。我也有过这种时候，那时还发誓：宁愿痛苦，也要清醒，不要麻木不仁。您觉得当时进政府机关是实现您人生意义的一种正确途径吗？

王跃文：当然。我相信古人有句话，一屋不扫，何以扫天下？所以一进机关，我就从每件小事做起，把扫地当作扫天下一样认真去做，一点一滴，小心谨慎。从打开水、扫办公室，到写材料，每一件事仿佛都是在“扫天下”。我工作得特别来劲，也很快得到了器重。《论语》中说的君子四道：行己恭，事上敬，养民惠，使民义。我是确确实实每日用它来当作反省自己的标杆。年纪轻轻，已好像一个老夫子了。我的名声一下子传了出去，年轻有才，快笔，老成。所以，在小地方的政府机关里，我的仕途走得很顺。

我初入仕途，唯一同别人不协调的就是我不肯提那种黑色的人造革皮包，而是背着一个黄书包，那都是跟电视剧《星星》里的李向南学的。办公室的同事便老是说我，不像个干部，像个中学生。我坚持背了一年黄书包，后来妥协了，也跟人一样，改提黑色人造革皮包了。我现在经常想起，20年前，溆水河边，一个青年手提黑色人造革皮包，昂首挺胸，走过街巷，去县政府上班，真是有些傻！我在网上看到一种指责，说我是官场失意了，才写小说，似乎是说我吃不到葡萄就讲葡萄酸，真是太小看我了。如果硬要把失意同小说扯上关系，也应该颠倒过来。我是因为写小说而同官场矛盾，而不是因为做不了官了就写小说。如果我是个把世俗利益看得重的人，我不写小说就成了，就能做官。但是，那早已不是我的理想。网上林子大，什么鸟都有。如果你在网上发言，会碰到很多以小人之心度君子之腹的人。我虽非君子，但绝不做小人。

伊渡：您的政治理想是怎样破灭的呢？

王跃文：我原来理解或想象的政治，与现实中的政治完全是两回事。我在政府机关里待的时间越长，就越灰心，越失望，越格格不入。我只能把那种地方叫作官场。为什么呢？因为它具有“场”的特点：其一是它的封闭性，它不是一个开放的吐纳的结构；其二是它具有森严残酷的等级制度，人身依附是其致命之处；其三是它有特定而又隐秘不宣的游戏规则，身陷其中，很难自拔。说起来，我并不是不具备应付官场的能力，但为了赢得生存的胜利而付出人格心理变形的代价实在太大了，太叫人痛苦了。非不能也，实不想为也。

官场中人脑子里想着的只有如何经营好人事关系，好把自己的官做得更大。他们不做坏事已经不错了。当然，日常工作他们也得做，可别以为他们个个都是怀着某种崇高使命。曾经有人问我，你对官场看法那么悲观，这 20 多年中国面貌发生了这么大的变化，没有官员领导和努力，这些是怎么得来的？我回答说，这难道是个问题吗？这些成绩，当然是包括腐败官员在内的全体官员领导人民群众艰苦创业取得的。一条高速公路，投资 200 亿元，被管工程的大小贪官贪掉两亿元，公路仍然建起来了。高速公路通车仪式上，胸佩红花前来剪彩的那位高官很可能就是这个工程中最大的贪官，但并不妨碍这条路通车。一个国有百货公司进行股份制改造，总经理仅以职务之便，摇身一变就是大股东，一夜之间身家百万乃至千万，而普通职工不是下岗就是沦为老板手下的打工仔。曾经有位这种翻牌公司老板在职工大会上气势汹汹地说，你们不要有主人翁意识，你们是雇员！我并不认为雇员这种身份就有什么不好，问题在于那些明火执仗攫取国家财产的人，居然在普通职工面前理直气壮地充大爷，叫人没法忍受。

伊渡：您真幸运，冥冥之中，一切仿佛都在为您以后的写作做准备。救世济民的理想、从政的经历、对官场现实的洞察和思考，以及最后以写作为道路的人生突围，都来得那么顺理成章。

王跃文：这也许就是你所谓的宿命吧。

宁愿痛苦，也要做个清醒人

伊渡：有个问题我一直没有思考清楚。文学到底是什么？它的本质是什么？人们为什么需要文学？人们真的需要文学吗？20 世纪 80 年代，文学曾有过一呼百应的轰动效应。文学几乎成了那个时代人们的精神指向。我还记得卢新华的《伤痕》、刘心武的《班主任》、张洁的《爱是不能忘记的》、古华的《芙蓉镇》、王蒙的《蝴蝶》、刘索拉的《你别无选择》，这些作品发表的时候，可谓是“满城争说”，但我总怀疑，那时人们关注的并非文学本身，而是文学中包裹着的理念。

按中国传统的文学观点，文学绝对是功利的。曹丕称文章为“经国之大业，不朽之盛事”，是辅佐帝王功业的重要工具。《尚书》说“诗言志，歌咏言，律和声”，意思也差不多。到了鲁迅先生那里，文学成了“改变国民精神”的武器。沿着这条道路，后来还有为这个服务、为那个服务的口号，等等。可我总觉得，那不是真正意义上的文学，只是“载道”的一种方式，而且所谓“道”，大多时候只能是统治阶级的思想意志。当然鲁迅先生的“道”并不是这种情况。我感觉到，中国文学自古以来走过的是一条为帝王载道、为民众立言、为自己立心的发展道路。这是不是真正意义上的文学呢？

王跃文：事实上鲁迅先生自己就非常矛盾。一方面他毅然弃医从文，想以此来疗救国人的灵魂，以文学担当启蒙的任务；另一方面他又在《革命时代的文学》一文中说：“文学文学，是最不中用的、没有力量的人讲的；有实力的人并不开口，就杀人，被压迫的人讲几句话，写几个字，就要被杀。即使幸而不被杀，但天天呐喊，叫苦，鸣不平，而有实力的人仍然压迫，虐待，杀戮，没有方法对付他们，这文学于人们又有什么益处呢？”可见，鲁迅先生自己也是“知其不可为而为之”。文学实在是一件很无奈的事。什么是真正的文学呢？好像鲁迅先生也讲了：“好的文艺作品，向来多是不受别人命令，不顾利害，自然而然地从心中流露的东西；如果先挂起一个题目，做起文章来，那又何异于八股，在文学中并无价值，更说不到能否感动人了。”从这里看，鲁迅先生还是主张文学的非功利性的。很奇怪，我最喜欢的中国作家，一个是曹雪芹，另一位就是鲁迅先生。有趣的是，这两位作家，曹雪芹的写作绝无功利色彩，鲁迅先生却明确打出“听将令”旗帜。可是我认为，他们都创造出了真正的文学。曹雪芹和鲁迅先生生活在他们的时代，到底还算幸运。曹雪芹时代，“文字狱”闹得血雨腥风，他总算躲过了；鲁迅先生话也说了，字也写了，还是没有被杀掉，他的书也没有被禁止。

伊渡：您认为曹雪芹和鲁迅抵达了真正的文学境界，这已毋庸置疑。您能从中定义出什么是真正意义上的文学吗？

王跃文：有句中国俗话，不管白猫黑猫，抓到老鼠就是好猫。这句话因为被邓小平借用过，成了理论。严格意义上讲，这个理论是马基雅维利式的，只求目的不择手段。但衡量一个作品是否是真正的文学，并不一定要看作者的写作动机，也不用看作品运用了哪一种创作方法。不管什么文学，深受读者喜爱的文学就是好的文学。文学的最终目的应该是为人。人的本质是什么呢？应该是精神。所以文学首先应当是一种使人超越物质、把人从生物存在提升到精神存在的道路。这种精神存在，并非我们平常所说的娱乐、愉悦，或者认识功能，比如孔子所说的读《诗经》可以多识鸟兽草木之名。文学应该让人能够超越现实时空，打破日常的有限物质的局限，揭开具体人事所处的狭小时空的遮蔽，使精神澄明起来。我想，正是在这个意义上，人才会需要文学，永远需要文学。顺便说一句，中国文学目前的衰落，我并不那么悲观绝望。《荷马史诗》离我们已经2000多年，可它表现出的人的精神、人对命运的挑战、人对自身和自身环境的主动进取，依然是我们人类的精神核心，具有永恒的魅力。中国现代汉语言文学的历史还不到100年，不至于那么短命吧。

伊渡：您的创作动机是什么，功利的，非功利的？或者像您所说，仅仅是为了实现人生的突围？您的作品在客观上对读者起到一个什么作用？《国语·楚语上》中写道："教之《春秋》，而为之耸善而抑恶焉，以劝戒其心；教之《世》，而为之昭明德而废幽昏焉，以休惧其动；教之《诗》，而为之导广显德，以耀明其志；教之《礼》，使知上下之则。"您的作品客观上属于哪一类呢，讽世，劝善，抑恶或谴责？

王跃文：文学一定要分类吗？我觉得这样很牵强。针对你的问题，我可以确切地说，我决不劝善。我不是道德家，我很讨厌任何形式的道德说教。我只是提问。我提问，就这样，很简单。不要在我的作品中去寻找答案，也不能要求我在作品中给出答案，因为那是很荒谬的事。我总觉得人们应该警惕那些喜欢给出答案的人，不论是政治上的还是文化上的，那都是一种专制和集权，对人类来说是很可怕的。那些高坐云端只给别人答案、不准别人提问的人，他们是在有意制造愚民。我在作品中想做的，只是用我这一盏灯，照亮我所了解的这一小块地方，烛照这一小块真实，提问，思考，仅此而已。

当然，有的作家亦称他们连思考都不屑，那是他们的自由。我疑问的是，他们没有思考怎么写作？写作毕竟不是说梦话。

伊渡：您说得很有意思。柏拉图在他的《理想国》里，把画家和诗人比喻成拿着一面镜子的人，向四面八方旋转就能照出太阳、星辰、大地，以及自己。别林斯基重申了这一比喻，他说文学的显著特色"在于对生活的忠实，它不改造生活，而是把生活复制，再现，像凸出的镜子一样，在一种观点之下把生活的复杂多面的现象反映出来，从这些现象里汲取那构成丰满的、生气勃勃的、统一的图画时所必需的种种东西”。正是这种理论，使得现实主义的写作方法在中国很长时间里几乎成为唯一的正统。您的作品是现实主义的。可是，奇怪的是，您对自己创作的比喻，用的却不是“镜子”这一意象，而是用的“烛照”“灯”这一意象。美国的批评家艾布拉姆斯有一部文学理论名著，书名就叫“镜与灯”。他把文学的模仿和再现仍然比作镜子，但把加入了作家主观创造的表现称之为“灯”。他引用了英国批评家哈兹里特的话：“如果仅仅描写自然事物，或者仅仅叙述自然情感，那么无论这描述如何清晰有力，都不足以构成诗的最终目的和宗旨……诗的光线不仅直照，还能折射，它一边为我们照亮事物，一边还将闪耀的光芒照射在周围的一切之上。”于是艾布拉姆斯说：“哈兹里特在镜子之外又加上了灯。”就我理解，现实主义的作品应该是倾向于“镜子”，而您却认为您的作品是“灯”，为什么？

王跃文：我认为，绝对意义上的镜子样的文学是不存在的。事实上只有灯，真正的作家就是一盏灯。可别误会了，我说作家是灯，不是说他是所谓引路灯塔，只是照亮某种东西的光源而已。从来没有绝对意义上的写实主义作品，或者叫自然主义作品，不管它打的旗号是新还是旧。举一个最简单的例子，陶渊明算是最写实主义了吧？“采菊东篱下，悠然见南山”，“晨兴理荒秽，带月荷锄归”，够白描了吧？没加一丝一毫作家本人的主观创造吧？可是且慢，想一想他选择的表现对象说明了什么，是什么决定了作家做出这一题材选择？难道没有说明他的审美倾向或价值判断？这是纯粹的现实世界吗？不是，作者通过选择他的表现对象事实上创造了一个崭新的艺术世界。它是纯粹的主观世界吗？也不是。因为这个创造出的艺术世界里，有着与现实世界几乎完全相同的结构和元素。

伊渡：确实，现实世界实际上稍纵即逝，极不可能还原。我们所能做到的只是回忆，而回忆已经是一种创造。回忆沉隐于一片幽暗，它必须有一盏灯去照亮。作家不可能再现现实，但他可以试图抵达真实。以真实来发问，而不是以真实来给出答案。

王跃文：正是如此。但我们的真实是什么？我认为，真实就是人在生活中面临的深刻困惑，人对自身以及自身所处的环境的困惑。我在以官场为题材的小说中要表现的困惑是什么呢？就是中国几千年来的官场和官场文化，对官场中人人性的暗中置换和掏空。也许很多读者把我的小说看成是暴露黑幕，或者是谴责小说，甚至冠以反腐小说之名，其实这些都是误读。坦率地说，我真有点儿为自己叫屈。

但是，我并不认为文学有如何了不起。过去，我们在文学肩膀上放置的东西太多了，太重了，它承担不起。什么作家应该是民族的良知、时代的守夜人、民众的灵魂、灵魂的工程师等，这些要么就是社会强加给作家的，要么就是作家在自我膨胀。作家固然应该有良知，但每个人都应有良知啊！不能说谁是作家，就应对他有特殊的道德要求。作家你想放弃良知也行啊，你自己准备接受自己的道德审判和社会舆论的谴责好了。谁没有良知都会受到谴责，不同的是平常人没有良知不会有很多人知道，作家如果通过作品表现得寡廉鲜耻，等于给自己做了负面广告，自然会引得大家谴责。

伊渡：你的长篇小说《朝夕之间》里，有一个很有意思的人物，就是西州市的老地委书记陶凡。这个人物是一个诗意的政治家的形象，他除了人格上的正直坦荡，也有出色的政治才华。我感觉到您在写出他的韬略智慧，在官场上的审时度势、进退攻守，写出他的虎气龙威的同时，更赋予了他一种中国古典文人的诗人气质。他有一叶知秋的政治敏锐，也有叶落悲秋的诗人气质。您用词中“赋”的手法来渲染铺陈，用一种一步三顿的舒缓节奏塑造了这样一个极富中国古典美学意蕴的政治家形象，使这一形象具有了中国丝竹音乐般的细腻丰满和诗的意境。这种诗人政治家的形象应该是您对当代小说人物画廊的贡献。可是，不知为什么，我总觉得陶凡这个人物不可亲近。他的内心有很深的、不可言说的寂寞，但没有一个人能真正了解他，能深入到他的内心。他与后来成为他的女婿的秘书关隐达之间的交流已经是最深的了，可我们看到那又是多么有限，仅仅限于对官场情势的领悟和把握。如果把官场从陶凡的生命中抽离，我怀疑他会不会一无所有，无论是他内在的精神世界还是外在的物质世界。

王跃文：您的理解没错，陶凡是一个悲剧人物。对这个人物我是有过很深的思考的。中国的官场文化是最有中国特色的东西，只有中国这个土壤里才会产生这种政治文化。当然这并不是什么积极的东西，而是漫长的中国社会人治和专制历史的产物，是中国特有的权力支配下政治文化的一种表溢形式。它背后的决定性因素，是中国的权力意识、个人崇拜。这种官场文化，加上一直得到统治者倡导的占主流地位的儒家文化，必然对知识分子人格心理产生巨大的影响。学而优则仕之后，知识分子在官场中至少会产生两种类型：一种是所谓的清官，像海瑞、包拯，他们没有私心，有干才，有胆识，能在一些具体的事情上以民为本，为民做主，被老百姓视为“青天老爷”；另一类就是贪官、昏官，比如现在电视剧里塑造出的和珅的形象。坦率地说，中国的社会政治形态虽然不断地更新变化，中国社会的人治色彩却并没有减弱多少，所以民间的“清官期待”和“清官崇拜”情结仍然很强。从这个意义上说，陶凡是一个清官。但是，如果仅仅在文学人物画廊里再塑造一个清官形象，不但没有意义，反而是有害的、陈腐的。这是一种早就该抛弃掉的东西，不管这个人物写得多么丰厚饱满。我想写出的是，一个知识分子，只要一入官场，不论你的人格是崇高还是卑下，无论你将成为清官还是贪官、昏官，你的人性已经在官场中不知不觉被暗中置换掉了，可你自己并无意识。这才是更深的悲剧。陶凡身上，我真正想写出的是这些东西。

伊渡：我想正是因为这一点，您的官场题材的小说远远超越了以往的《官场现形记》和《儒林外史》，更不同于现在充斥文坛的那些所谓“反腐小说”。注重人性在官场这一特定环境中的异化，追问或者说逼问其中的原因，这就是您在前面所说，您写作只是为了“提问”吧？

王跃文：是的，我只是提问。正像我在《国画》后记里面写到的，我不想抢思想家的饭碗。不知为什么，人们只要一提起文学艺术的“中国特色”，马上想到的就是大红花被面、剪纸、蜡染、唢呐，还有张艺谋的电影。我说那是一种伪民俗，至少只能算一种非常浅薄的并没有多少分量的民俗。我不知道过多地诱导人们把注意力放到这种所谓的民俗上是不是一个阴谋，因为它有效地遮蔽了更深层次的中国特色，即中国传统文化中种种消极落后的东西，这些东西也是真正的中国特色，它更顽固地残留在官场，像癌细胞一样有害。

伊渡：有意思的是，张艺谋还曾经被视为一个文化艺术上的另类。其实，他不但不是另类，更不是叛逆，他是政治媚俗和文化媚俗的同谋。说得更严重一点儿，他是帮凶。

王跃文：哈哈，你言重了吧？张艺谋创作他的影片的时候是否想了那么多，大可怀疑。误读是文学艺术欣赏的常识。我的小说也经常被人误读，甚至完全违背了我的创作意愿。有一回我在某大学讲座，有位快毕业的男生站起来发言，慷慨激昂，说他非常崇拜朱怀镜，发誓自己今后一定要像朱怀镜那样创造自己的辉煌。我真有些哭笑不得。不过，很多读者真的认为，官员如果都能像朱怀镜那样就很不错了。这是很可悲哀的，说明中国人的道德标准太低了。不过，作家是没有权利评价或者引导读者阅读的，或者说也没有能力这样做。听说北京的国家大剧院设计出来，上半部是露出地面的半球体，像个王八；整个建筑包括地下部分则是个圆形，像个鸡蛋。二者合在一起说，就是王八蛋。我是听人说的，自己没有去看过。我想这也是误读。

伊渡：我读您的小说，不论是《国画》，还是《梅次故事》《朝夕之间》，哪怕是您的一个短篇小说《天气不好》，都有一种很深重的悲剧感。这种悲剧感有时是一种悲哀和怜悯，让人欲哭无泪，比如《朝夕之间》中的关隐达和《天气不好》中的小刘。有时是一种悟“空”之后的幻灭，比如《梅次故事》结尾处，心事重重的朱怀镜大年初一上荆山寺烧香，风裹雪雾，呼啸如涛。噩梦之后，朱怀镜惊悉他政治上的对手王莽之在上山烧香的途中车毁人亡。我想引出您这部小说的最后一段：

朱怀镜独自待在房间里，突然心烦意乱起来。他来回走着，如同困兽。忽闻法乐如雷，唱经如潮。他脑子里一阵恍惚，像是明白了什么道理，却不是佛门顿悟。他想立即跑出去，拉回香妹他们，不去烧香了，不烧了，不烧了！马上离开荆山寺，回到梅次去。这时，已听得大殿那边鞭炮震天，木鱼阵阵，念佛不绝；也许香妹她们早已长跪在佛前了。

我很喜欢这段文字，这是一个开放性的结尾，很耐人寻味。这个结尾给我的感觉就是您用的那个词：恍惚。朱怀镜的恍惚只是一刹那，因为他马上明白了什么，所以他想立即跑出去拉回香妹她们，不烧香了。可是他真的不恍惚了吗？也许是更深意义上的恍惚吧。而读者在这里明白了什么没有？好像也只有“恍惚”而已，而不管是恍惚还是明白，一切已经迟了。梵声高诵，香妹她们已经在佛前长跪不起了。

我读这段文字，不禁想起《红楼梦》最后一回，“甄士隐详说太虚情，贾雨村归结红楼梦”，贾政接到家书，赦罪复职，心中喜欢，日夜趱行乘船往家中赶。行到一处地方，乍寒下雪，把船停在一个清静去处，自己在船中写家书。这时便见船头微微雪影里，贾宝玉光头赤脚，披着一件大红猩猩毡的斗篷向贾政倒身下拜，并不言语，似喜似悲，随了一僧一道飘然登岸而去。然后是三人中不知是谁在唱：“谁与我游兮，吾谁与从。渺渺茫茫兮，归彼大荒。”这里贾政对宝玉的来龙去脉明白了没有呢？好像是明白了。可是真明白了吗？又好像影子一样的恍惚。如同朱怀镜恍惚之中的明白，读者明白中的恍惚，影影绰绰，似有还无。

王跃文：我从来不敢把自己的小说同《红楼梦》相比，那样简直是唐突先贤。我心目中《红楼梦》是不可企及的，高山仰止啊。

伊渡：顺便问个问题。很多作家笔下的人物都有自己的影子。您塑造的众多文学人物中，朱怀镜大概是最深入人心的。这个人物身上有您的影子吗？

王跃文：呵呵，这个问题很有意思。事实上，自从朱怀镜这个文学形象诞生之后，我经常被朋友们唤作朱怀镜。酒桌上，朋友们会朝我举杯："来，怀镜兄，敬你一杯。"我也并不见怪，嘴上客气着："岂敢岂敢！"似乎自己倒真是朱怀镜了。有些官员也喜欢互称朱怀镜，已成为一种善意的玩笑。被称作朱怀镜的人，也并不以为是冒犯。

伊渡：可是朱怀镜实在不是什么好人呀？

王跃文：我并不认为朱怀镜是好人。可是，熟悉我的朋友，都喜欢把我同朱怀镜联系起来。比方我在小说里写到看相先生给朱怀镜看相，说他眉间有痣，是聪敏阔绰之相，定会福贵。我的额角便有一痣，熟悉我生活习性的朋友，更是故意说朱怀镜就是我。朱怀镜的妻子香妹做好饭菜端出来，有香菇炖乌鸡、煎水豆腐、炒菠菜，还有一盘酸辣椒炒猪大肠。朱怀镜见了酸辣椒炒猪大肠就来口水，忍不住用手先抓一片吃；我最爱吃的菜也是酸辣椒炒猪大肠。我早些年还喜欢亲自下厨做菜款待朋友，我最拿手的菜是油糊辣子炒牛肉、油糊辣子炒水鸭，什么菜我都喜欢放一大堆辛辣的作料。我曾有篇千字文，叫"油糊辣子葱姜蒜"，专门写到我的炒菜爱好。我在作品中还写到朱怀镜吃饭快，想慢都慢不下来。他吃了三碗，舒畅才吃了一碗。须知我吃饭之快，早已名声在外。陪人吃饭，人家还在举杯换盏，我早已风卷残云，三碗下肚，嘴巴一抹，放筷子了，连声道歉：对不起对不起，你们慢吃。我实在吃得太快了，我的短文《吃饭太快》，即专说此事。

伊渡：吃饭太快可不是好习惯啊。

王跃文：是啊，你早些告诉我这个道理就好了。我曾经犯过胃出血，差点儿就拜拜了。我想，这同我的不良生活习惯有关，口味太重，吃饭太快。

伊渡：其实，我是相信朱怀镜身上有您的影子的。单是工作经历，你们俩就很相像，都是先在县政府机关工作，再到省市政府机关工作。朱怀镜处世圆融，心思机敏，洞察秋毫，别人心里的秘密似乎都难在他的眼底遁形。他琢磨官场人物，从他们微妙的话语、语气到不经意的形体动作，都能悟出深意；他对官场变化的直觉或预测，也如神机妙算；他有时会旁观似的看着官场龙争虎斗、刀光剑影，他不露声色，只独自闷在肚子里暗笑，发些机智幽默、愤世嫉俗的感叹。生活当中，您有这种本事吗？

王跃文：朱怀镜的这些道行，我也许并不具备，但确有文学评论家说我眼睛“毒”，也许是天性敏感吧，别人司空见惯的事情，我倒本能地喜欢从中琢磨出些味道。

伊渡：您自己心目中，朱怀镜属于哪类形象？

王跃文：我觉得朱怀镜这个形象远远超越了简单的道德审美意义。我并没有刻意将他写成一个清官或贪官、好官或庸官，如果非要下个道德判断，朱怀镜即使不是坏人，也是灰色的中间人物。尽管他确实没有完全丧失知识分子的良知，对社会、对官场、对人生、对自己也不缺乏反省。朱怀镜想做些好事，在可能的情况下也能做些好事，他对朋友、对亲情、对爱情大体是真诚的，但他所做的一切却是以不损害自己的利益为前提。朱怀镜不主动做坏事，但如果事情虽然并非光彩，却能给自己带来利益，他往往又是顺水推舟或顺手牵羊。利己又不伤人的事，何乐而不为？往更深处探寻，恰恰这种看似偶然的机遇，实则是朱怀镜内心之主观选择。朱怀镜在官场游戏中的圆通与智慧，使得他虽并不总是苦心钻营，也无须做出更为粗鄙下作之事，就能得到升迁，即使稍有危难也能化险为夷。

伊渡：但是，您终究没有像朱怀镜那样后来飞黄腾达。

王跃文：因为我终究不是朱怀镜，到底不如朱怀镜有手段，所以别人叫我朱怀镜，我只能谦虚说岂敢岂敢！

伊渡：确实，朱怀镜这个人物不能简单地以一个好或坏来评价他。也正因如此，读者对他心有戚戚，不但令人理解，同情，甚至令人艳羡，佩服，觉得他可亲可近，可怜可叹，拿他做自己或朋友的代称写照，一点儿不觉委屈下作。或许这就是中国人“中庸”之道的魅力所在？

王跃文：是的。中国人太推崇“明哲保身，趋利避害”的实用哲学了。险恶的生存环境是滋生这种哲学的现实基础。中国文化对某些恶的东西特别宽容，恐怕就因为生存的不易。一句“人在江湖，身不由己”的喟叹，轻松化解掉了作恶或不那么高尚所带来的道德压力。“识时务者为俊杰”这句所谓的至理名言，人人都能接受。识时务，就能做出有利于自己的选择；也许自己的选择与自己的道德意识恰恰相反，却是生存下去的必要条件。这时候，你如果听从自己的道德良知，就是一个悲剧英雄；你如果背叛自己的道德良知，你也许会痛苦，内疚，反省，但你得以生存下来，甚至得到你想要的现实利益。现实社会里，能够毅然决然做一个悲剧英雄的毕竟是少数，自觉选择作恶的人也是少数，更多的自然是选择做中间人，像朱怀镜那样不断地向现实妥协，又不断地进行道德反省。但是，中国现在的官场，具有反省意识的人越来越少了。我非常害怕多年之后，就像朱怀镜这样的人物都会成为道德高尚的绝唱式人物。

伊渡：这也许正是朱怀镜这个形象让读者感兴趣的原因。的确，朱怀镜身上表现出了太真实、太深刻的人性。这种人性也许不那么高尚光亮，却出自人类求生自卫的潜意识本能，这是人类还在做着动物的时候，就已深深印刻在大脑沟回里的东西。这种东西比文化更深远，更固执；正是这种东西，决定了人性的脆弱和不可拷问。朱怀镜的形象，就因为揭示了人性中最为隐秘而又最为深刻的部分，人们便有诸多共鸣与喟叹。

王跃文：是啊。也许正因为很多人都从朱怀镜身上看到了自己的影子，便断定我也是这类人。坦率地说，朱怀镜形象的塑造，确实得益于我自己多年在政府机关工作的生活经历。书中的许多细节，确实在我的生活中真实地发生过。正是这些生动丰富的细节，营造出官场微妙复杂而又活灵活现的逼真氛围，透露出那种无处不在、感受得出却又无法言说的玄机。那样琐屑，却又像看不见的蛛网一样把你牢牢罩住。身陷官场，就像虫蝇陷入蛛网，越挣扎越毁灭。所以，我以为，文学必来自现实，不管怎样写，以哪一种方式来表现。但是，文学的前提又是虚构的，作家的天职又是想象；离开了想象，文学便不复存在。

伊渡：您创作的另一个人物形象——画家李明溪给我的印象也十分深刻。他虽号称为“槛外人”，对官场奥秘也并非全然不知，相反却颇能道出其中玄奥。比方李明溪取笑微微发福的朱怀镜：“你才是副处长，肚子就开始大了，这怎么行？你们处长不会有意见？要为今后提拔留点儿余地才是。”又说，“你肚子比处长大，两人一道出去，不认得的总以为你是处长，总先同你握手，你处长不恨死你才怪。”寥寥数语，显得李明溪颇像官场里的明眼人。

王跃文：我在李明溪身上赋予了很多我自己的东西，包括性格弱点。比方，李明溪为人有风骨，但在朱怀镜面前却很难摆脱人情关系，总是一次次被朱怀镜利用。我在生活中也是这样的人。我在朋友和公众面前，谈笑风生，妙语连珠，越是在大的场合，我越显得不卑不亢，从容不迫。我最难说出口的一个字，就是对别人说“不”，哪怕再为难的事，只要是别人有求于我，我最后总是应承下来，尽心尽力去做。千辛万苦事成之后，我也决不会在别人面前吐露半句抱怨或表功的话。可我内心，很多时候，其实是非常悲观的，我是一个郁郁寡欢的人。

李明溪处理个人生活的能力一塌糊涂，我则最怕在家里找东西。我上上下下左看右看，急得抓耳挠腮横竖找不到，可我的家人进来，一眼就看到这东西明明就摆在我眼前。我只好把这种情况归为“眼障”，不然实在无法解释。我有很强的时间焦虑，出去散步，我隔几分钟就要看一次手表；无论夜里何时醒来，我做的第一件事就是摸到手表看时间。如果失去时间，我就陷入一种莫名的恐慌，惶惶然不知所以。我乘飞机的时候，手机关了就仿佛陷入了时间空洞，隔不久就得问问空姐几点钟了。所以，我坚持戴手表，免得在飞机上焦虑。这些神经质的表现，也正是李明溪的性格特征。

伊渡：我总觉得曾俚这个人物也是您自我形象的一个投射。朱怀镜、李明溪、曾俚三人，构成了一个有趣而完整的三角人物关系，每一个人仿佛都折射出您的一个侧面。李明溪是彻底的厌世与弃世，他与俗世的格格不入最终导致了他的疯狂与失踪；曾俚是一个现代的堂吉诃德，不屈不挠，手握长枪与风车搏斗，头破血流也在所不惜。曾俚是入世的，大有我不入地狱谁入地狱的勇气和决心。作为一名记者，他秉着知识分子的社会良知，用一支笔揭露社会的虚伪冷酷，呼唤着公正与正义。

王跃文：可曾俚毕竟是一个人，有血有肉，而非一个冷血动物。曾俚两次答应朱怀镜的请求，放弃发表已经写好的报道，违背自己做一个新闻记者的原则，都是屈服于情感。第一次为朱怀镜的同学之情，第二次为自己老母和弟弟。现实就是这样残酷，再坚强的人，只要心里有爱，有牵挂，就有弱点，就不可能练成金刚不坏之身。

伊渡：您小说里的那种对人生意义发出的质疑，那种悲剧感、幻灭感是不是很像《红楼梦》？或者您是无意间营造了那种氛围、那种意境？

王跃文：我坦率地承认自己骨子里是一个彻底的悲观主义者。我相信每一个没有坚定宗教信仰的人，只要头脑清醒，都会是悲观主义者。客观地看，人类的存在本身只是自然界各种因缘聚合的偶然性结果。人类的存在并无目的性。人类的存在是偶然的，所以人类自命的种种意义都是荒谬的。即使有宗教，比如信仰上帝，按《圣经》的说法，人不过是上帝一时高兴，照着自己的样子造出的一种能管理鸟、鱼、牲畜、野兽等其他动物的动物，只不过比其他动物稍稍高级一点儿。可无论怎样高级，人只是上帝的一个仿制物，甚至是一个劣质的复制品，有什么崇高的意义可言呢？就是这样一个劣质的复制品，还要在自己的头脑里灌进去那么多自尊自大的愚蠢狂妄的念头。个体的生命又价值几何呢？回顾人类文明的历史，几乎就是一部杀戮史。哪一次朝代更替，哪一次所谓的文明进步不伴随着杀戮？人类的个体生命何等脆弱渺小。笛卡尔说，人因为思想才高贵伟大。这句话倒是不错，其前提似是承认人的存在是有意义的，说穿了就是人自封的。人的精神再高贵，也不过是被囚禁在肉体生命中的囚徒。

伊渡：可是人的存在是没有选择的呀。你在懵然无知中被生下来，你的性别、外貌、禀气，你所生活的地域、环境、家庭，都无法自我选择。而且，连同这一起到来的，永远伴随着你的，还有做人的责任、道义、情感、良心等，诸如此类。我觉得人生诸苦之中，情感最苦，爱欲最苦。英国当代诗人艾略特的一首诗《小吉丁》里有一段，我最喜欢。这段诗是这样的：

那么谁设计了这折磨？
是爱。

爱是这不为人熟悉的名字。
在编织这件难以忍受的火焰衣衫的
那双手后面，这衣裳
是人类力量不能够除去的。
我们只活着，只呼吸
为这种烈火或那种烈火烧尽。

王跃文：我读现代诗不多，但你引的艾略特的这一段诗，我却并不认为是对人类命运的悲观描述。相反，人的情感、爱欲在艾略特笔下是诗意的，美的，虽然它以毁灭为终点。我的看法更悲观一些。生活是这样的：往往在你了解是怎样一回事之前，一切都已注定了。也许你会被迫做其他的事情，但现实生活离你想要的总是越来越远。不知不觉中，你已经永远失去了自我，你过的并不是自己想要的生活。

伊渡：您的意思是，人始终活在一种你无法掌控的逼迫力量之下？

王跃文：差不多是这个意思吧。我不知道有的中国作家们怎么那样喜欢称颂和美化人在命运前的那种顺服、那种乐天安命，那与古希腊悲剧里的人对命运的反抗和挑战、与《荷马史诗》里人对生活的主动精神太格格不入了。我不喜欢把人当作牛羊来写的文学，那种生活更让人绝望。

伊渡：看来您虽然声称自己是个悲观主义者，但您认可的生活态度还是很积极的。

王跃文：我的生活原则是：绝望中的永不放弃。

伊渡：也就是儒家的“知其不可为而为之”？

王跃文：正是。我以为，如果人放弃了对意义的追问与寻求，人生就真的没有意义了。一句被说得烂熟了的话：人的意义就在寻求意义的过程中。这话听起来庸常得很，可实在是说出了生命的真相。我想，无论是哲学、宗教、艺术，无论你是用色彩，用音符，用语言，亦无论你是古典派、现代派、后现代派、后后现代派，都是在用各种方式表达对人生意义的追问和寻求。也许答案不同，但过程一样。

我不是“官场文学作家”

伊渡：您作品里的人物，我感觉无论哪一种类型，哪怕是以常人的最粗浅的评判标准来看不是好人的形象，您都对他们怀有一种悲悯。您在刻画他们内心的龌龊卑劣时毫不心软，毫不留情，穷形毕态，洞察深微，可您实际上好像对他们又总有一丝理解和宽容，让人在觉得他们可恨，可恶，可耻的同时，又觉得他们可悲，可怜，真令人百感交集，唏嘘不已。

王跃文：可以说，我笔下既没有绝对的黑色人物，也没有绝对的红色人物，大多人物处于灰色状态，有些人物是灰白或偏近于白色，这已经是读者感觉中的正面形象，比如朱怀镜和关隐达。有些人物是灰色和灰黑色，比如孟维周和张兆林。他们都是现实中很真实的人物。人性里本来就有许多灰黑色的东西，只是平日里没有给予亮相的机会和条件。种种魑魅魍魉得以在官场活动生存，有些是无所忌惮，有些则假以崇高的名目，但无论他们怎样作丑作恶，从人的本质意义上说，他们都是可悲的。

伊渡：所以，您作品中的人物，无论是陶凡、朱怀镜、关隐达，抑或张兆林、孟维周，还是《天气不好》中的小刘，都笼罩着一层悲剧色彩。我还发现，从您的长篇小说《国画》，到它的续集《梅次故事》，其共同的主人公朱怀镜这一形象发生了很有意思的变化。这种变化在于，在朱怀镜身上，他的人格和信念发生了某种程度上的漂移。

王跃文：正像我前面所说，我不相信有罗兰·巴特所说的真正意义上的“零度写作”。任何写作其实都或明或藏地蕴含着作者的价值观和人格取向，作者的这种取向也可以称之为人文精神。我虽然是一个悲观主义者，但并未虚无到嘲笑一切信仰。确实，一个人要想活得轻松、活得强大，莫过于放弃一切对现实生活的反抗，在废墟里把自己也变成废墟。即使在自己身上偶尔也萌发出困惑、疑问，但很快又自觉地加以嘲笑。他没有任何需要证明的东西，所以他不会有软弱。这种人有吗？我小说中的张兆林、皮德求、孟维周就是这种人。但我总得有能够表现出我的价值取向的人物，我就在朱怀镜、曾俚、李明溪、孟维周等人身上作了一些表现。《梅次故事》中，朱怀镜毕竟在挣扎与犹豫中不断反省，越来越多地表现出对官场游戏规则的反抗，对趋利避害本能的背离。我不知道这样写朱怀镜是不是多少有些生硬牵强，我只想表明，我对中国文化中的丑恶是绝不认同的。

伊渡：您刚才说到官场游戏规则，您是怎么理解“官场游戏”这个词的？

王跃文：我觉得官场游戏，更准确的说法应该是在官场中“玩”，在官场中混得好，如鱼得水，应该叫“玩转”官场，“玩得转”。游戏有时反而非常严肃。我看孩子们在游戏时，他们的态度简直是虔诚神圣。我们所说的官场游戏，恰恰消解掉了它的严肃性和神圣性，尽管它正是被假以最崇高和神圣的欺骗面目。我痛恨这种自欺欺人的东西。这正是鲁迅先生一直尽全力去戳穿的中国的“瞒与骗”。如果游戏的意思就是指“玩”，我对这种所谓的游戏也绝不认同。

伊渡：您有一篇随笔，就叫“拒绝游戏”吧？真是说得斩钉截铁。实际上，戳穿伪崇高和伪神圣，并不意味着对一切真正崇高神圣的否定。比如您前面说的人对自身生命存在意义的寻求和建构，这就是崇高神圣的。如果作为人的本质意义都消解了的话，人确实与禽兽无异了，那才是真正可悲哀的事。话说回来，我其实挺羡慕您现在这种自由写作者的身份。您说过自己现在人格独立，精神自由。我想您离开政府机关前，一定不是这样。

王跃文：称自己为自由写作者，首先是就外部身份而言，指自己的社会角色。当时我在政府机关，文学创作都是八小时之外的事。但却有人背后说我不务正业。我说自己无非是八小时之外不打麻将，不走门子，不干别的阴暗勾当，挤出时间写作。他们却说，白天你人在办公室，脑子却可以构思小说啊！我就无话可说了。如此蛮横的逻辑，都是几十年思想运动落下的毛病，要管你的灵魂，要管你在想什么。如果依这个逻辑，我也可以质问他们，未必他们八小时之内都在忧国忧民？说不定在想昨夜的一场麻将，昨夜的一场贿赂，昨夜的一场色情活动！我说原来写作不自由，重要一点还是指一种内心状态。人的外部身份与他的内心状态往往并不能统一，有时甚至矛盾，背离。有些人能很好地用他的外部身份将内心世界隐蔽起来，有些人则为二者的不能协调痛苦，精疲力竭。这样的人，不论你是做什么的，当然不会有真正意义上的身心自由，那要空耗费掉许多能量，写作更是如此。我现在是职业作家了，写作是否就完全自由了呢？唉！谈论真正意义上的自由写作，是件很奢侈的事。

伊渡：人在获得更多自由的同时，也就意味着更多的承担。当年《国画》出版，引起读者广泛关注，几乎洛阳纸贵的同时，好像也给您带来了不少麻烦。因为您在小说中塑造的人物形象太典型了，谁看谁像，许多人私下里免不了对号入座，所以对您有怨恨。

王跃文：这真是无可奈何的事。作为一个读者，有权利从书中读出任何含义，文学的、社会学的、心理学的等。如果他不愉快，也许是因为他从作品中，看到了某些一直有意不想让自己看到的东西。作品一旦发表，就不再属于作者。晚清时曾有一位少女，因为读了《红楼梦》，口里呼唤着宝玉的名字而死，你能因此追究曹雪芹的责任吗？或者可以打一个这样的比方：谁在镜子中看到了使他不愉快的影像，他不能怪罪于镜子而把镜子打碎。镜子碎了，他的嘴脸也不可能好看起来。相反，他拿碎镜子去照，那张嘴脸也许更可怖。所谓得罪人，我也说不清楚。不会有人公开地说我的小说影射了他，他们是不愿意也不敢承认的。也许有不少人看了我的小说不高兴，这是事实。个中原因，不言而喻。

伊渡：很多人把您称为“官场作家”，不论您愿不愿意。也有人认为，您的小说之所以红极一时，就是因为选择了当代中国官场为题材。您自己对此怎么看？您选择官场为小说题材，是否有商业意义上的考虑？

王跃文：我不承认自己是什么“官场作家”。这个问题我曾多次谈过。我说过，读者如此关注官场，很大原因也许是因为我们民族特有的“官本位”文化，民间对“官”，也就是对权力的崇拜与窥视。我的作品以官场为题材，只是因为恰好在某种程度上我更熟悉这种生活，我想在官场中观照的是人性，是官场中人性的异化与挣扎。我其实并不在意评论界或读者口碑上给我的创作贴上什么标签，因为这对创作本身不是个问题。用写作题材给作家贴标签，本来就是件很无聊的事。托尔斯泰既写过《战争与和平》，又写过《安娜·卡列尼娜》，那么他是军事小说家，还是爱情小说家呢？《红楼梦》中写得最多的是少男少女的故事，按时下出版界的某种聪明划分，曹雪芹应该是青春文学作家？

伊渡：应该说您的官场职业生涯成就了您的官场题材小说？

王跃文：我碰巧曾经熟悉这种生活。身在其中，但又能在一定程度上超然于外，因此获得了一种独特的视角。我的个性、我的价值取向，的确同官场有些格格不入。你得被迫做一个人格分裂的双面人，这是很痛苦的，我很害怕。人性是脆弱的，现实生活强大的逻辑力量逼迫或者引诱着人们把生存利益放在第一位。有些人经历了一个从被迫到自觉的过程，犹如网上流传的那种所谓人生哲学：生活就像被强奸，既然无力反抗，那就不如享受。与其让生活把你强奸，你不如去强奸生活。说实话，当我在网上看到这句话时，我感到触目惊心，非常悲哀。很多人明白道理，却不讲道理。他们清楚，现实利益比道理实惠得多。有很多相当级别的领导干部同我交流起来，很有共同语言，他们清楚很多事情不能那样做，但没有办法。我琢磨他们，有些人的痛苦是真诚的，有些人的痛苦是装出来的。

伊渡：您觉得官场中都是些怎样的人？

王跃文：如果仅仅把学历作为标准，官场的确是精英荟萃的地方，官场很流行读硕士、博士。可是精英们的堕落比群氓的堕落更可怕：因为他们是善于理性思维的一类，总会找出堂而皇之的理由为自己的行为辩解；所以他们就堕落得更清醒，更理性，更自觉，也更彻底，更智慧，更自鸣得意。社会深层的灾难将从精英的堕落开始。

我从来不认为官场里的人都是坏人，他们都身为人子人女，人夫人妻，人父人母，都在尽自己的社会责任和家庭责任。无可奈何的环境叫他们身不由己，天长日久他们就会主动或被动做些不堪的事。运气好的，顺水顺风，平步青云，修成正果；运气不好的就翻身落马，成了法律意义上的罪人，道德意义上的坏人。而真正做官员或大官的又是极少数人，绝大多数人终其一生扑腾仍是小公务员。心态正常的处之泰然，心态不好的抱恨终生。

伊渡：回顾中国20世纪40年代开始的思想文化运动，也许就是对您所说的“精英堕落”造成的可怕灾难的最好注解。

王跃文：恐怕是这样。且不管别人怎么对精英作学术上的定义，我所指的精英，是那些文化素质较高且置身于权力场的人。从某种程度上说，他们能够决定社会的命运。20世纪我们国家那么多大规模的思想政治运动，哪一次不是从所谓的精英层开始的？ 20世纪50年代，梁漱溟为农民呼吁，说城里人生活在九天，农民生活在九地。梁漱溟为此受到大批判，被视为从来就反党反人民的反动知识分子。到 20 世纪 70 年代“批林批孔”的时候，梁漱溟又被作为孔子的孝子贤孙横遭批判，但梁漱溟从不低头，说“三军可以夺帅也，匹夫不可夺志”。这是真正知识分子的楷模，令我敬重。可悲可叹的是，几十年的思想政治运动中，像梁漱溟这样的硬骨头知识精英，仅寥寥几人！大多数知识分子都在历史思想政治中手之舞之，足之蹈之，不同的只是台上台下而已。

伊渡：您觉得官场腐败是中国政治文明难度增加的最大障碍吗？

王跃文：我觉得你的问题把因果关系颠倒了。首先应该建设好的政治文明，才会出现人们希望的所谓好的官场或好的官员。我们不能把社会的希望寄托在官场中人的道德自律上，而应在制度建设上寻找出路，那就是真正意义上的政治文明。

我老家县里有位我原来的同事，当年他给我的印象是正直而善良。他很想在政界有所建树，做个实实在在的好官。我一直把他引为朋友。可是，多年不见之后，我对他不敢相认了。他最初的政治目标是至少也要做到县委书记或县长，但他官运不济，只干到科级干部。他因为替县里领导车前马后多年，资历也算老了，被安排到一个较有实权的单位。我听县里的人讲，他已经变得贪婪而冷酷，他甚至把自己的孩子都教育得市侩，世俗。他的孩子正好同我一个亲戚的孩子同班，只要同学们议论官场腐败，他的孩子就要站出来骂人，似乎只要有人讲腐败，就是讲他父亲。我不说这就是精英的堕落，但那位老同事至少也是知识分子。

20多年来，我见过太多纯良青年最后变成庸俗自私的小官僚，也见过太多德高望重的官员最后沦为阶下囚。真是令人沮丧，叫人悲哀！有的官员，也许几天前还与我同桌吃饭，非常理解地对我说："跃文呀，你的小说我很喜欢看，你放心写，没什么可怕的。这个社会需要你这样的作家啊！"可是也许过不了几天，我会突然听说这位官员因为贪污腐败被"双规"了。

伊渡：不谈国事了，还是回到文学本身吧。20世纪90年代您的长篇小说《国画》发表，半年之内再版了5次，次次脱销；现在正版《国画》已经不仅具有阅读意义，而且有了收藏意义。听说在孔夫子旧书网，您的一本亲笔签名书已拍卖到两千块钱以上。后来的《梅次故事》《朝夕之间》《亡魂岛》，以及您的中短篇集《官场春秋》《没这回事》《官场无故事》《王跃文作品精选》等，只要出版，都必然热销，甚至冒用您名字出版的书也销得很好，用一个词形容，就是"风靡"。您怎么看这种现象？

王跃文：我并不认为自己的小说写得多么好，中国比我优秀的小说家比比皆是。我在湖南也不是最好的小说家。湖南是个文学大省，比我优秀的名家很多。我几乎不同作家朋友谈文学，因为我还有自知之明。我虽然曾在回答某位官员的责难时愤然作色，说自己的《国画》将是不朽的，但冷静地说我并没有这个自信。马尔克斯把《百年孤独》寄给出版商后，生怕遭遇退稿，惶惶不可终日；后来出版商决定印8000册，马尔克斯不同意，他担心印多了卖不出去而丢丑。马尔克斯都有不自信的时候，我等算什么呢？读者接受我的小说，我非常感激。我的小说之所以引起读者的共鸣，也许是因为我写出了人性在官场中的复杂，读者“于我心有戚戚焉”。有读者缘当然是一件值得高兴的事情，但这并不是文学成功的唯一标准。

伊渡：我觉得您的小说最擅长的是心理刻画，精微传神到既凸显人物，又氤氲气氛，还推动情节进展。我感到您的小说中的人物心理描写，本身就是情节，所以我斗胆为您的小说创造一个新词，即“心理情节”，只是不知那些苛刻的文学批评家又会怎样嗤鼻而笑。

王跃文：批评家？我不打算理会有些批评家的高见，因为我看过有些批评家的大作，发现有些人根本没有读过我的小说，却在那里指手画脚。没有读人家的作品而写出那么洋洋洒洒的批评文章，真是辛苦他们了。特此致敬！

伊渡：文学批评也是要有良知的。有些文学批评家以为自己握有生杀予夺的大权，要你活你死不得，要你死你活不成。殊不知如果没有作家和作品，文学批评充其量也只是屠龙之技。又好比你到一个根本就不吃饭的地方去吹嘘你的厨艺，好笑至极。说到文学良心，有一次谈到意大利作家卡尔维诺的《寒冬夜行人》，您说：“文学是良心，不是玩具。”您是怎么理解这句话的？

王跃文：我觉得，不仅是文学，包括哲学、心理学、自然科学等，都是人类对自身命运的认识、思考和探索。所不同的只是有的是直接观照人类自身，有的是间接的。从这种意义上讲，文学就是一种承担，应该呈现一种真实的东西，或者说是真理，不管是以什么形式来呈现。我认为，哪怕最离奇的幻想，也必然是来源于现实，呈现出真实，这就是良心。我不明白的是现在中国的文学作品哪怕稍微忠实于生活就不见容，很多低俗甚至恶俗的作品却大行其道。

伊渡：您写作考虑读者的欣赏趣味吗？如果把您归为畅销书作家，您怎么看？

王跃文：有些真正的天才写作也许不会考虑读者，比如卡夫卡、乔伊斯，他们是天纵英才；但我相信大多数作家如果在写作时考虑读者的阅读，也许会写得更好。这并不影响作品的艺术品质。畅销的书未必全是好书，好书也不一定就不能畅销。《红楼梦》就一直是畅销书，它畅销200多年了，还将永远畅销下去。

我看到有的作家一提到文学的畅销性就火冒三丈，余秋雨、韩寒、郭敬明的书的发行量令有些作家愤愤不平。看到有些美女作家的书好销，也有人撑不住风度。我觉得大可不必。撇开别的东西不说，一味攻击畅销书，也是对读者的不敬重。作家写出一本读者不愿看的书，更是对读者的不敬重。未必看畅销书的读者都是没长脑子的？写作与阅读，都应有各自的自由。我并不认为所有畅销书都是好书，而是不必太认真了，就当推动了造纸业、印刷业和出版业的发展，也没有什么不妥。

伊渡：您还开始写电视剧本了吧,《龙票》吗？小说《龙票》出来后，又成了畅销书。您是在怎样的情形下开始写电视剧本的？它与您的小说有什么相承关系吗？这是不是意味着您创作的转型？

王跃文：《龙票》写的是晚清山西票号的故事。有人见我开始写古代题材了，立即问我的创作为什么转型了。其实，这是新闻记者们的思维模式。我写《龙票》并不具备创作转型之类的象征意义，只是偶然机缘，不必细说。《龙票》写的是古代权利场。顾名思义，官场是权场，商场是利场。但是，官场又是利益丰厚的所在，谁都知道，权能生利。而商人无论大小，都是需要某种权力保护的。小商小贩需要流氓地痞的保护，流氓地痞也是一种权力；豪商巨贾则需要达官贵人的庇护，生意越大，越需要更大的保护伞。然而，中国官场同商场从来都是相生相克的，而且商最后总是输给官，没有百年不衰的红顶商人。这是中国历史为我们提供的无可争辩的事实。只要官场权力还能寻租，就会有红顶商人出现，红顶商人的悲喜剧也就会不断上演。从近几年中国、俄罗斯等国家曝光的案例看，没有哪个翻了船的大商人不是同贪官紧密勾结的。同官场勾结，神话般成就了那些商人，而同官场纠缠过深又恰恰是他们覆亡的最重要的原因。我们不要忙着为历史或现实下结论，相信事实是最要紧的。

伊渡：中国有两句老话，一是说君子之泽，五世而斩；一是说富不过三代。这应该是前人对历史经验的总结，对此您是怎么看的?

王跃文：总体上讲，这是因为中国历史多动乱，很少有几百年不动根基的大家族。从个体家族而言，哪怕是诗书传家的门第，也会因子孙不肖，或因为做了官，或同官府关系密切，说不定某一天就遭殃了。我们读《红楼梦》就知道，门庭显赫的官宦人家，动不动就抄家了。而那些豪商巨贾，同样也会面临子孙不肖，或同官府往来的风险。越是权力同利益可以交换的社会，商同官的联系越紧密，财富来得容易，败家起来也很容易。我看过一则新闻调查很有意思，说的是香港富豪到第三代时公司仍由自己家族成员直接控制的只有20%，原因是他们的后人一代不如一代，也就是所谓子孙不肖。为什么会子孙不肖呢?原因归结到女人身上。因为富有了，必定要找漂亮老婆，而漂亮女人多是缺心无脑的花瓶，遗传学上认为男性更多的是接受母系基因。母亲是个花瓶，儿子就聪明不到哪里去。所以，富豪们的后代就越来越蠢，别说指望他们管家，不败家已是万幸。我不知道这项调查有没有科学依据，但富豪家族的财富三代之后多沦为外人执掌这是事实。当然，现代公司的管理，多请职业经理人操盘，这也是原因之一。

伊渡：哈哈，这番话公布于世，您会成为美女公敌的。听您这么信手拈来材料就能引出自己的观点，我想起您的杂文了。您是以小说闻名于世，而很多人却喜欢您的杂文。我在您的博客上，常常看到有些读者这么说。我也很喜欢您的杂文。

王跃文：我写这种有话就说的文字，越来越模糊了文体意识，不太顾及章法。有人把它说成杂文，有人把它说成随笔。恕我鄙陋，杂文同随笔到底是一回事，还是两回事？我至今没有去翻书，也不想弄清楚。

年轻时写过一些纯粹的散文，动笔时脑子里就是语文课上学过的东西；想到的题目呢，总离不开故乡、母亲和童年。没写多久，就腻烦了，很没有意思。于是开始写小说。我只没有写过诗，中国当代作家没有写诗“前科”的少。曾听人讲，写诗是最能锤炼语言的，写过诗的人写小说，语言要文学得多。我听着就心里发虚，心想自己年轻时怎么没有写诗呢？都听人说，诗是属于年轻人的。我也许很早就老气横秋了。可转眼想想，中国古代的读书人写诗，可是从小写到老啊！到底是古人修得了永葆青春之法，还是中国古时没一个真正的诗人？如此深奥的课题，我这辈子是研究不透了。

我只关心一些简单的问题，比如有些人说的话是真是假，有些人做的事是对是错，有些事情到底有没有意义。我写小说，也没有什么高明的主意，都是些普通人的寻常见识。常有评论家告诫小说家们，要有终极关怀之类。我知道这很重要，但我就是深刻不下去。深刻的作家多着哩，他们能者多劳吧。我想还是先关注滚滚红尘，先思考些浅近的事情。有时候觉得小说表现起来还不太直接，不太及时，不太有力，不太过瘾，就写些短章，把话挑明了说。我知道太直接地说话，很伤害文章的文学性，很为一些大师不屑。可我不是为讨好大师而写作，也顾不得那么多了。大师毕竟是少数，我的小说少几个大师读，似乎也没什么关系，于我的版税损失更是大可忽略。何况，中国目前也只听说气功界有大师，文学界的大师谁也还没见过。

我不是一个太愿听从将令的人，好在还没有谁命令过我写文章。当然，这要除却当年写过的公文。那是工作职责所在，只为稻粱谋。顾客让我做一个盘子，我绝不会给他做一个杯子。顾客其实是领导，我却是一直把领导当顾客，所以在官场是混不下去的。一直有人问，你好好的却离开官场，难道从来不后悔吗？我想说的是：我在官场原来就不是好好的，而且是非常不好；也没挨打受骂的，只是心里憋得慌。话说回来，当年在官场里头待着，人家让我写什么就写什么，也没觉得有什么为难。只是不堪回首，心想自己那么些年，到底是怎么熬过来的？罚我回去再过那种日子，一天就会疯了去。如果人家让写什么就写什么，倒也相安无事；可我却是人家不让我写什么却写了什么，就是那些小说和杂文。于是，我离开了那个大院。

曾经有段时间，某省有些报刊凡见我的名字，文章就发表不了。有位颇有见识的编辑，却约我写专栏。我因要出门旅行，临走时写了十几篇文章留给他。等我云游回来，竟然见我的文章都换了作者名字，那人叫作浦人。我问：浦人是谁？编辑说：您的第一篇文章出来，我们就接到电话了。可我实在舍不得那些文章，就给您起了个笔名发表。我至今记得，那篇文章就是《常识性困惑》。我新编集子《胡思乱想的日子》，又将这文章的题目改成了“逃离”。鲁迅那个时代，作家们为了逃避当局检查，只好不停地更换笔名。鲁迅先生用过的笔名，不是研究专家还真数不过来。凡是活着的人，时间都在往前走，难道只有我孤魂野鬼地回到20世纪30年代了？我没有写过时下流行的穿越小说，人却穿越了。

过了几年，风声似乎松动些了，这家报纸又约我写专栏。我对他们说：别再让我换着笔名发文章，大丈夫行不改名立不改姓！于是，我的名字再次出现在报纸上。真是太有意思了，我搭乘时间飞船重新回到光天化日之下，时为2003年，这一年的夏天，我在某地签名售书。一位老人递上厚厚一本剪报：请问这上面的浦人，就是您吗？我点头而笑。老人很是兴奋，说：您的文章，不论换什么名字，我都看得出来！我紧紧握了老人的手，向他致以谢意。可老人又问：为什么要换名字呢？我就是冲着您的名字看书买书的！我没法同老人说什么，只能含混地笑。

有时候又想，天下文章真是让前人都写尽了，何须今人劳神费力？读前人的书，发现我想说的很多话都无须再说，径直从书上抄来便行。很佩服周作人抄书的功夫，更深膺当年出版界的风尚。周作人抄书成文，居然可以发表！我只抄过一回书，就是把《老残游记》里的几段话，稍加翻译抄下来，竟然也发表了。刘鹗笔下所见，我辈仍可见着，也难怪今人文章难逾古人！

第五章

天命：我的生命书单

我的文学启蒙

周新民：王老师您好！谢谢您接受我的访谈。我想请您谈谈您的文学启蒙。

王跃文：我的文学启蒙应该始自我的奶奶。我奶奶目不识丁，却总是出口成章，能背诵很多诗词，开口就是四六八句。我生长在乡村，我的童年和青少年时代除了课本几乎无书可读，心目中根本没有文学的概念。我从小跟奶奶睡，奶奶讲的故事应该就是我最早的文学启蒙。我才四五岁，奶奶就教育我说："六儿啊，您要读书啊。少壮不努力，老大徒伤悲啊。"我哪里听得懂！我心想，我又不是老大，我为什么要伤悲？我在兄弟姐妹中排行老六，大哥才是老大。我至今仍没弄个明白，奶奶一个字都不认识，怎么出口尽是文言。

去年我创作了一部中篇小说《漫水》，写的是我最熟悉的乡村生活。写作这部小说的时候，我会时常想到我的奶奶。她老人家其实在我很小的时候就影响着我的文学创作，只是我当时不明白而已。真可谓，此情可待成追忆，只是当时已惘然。也许，这是一个人的宿命。

周新民：大学生活对您的文学创作的影响有哪些？

王跃文：我上的不是名牌大学，只是家乡的一所专科学校，当时叫怀化师专，现在改名升了本科，叫怀化学院，听说还会改成别的名字。我去怀化师专上学，最兴奋的是见到了图书馆。记得入学第一天，老师发给我们一个长长的必读书单。看着那个书单，我真是幸福得胸口怦怦直跳。心想：我将读这么多书！三年间，我读完了书单上的所有书。学校图书馆的书很有限，谁借到一本书同学们就预约，轮着看完了才退回去。学校背后有座小山，长着并不太茂密的松树。每天一大早，我就会钻进松林里背书。直到今天，只要想到当年背书的场景，鼻子里仿佛就充溢着松树的清香。我当时并没有真正开始文学创作。我那时候写过一个短篇小说，发在同学们办的油印文学刊物上。小说名叫“山娘娘》”，叫同学们刮目相看。

周新民：我就是想请王老师谈一谈，您是在什么情况下走上创作之路的？

王跃文：怎么讲呢？也没什么很特别的。我大学毕业后，我在老家溆浦县政府办公室做一个普通的干部。当时从事的工作就是写公文嘛！我当时写的两块：第一个是领导讲话，第二个是调研材料。县长的所有讲话稿，都是由我起草。虽然我过去也喜欢写作，但是机关公文自有它一套规范，你必须认真地去学。大学中文系都有公文、应用文写作的课程，但党政机关里的材料写作，大学课本上是学不到的。所以有那么几年，文学梦想就放弃了。一直到写机关材料已经非常熟悉了，有了业余时间，才开始想着文学创作。

周新民：行有余力了，文学梦想又逐渐萌发了。

王跃文：就像《论语》里讲的："行有余力，则以学文。"这个时候，文学梦想又迸发了。另外，那时候我就是一个二十五六岁的年轻人，尽管在官场里面干，但是，根本就不知道自己以后会怎么样，也有一点迷茫。写作，就成为了我的精神寄托。

周新民：当时，您是否有职业规划？

王跃文：我一直都是有一点单纯。单纯在哪里呢？我总觉得只有自己好好地工作才行，而且我这个人工作也还卖力，同事之间的关系也好，领导也很喜欢，总有一天会按照这个正常的途径往上走。因为，在官场上所谓体现事业成功与否，就在于你做到多大的官，讲白了就是这样的。但是，那个时候，各种迷茫还都有，不知道以后自己去干什么。在这个时候，文学梦开始重新复苏了，我就开始写一点散文。

周新民：您最初写散文？

王跃文：对，是写散文。我发的第一篇散文，登在1988年8月8日《湖南日报》的文艺副刊，我现在想起来，开玩笑地说，那就是做生意开张的非常吉利的日子。作品名叫“书房小记”。那个文章现在我都找不到了。在此之前，我从来没有发表文学作品嘛！这个文章在溆浦小县城的文坛引起震惊，有人说：从来没有看见过你写文学作品，怎么写得那么好呀？我当时根本没有书房，只是把我那个不到9平方米的小居室叫作书房，其实就是一床一桌。我的那些书都放在那些纸箱子里面，塞在床底下，也没有书架，这些东西都是没有的。就写我在这个书房里面的怎么样的生活，怎么样一些想法，就写这些东西。不到1000字，就800多字，写得很精致。

周新民：精品版。

王跃文：谈不上精品，短小就是精品，那么我这个人就是精品，我个子不高。那时候，我在文学界一个熟人也没有，就投到《湖南日报》，不到几天就发表了了。哟！我发现我还可以写作呀！ 于是马上又写了两篇。从八月份起到年底，我又在《湖南日报》连续发表了三篇小文章。一个不为人们所熟悉的作者，在省报的文学副刊上这么频繁地发表作品，在那个时候很不容易。不过，我的散文创作，也没有完全坚持下去。后来我意识到，我哪怕是写散文，也不像有的人散文文字很空灵。我很佩服他们，从头到尾看完了好像没写什么东西，但文字写得很美。我的散文总有点故事，也就是所谓的……

周新民：叙事散文。

王跃文：对！叙事散文，笔法就是开头就很淡，但是还是有点味道。这时我觉得我可以写小说，于是我就开始写小说。说实话，最初我也没有琢磨出一条自己的路，不管从题材也好，写法还有结构也好。尽管是学中文的，但没有具体研究过这些东西。虽然我心中有怎样的小说是好小说的标杆，但是怎么样去把一个小说作为文本分析，怎么去模仿去写呀，我从来没有做过这事。我忘记了，发表第一篇小说之前，写了多少，有七八篇半途而废的，就是说写个开头写个几千字，没意思就不写了。一直到了1989年，我才有第一篇成品的短篇小说《无头无尾的故事》。

周新民：这是您的小说处女作？

王跃文：对！处女作。《无头无尾的故事》我写完了以后就给当时我们县里的文联主席看。看完了以后，他就拍手叫绝："这个好！"我当时连正儿八经投稿的线索都没有，不像现在有网络，我至少可以查一下地址，对吧？我就向他要一个地址，我就寄到当时《湖南文学》编辑部。现在我们省作协文学杂志《文学界》的黄斌，他从自由来稿中看到了，觉得这个小说写得很好呀！但是不知道是哪里的人。然后就用了，用了以后写信告诉我。

周新民：您的小说创作之旅就这样开始了。

王跃文： 在《湖南文学》上一两年就连续发表了三个短篇小说：一个就是《无头无尾的故事》，一个《望发老汉的家事》，还有一个《花花》。发了三个短篇小说的时候，有两篇被《小说月报》选载了。

周新民：您的早期小说创作，您最看重的是哪一篇？

王跃文：《秋风庭院》吧。这篇小说1995年发表在《湖南文学》七、八月合刊上，被《小说选刊》选载，并被评为优秀小说。当时全国优秀中短篇小说评奖中断，鲁迅文学奖尚未设立，《小说选刊》奖也是在全国范围内评选的，质量不低于现在的鲁迅文学奖。甚至可以说，当时无任何不正之风，评出的作品更纯粹。我很尊敬的陈建功先生第一次见到我就说："跃文，像《秋风庭院》这样的小说，你只要写10个到20个，你在中国文坛的地位就不会动摇了，你就是一个著名作家了。"我开玩笑说："那我就努力吧！"那时在石家庄开青年作家会，我记忆深刻。

周新民：您怎么会想到写《国画》呢？

王跃文：因为我在《当代》连续发中篇小说，就引起了人民文学出版社当代文学编辑室一位编辑的注意。一位叫刘稚的女编辑，跟我在《当代》的责编周昌义说："我们可不可以约王跃文写个长篇？"然后她就试着和我联系。其实多年以后，周昌义跟我讲："我们也是想试一下。为什么呢？您的中篇小说跟其他人的不一样，但您的小说完全靠一种味道支撑。我们有疑问，这种味道支撑一个中篇可以，这样写长篇行吗？"

周新民：您的小说的确写得很精致！

王跃文：用他们的话说，就是味道很足！我并不像有的人那样讲故事，里面有很多很多曲折的故事。我的小说并不以故事取胜，我要写的是一种官场生态，那个特殊的官场关系。但是用这些东西去支撑一个长篇行不行？他们也在担心。周昌义《文坛往事》里面就说到了这一点：原来担心王跃文，他的那种注重氛围渲染的写法，能不能支撑一部长篇小说。当时我有一个很自觉的把握，就是《国画》主要写官场的八小时之外，写八小时之后的生活。八小时之内的开会、批文件，那些也没一点意思，那些东西你要把它做得很文学化也做不出来。我认为反映官场的文化与人性，主要是官场八小时之外。

周新民：您关注的是八小时之外的官场？

王跃文：对！八小时之外的官场。我很敬佩人民文学出版社的那些编辑，他们一方面对文学有很职业的把握，另一方面对所谓的政治底线、政治风气也有非常明确清晰的认识。在这个情况下，仍然把《国画》推出来。《国画》出版后，有一些评论家看了，认为《国画》令他们耳目一新，写官场也好，写中国现在的政治生活也好，写得那么的好！有些批评家认为，《国画》颠覆了旧有塑造官员光辉形象的叙事模式。

周新民：请王老师解释下《国画》标题的意思。

王跃文：我写这个《国画》的时候就抱定一个宗旨：把官场八小时之内的工作全部留白，我就写官场之外的生活，八小时之外的生活。我的这个设想来自国画的技法，国画很多时候都留白吧！

周新民：您的《国画》有个续集《梅次故事》。

王跃文：《梅次故事》其实当时不叫《梅次故事》。《国画》与绘画有关，《国画》的续集也应该和绘画有关，我给它取了个很雅的名字叫“五墨”。国画讲究墨分五采，所谓“韵墨而五采具矣”。编辑一看这个名字，觉得有点费解。当时我写了很好的一个题记，题记一看就明白“五墨”是什么意思了。但在出版的时候，出版社领导就站在一般的读者角度来讲，可能觉得别人会误解，“墨”是黑色。让我改个名字，我说我想不出来，随你怎样想啦！最后编辑给我想了一个书名。因为我小说里写的那个地名叫梅次，于是《国画》的续集就叫《梅次故事》。

周新民：《苍黄》是什么时候写的？是什么样的机缘促使您创作了这部小说？

王跃文： 2009年写的。《苍黄》是一部被动的长篇。最初，有一个编辑约我写一个中篇，他想出我的一个中短篇小说集子。他们认为加一个中篇进去就会卖得好一点。结果写的时候，写了7万字了还不知道头在哪里。我说："算了，我写长篇算了！"

周新民：《苍黄》是《当代》发的吧？您觉得《苍黄》与您以前的一些小说有什么区别？

王跃文： 要说起来就是，《苍黄》我自己觉得有点仓促。这也是被出版社催的缘故。如果以后有机会的话，我会做一些修订和完善。如果说《苍黄》有什么不同的话，可能是因为年龄的原因，到写《苍黄》的时候……

周新民：写得沉稳了一些。

王跃文： 对！少年时代生活的那种郁愤也好，悲愤也好，那种愤怒也好，那种火气也罢，这些纠结在我心里的一些东西，不像过去写作那样太外化。我在写《苍黄》的时候，心态要平稳一点，写得要从容一点。

周新民：像您的小说里的那些人物，有没有一个相对的原型呢？比如说《苍黄》里的那些人物。

王跃文：原型？应该说一个都没有。

周新民：我很奇怪呀，《苍黄》中的疯子和县委书记都叫刘星明，有何寓意？

王跃文：其实，创作之初，我是要有点寓意的，但是我没有把它处理好。我可能想把它处理一下，时间太仓促了，后来就算了。疯子和县委书记都叫刘星明，其实说是一个人的两个面。它要反映的是中国官场的残酷性：现实的游戏规则可以让你的人格完全分裂。

周新民：我觉得这就是您的意图。

王跃文：我是有意图的，但是我的文字没有交代好，我想后面再交代一下。

周新民：请您解释下《苍黄》题目的意思。

王跃文：“苍黄”语出《墨子·所染》：“染于苍则苍，染于黄则黄；所入者变，其色亦变。”后引以“苍黄”喻事情变化反复。这一书名的含义应该是一个隐喻，我想读者略加思考就能懂得。

周新民：您被称为“官场小说第一人”，我发现您好像对这个称呼有些个人意见。

王跃文：所谓“官场小说第一人”，完全是拜媒体所赐。曾有评论家说，《国画》的问世引发了当代中国官场小说热。也许是从这个意义上讲，媒体界可爱的“标题党”就把我称为“官场小说第一人”了。当然，也有读者认为，目前官场小说虽然很多，但在思想性、艺术性方面尚无超越者。我自己很警惕这种评价。第一，我没有能力阅读所有官场小说，无法把自己的小说同别人的小说作比较；第二，当面说好话也是人之常情，未必就是真实的评价。中国有句老话，文无第一，武无第二。所以，说谁的小说排第一，本来就是件不可信的事。

周新民：在我看来，您的小说没有停留在官场世相的描绘上，而是把笔触深入到人性深处，您的创作极大地推动了官场题材文学的发展。

王跃文：一位作家的文学贡献，也许要交给后人去评价。文学经典是时间追认的。作为文学研究专家，你因为阅读量大，因为专门的学术训练，自然比常人眼光高远许多。但是，我仍然相信今人对作家文学成就的评价是有局限性的。所以，评论家们的褒扬之词，我听着虽然很高兴，内心其实很明白。我所能意识到的是，自己进行所谓官场人物刻画时，会尽量摒弃所有概念化的束缚，真正听从内心的感受，把真实的人物形象呈现给读者。我习惯在小说中探究人性最幽微隐秘之处，这样写的客观效果就是撕掉概念化中某类人物的面纱。有种指责，说我的小说丑化了某类人，也许原因就在于此。其实，我不过是把生活还原罢了。单纯从这个意义上说，我只是做了一件事，就是说出了国王没有穿衣服。

周新民：您的小说创作历程大致可以划分为三个阶段：第一个阶段以《国画》为代表，包括《梅次故事》《朝夕之间》；第二个阶段的代表作是《大清相国》；第三个阶段的代表作则是《苍黄》。您能谈谈您在这三个阶段的艺术和思想追求吗？

王跃文：我在文学创作过程中一以贯之的思想艺术追求应该说是清醒的现实眼光和现实主义精神。作家肯定是会成长的，他对人和世界的认知会有变化，对艺术的观念会有变化，他的创作必然也会有变化。说到底，一个作家的创作风格变化，既有作家的个性因素，又有时代和现实环境变化带来的影响。有些作家这种变化非常明显。比如余华，从早期形式上的先锋实验探索，到后来人们说的现实主义回归。但我在创作时的思想艺术追求并没有太大变化。《国画》是我的成名作，但很多评论家认为我的创作一开始就表现出比较稳定的思想艺术特征。孟繁华先生曾对我的小说有过这样的评价：“王跃文的小说在世俗欲望日渐膨胀并在官场过之不及的现实生活中，在权力争夺与情欲宣泄高潮迭起的丑恶出演中，在卑微沮丧踌躇满志惴惴不安小心谨慎颐指气使的官场众生相中，作家不是一个冷眼旁观或兴致盎然的看客，也不是一个投其所好献媚市场的无聊写手。在王跃文的官场小说写作中，既有对官场权力斗争的无情揭示与批判，也有对人性异化的深切悲悯与同情；调侃中深怀忧患，议论处多有悲凉。”我觉得，“悲凉”这两个字可能更接近我作品的底色。但我更觉得，这种“悲凉”还有一个更深层次的底色，是对官场人性缺失的悲悯。因为悲悯，所以还有温暖。当然，我的官场题材小说更有对国民性的揭示和批判。我的小说创作虽然在不断往前走，也许艺术表现上越来越丰富成熟，但这一创作基调并没有变。我个人觉得，《朝夕之间》是我写得最从容的小说；而《苍黄》则由个人命运的沉浮刻画，更转向注重当下的社会现实，转向对社会生态诚实的观察和思考。

周新民：您的小说人物形象设置很丰富，除了一些给人印象深刻的不守规则的官员外，还有丰富的人物形象类型：一是知识分子人物系列，《国画》中的记者曾俚、贺教授、画家李明溪；二是还塑造了富有良知的官员，《漫天芦花》里德高望重的知识分子苏禹夫校长、《朝夕之间》中的农业局长朱来琪、《国画》的郑才刚、《苍黄》中的舒光泽等；三是还塑造了些复杂的社会人员，像一些具有特异功能的人士等。由于人物形象丰富，您的小说富有艺术感染力和逼真感。您能谈谈您在人物形象塑造上的追求吗？

王跃文：小说的第一要务当然是要塑造生动立体而又富含意蕴的人物形象。我们读到的所有经典小说，无一不是因其塑造了个性鲜明、血肉丰满的人物形象。《红楼梦》中究竟写了多少人物？据清朝嘉庆年间姜祺的统计，有名有姓的共 448 人。可是，千人不同面，人物之间既有对照，又有参差。比如，林黛玉与妙玉都孤高自许，但一个是入世的热，一个是出世的冷；凤姐与探春同是泼辣，但一个狠毒狡诈，一个严正直爽。对照的人物就更多了，林黛玉和薛宝钗是对照，尤二姐和尤三姐是对照，贾赦和贾政是对照，焦大和刘姥姥是对照。也许我塑造小说人物时很受《红楼梦》影响。一是写人物更多用心理活动，用细节；二是人物形象的塑造既有鲜明的对照，又有参差的映衬。比如曾俚和李明溪，一个是勇敢的斗士，一个却是无法理解现实中的黑暗而最终被黑暗吞噬的艺术家。两人有共性，更有差异性。比如朱怀镜和李济运，朱怀镜是在无奈中不安地堕落，最后终于有自我救赎般的最后一搏。严格说来，朱怀镜为自己命运的临阵一搏算不上是自我救赎，只是世俗意义上的挽回人生败局而已。李济运是在清醒中调和，在调和中坚守住自己的原则。又比如皮德求和刘星明，一个深谙所谓领导之道，颇懂领导艺术，含而不露；一个凶狠自私，专制武断。这些年来，我的一系列小说确实塑造了较为丰富的人物群像，他们可以分成某些具有共性的类型，又各具特性。文学归根到底是人学。写好人物是文学表达作家创作意图的最直接有效的手段，也是一个小说家最起码的责任。

周新民：我注意到您小说创作的主要艺术手段是反讽，您的小说《天气不好》《头发的故事》《国画》《蜗牛》《秋风庭院》等都广泛运用了反讽的手法。您为什么比较偏爱反讽的手法呢？

王跃文：米兰·昆德拉在《小说的艺术》中说："根据定义，小说是一门反讽的艺术，它的真实是隐蔽的，不公开且无法公开的。"我的理解，反讽即文本与文本内涵的背离，言不由衷，这在某种程度上就造成了荒诞效果。坦率地说，我爱用反讽并不取决于我习惯的艺术表现手法，更不是受到昆德拉的教导，而是我们的社会现实。你仔细想想，我们当下这个社会，到处都可见表面庄严神圣之下的庸碌世俗，冠冕堂皇之下的阴暗卑劣，一本正经之下的滑稽可笑，你想不反讽也难，想不荒诞也难！

八小时以外的官场

周新民：您说过，您的小说注重表现“官场亚文化”。您能总结下您的作品中表现了哪些“官场亚文化”吗？

王跃文：亚文化是指在某一主流文化背景下的次属文化，由某一特殊群体共同形成其游戏规则、生活理念、价值观等等。中国是一个有特殊文化传统的国家，中国政治的主流文化当然是理想主义的忠君爱国、敬德保民、以民为本、鞠躬尽瘁等儒家文化，人与人之间的关系也提倡礼、义、廉、耻。但是，中国几千年来的封建专制社会使得官场等于权力场，官员即代表权力，权力的异化导致生出权力崇拜和官场的异化。生活在所谓官场这一生态圈中的人，其人与人之间的关系因其职位的高低和权力的大小，而形成一种人身依附关系，甚而就是主子与奴才的关系。在这一生态圈内，有很多形成共识了的潜规则。比如我在小说《国画》和《梅次故事》中写到的：“围绕权力人物，都会形成一个生态圈，衍生各类物种。权力人物一旦失势，生态圈就不复存在了，那些赖以生存的物种就会退化，变种，迁徙，绝迹。其实也没有必要描述得这么复杂，老话一句就够了：树倒猢狲散。”还比如“看法大于宪法”“如今这世道，不怕你吹牛说自己同领导关系如何的好，甚至不怕暴露你如何在领导面前拍马，就怕让人知道你没后台”“官场上不是被抓了就倒霉了，而是倒霉了才被抓”等，这些都是上不了台面、入不了主流话语的共识，但却是在官场生态圈中大家心照不宣的行为准则。这些就是我小说中揭示出的所谓“官场亚文化”。我一直想说的是，我的作品常常遭到误读，有些人指责我的作品因为写得太真实精辟而成了“官场教科书”。我只好苦笑。我的目的是揭示出这一“官场亚文化”的病态及从中折射出的国民性，其意义在于批判和警示。

周新民：现在官僚体制很厉害！

王跃文：其实现在，中国整个是一个大官场。为什么现在的官场小说那么流行？现在所讲的官场在老百姓眼里也不局限于过去那种党政机关，而是把一切公权部门都叫作官场。党政机关、公检法，包括所有公共服务的那些部门、机构，都官场化、泛官场化了。我们把这种文学冠名为官场文学本身就存在着问题，因为官场在词典里面的准确解释是：官场，指官吏阶层及其活动范围，贬义，强调其虚伪、欺诈、逢迎、倾轧等特点。

周新民：说得好！

王跃文：就这些东西，那么多的作家在写，而且读者愿意看，要说起来是不正常的。这个社会不正常，人们才会那么去关注官场。所以有人说……

周新民：其实每个人在日常生活中也有处身官场的感觉。

王跃文：一个地方的媒体采访的时候，就讲到知识分子。为什么知识分子总容易愤世嫉俗？因为任何一个社会它都是有矛盾，有问题的，而知识分子因为他思考能力强，目光敏锐，所以他就会对社会，对现实有所批判，有时会觉得生不逢时。当然也有的知识分子任何时候都会混得很好。曾经有一位通过公考考到一个省里面当了副厅长，他说："王老师，我也是读书人，我也是知识分子，您小说里面写的所有的东西，您所批判的东西，也是我所痛恨的。但是我现在在官场我没办法，我还是要按照游戏规则玩。我只有到了一定的份儿上，我只有手上有权了以后，我才会……"当时我就说了一句："这个话，您不要吹牛了！"

周新民：那实际上做不到！

王跃文：对！也是做不到的。现在中国官场的人身依附关系，就像我们在看《西游记》里面的大妖小怪一样的。没有一个官员他不是有来历的，没有一个官员他是没有后台的。

周新民：您怎么理解“官场”？

王跃文：我前面多次提到官场本身就是一个贬义词。这样一个贬义词放在某种类型文学的前面，叫人感慨万千。1949年以后，我们是用具有革命意义和进步意义的“干部”取代了官这么一个称呼。我们后来就不讲官了，就讲干部。尽管毛泽东讲过“官民一致”，但是这是他在旧时代讲的话。到了1949年以后，我们也不讲解放军官兵，而讲指战员，不是指挥员和战士。但是这后来，慢慢才又用到了“官”这个词。我还讲过，我刚参加工作的时候，听到下面的局长叫县长叫老板，我就觉得很奇怪！我觉得这个社会发生变化了。20世纪90年代以来，中国的公权部门，也就是宽泛意义上的官场，越来越显示出其词典意义的官场特点，被民众密切关注。老百姓眼里，官场的边界比传统意义上范围大得多，从党政部门和国家机关，到公检法，到军队，以及所有承担公共服务的部门、行业和单位，甚至国有企业和公办学校的领导层，都被看作官场。也就是说，凡是拿纳税人的钱发工资的部门、行业、单位都被老百姓看作官场，其间的从业人员都被看作官员。我认为这不是老百姓在概念上犯了糊涂，而是这些吃财政饭的部门、行业、单位及其从业人员越来越暴露出其官场面目。

周新民：您刚参加工作的时候就听到这种叫法了？

王跃文： 对，我刚参加工作的时候，是1984年。1984年、1985年的时候，听到下面的局长叫县长叫老板。“老板”过去也是贬义词，指私有财产所有人，私有企业主，是剥削阶级，是贬义的。为什么现在叫领导叫“老板”呢？

周新民：人际关系异化了！

王跃文： 异化了！再就是说，最近这些年，更厉害了，叫领导叫老大了。老大过去通常都是指黑社会的头子。

周新民：一般“一把手”就是老大。

王跃文： 对！这是我们老大！所以说，这个社会异化了。老百姓是不懂得什么叫“春秋笔法”的，但自然而然地他就用上了，就一字之间见褒贬。

周新民：对官场生活的敏锐观察和对中国传统文化的深刻认识，促使您在“官场小说”创作上花费了较多精力。其实，叙述官场中的人和事，是中国文学的一个传统，《诗经》中的《伐檀》《北山》，《左传》《国语》《战国策》《史记》等不乏官场生活写照。唐传奇有大量真正的官场小说，例如《枕中记》《南柯太守传》《王维》等。自宋至清，中国官场小说创作不乏优秀之作，大家都非常熟悉的名著有《三国演义》《水浒传》《金瓶梅》以及“三言二拍”等，都属于比较典型的官场小说。只不过，在这些小说中，官场还不是小说叙述的中心，因此人们常常不从官场文学的角度来解读它们。尤其到了晚清时期，官场小说可以说出现了规模效应，出现了《官场现形记》等长篇，中国的典范官场小说开始形成。

王跃文：我曾调侃说，如果所谓官场小说这种简单武断的类型划分成立的话，那么《悲惨世界》是犯罪小说，《老人与海》是渔业小说，《红楼梦》是青春小说，《西游记》是玄幻小说。我还说过，《史记》就是伟大的官场小说，司马迁写古人的事，有故事情节，有人物对话，有心理刻画，这不是小说是什么呢？诚如你所列举的，中国古代很多文学经典都可以贴上官场文学的标签，但并不妨碍其成为伟大的文学经典。具体说到《官场现形记》，我的评价则是不高的。清代以来的官场小说，我较推崇的是《儒林外史》（普遍看作士林小说）和《老残游记》，而《官场现形记》《二十年目睹之怪现状》等，确实像前辈学人所鄙薄的那样，辞气浮露，笔无藏锋。也许蔑视官场是中国文化的传统，文学作品多易用批判的眼光描写官场，反讽成为作家自然而然的笔法。但是，使用同样的手法，作家之间也是见高低的。《儒林外史》也反讽，但它做得很艺术；《官场现形记》更反讽，却流于漫画化了。也许，客观地看，《官场现形记》的风格同时代风尚密切相关，中国官场似乎到清末以后日见不可收拾地败坏，江河日下，不可逆流。作家对官场痛恨越是深切，笔法越是辛辣。情绪不受节制，文字则易流于简单粗糙。

周新民：现代文学史上有许多经典作品是官场文学，如沙汀的《模范县长》、张天翼的《华威先生》、陈白尘的《升官图》等，都是非常优秀的官场文学。您认为这些官场文学的特点有哪些？

王跃文：中国现代文学史上，应该没有成气候和成潮流的官场文学。从辛亥革命推翻帝制，到1949年新中国成立，作家们的主要注意力一直放在抗日救亡和夺取政权上，民族矛盾和阶级矛盾成为社会的焦点。虽然也有作家揭露国民党治下官僚的腐败，揭露他们对人民的巧取豪夺，也产生了非常优秀的作品，但还是作家们较为零散的个人创作行为，没有集中成为一种文学现象。张天翼的《华威先生》塑造了一个所谓的抗战官僚，是一个热衷于攫取权力，带有几分流氓气息的人物形象；沙汀的《模范县长》塑造的是一个巧取豪夺、横行无忌的小城镇官僚形象；陈白尘的话剧《升官图》则通过两个遭到通缉的强盗躲进一座古宅所做的黄粱一梦，揭露了当时社会背景下官僚们普遍对百姓的敲诈勒索、贪婪卑劣。这些作品共同的特点都是极尽讽刺挖苦之能事，人物形象大多具有漫画式的夸张，语言犀利。但我认为，无论是从主题的深刻还是从艺术的成熟，都与当代的官场题材有很大的不同。

周新民：20 世纪 50 年代出现过许多优秀的官场小说，王蒙的《组织部新来的年轻人》即是其中的典型。您喜欢《组织部新来的年轻人》吗？谈谈您对这篇小说的理解。

王跃文：上大学时读过这部小说，印象有些模糊了。总体感觉是小说所描写的那个时代，风尚是积极向上的。林震到组织部后，遇到的是种种不适应，看到的是种种不理想，他敢于对领导和机关作风提出批评。小说对当时就已经很严重的官僚主义者作了细致的刻画，似乎除了那位叫赵慧文的女干部，从区委书记、副书记兼组织部长，到组织部两位副部长，都有着或多或少的官僚主义，而那位麻袋厂的王厂长则是那个时代的腐败分子。印象格外深刻的是那位起初是组长，后来被提拔为副部长的韩常新，一天到晚声音洪亮地讲着溜熟的官场套话，写着空对空的官样文章，玩着滴水不漏的官场游戏。面对密不通风的官场氛围，面对逻辑缜密的官场套话，林震常常感到无助和失语。那个时代，王蒙先生敢于这么大胆地写小说，我向他表示敬意。

谈论王蒙先生的《组织部新来的年轻人》的时候，我突然联想到自己的短篇小说《很想潇洒》。这部小说发表于 1992 年，与《组织部新来的年轻人》发表时间相差整整 36 年。诚实地说，我写作《很想潇洒》的时候，一丝儿没有想到早年读过的王蒙先生的小说。但是，这两篇小说的内在气脉几乎是同构的，差别只在时代风尚完全变了。《很想潇洒》里的汪凡大学毕业分配到市政府办工作，报到那天遇到的不是不收车费的车夫，而是神色警惕的传达室老头。这个时候的官场时刻处于戒备状态，提防每一个上门的群众，哪怕你是新来报到的大学毕业生。群众同官场的关系，完全不同了。36年，换了人间。汪凡初进官场也不适应，不理想，但不像林震那样是因为看到组织部的官僚主义同社会主义高潮不协调，而是不能呼吸官场里陈腐的官僚气息，不习惯官场庸俗的游戏规则。但是，现实的强大令个人十分渺小，无法选择。36年前，林震经历种种挫败之后，听说区委书记正在找他，马上跑过去敲书记办公室的门。36年后，汪凡经历了种种挫败，突然想起领导约他晚上打麻将，马上离开了冷饮店。

也许，中国文学如果关注现实，永远都存在《组织部新来的年轻人》的叙事模式，我的《很想潇洒》逃脱不了，今后还会有人不能逃脱。组织部新来的意，或者无意。因为年轻人走向官场，走向社会，都是不同时代的林震或汪凡，他们面临共同的人生课题。

周新民：新时期蒋子龙的《乔厂长上任记》、柯云路的《新星》轰动一时，这些小说汇入到了“改革文学”的洪流，充分表现了中国改革开放的锐气，一扫以前官场小说的阴霾。作为20世纪60年代出生的作家，当时您应该注意到这些作品了吧？

王跃文：蒋子龙的《乔厂长上任记》和柯云路的《新星》所描述的所谓新时期，我们可以看作是1949年之后的一个难得的中兴期，经济、政治和社会朝开放和进步的方向变化，导致文坛理想主义情怀复苏。作家怀着可贵的社会责任对生活作出积极回应，涌现出一批“改革文学”作品。但是，正像当时的改革未能彻底有效解决中国的社会和经济问题一样，作家凭单纯的理想主义情怀所创作的文学作品也未能回答诸多社会和经济问题。改革文学成为中国当代文学史的一个不可忽视的重要环节，但却未能继续往前走，原因也许就在这里。这些作品是光明的，理想主义的，同时也是虚妄的。改革文学的式微还印证了另外一个文学常识，即文学贴近时代固然不是过错，但文学如果试图功利地回答现实问题会导致文学意义浅薄化倾向，因而其生命力也是短暂的。

周新民：20 世纪 90 年代以来官场小说风起云涌，出现了许多叙述官场生活的小说，像刘震云的“官场小说系列”，像张平、陆天明、周梅森等作家，都创作了大量的官场小说。这种现象值得思考。您认为 20 世纪 90 年代以来中国官场小说井喷的原因有哪些?

王跃文：20 世纪 90 年代以来，描写政治生活领域的小说被冠以官场小说之名，单就其命名意义就是耐人寻味的。时代呼唤文学，文学回应时代，这是一条基本的文学规律。一大批作家投入官场文学创作，并拥有前所未有的众多的读者，原因也许就在此处。中国是个政治为主导的社会，官场状态关乎每个人的生活，因此，人们关注官场文学，就是关注自己的生存空间。当然，官场文学受到读者喜爱之后，出版机构非常注重出版此类文学作品，客观上也起到了推波助澜的作用。但是，这不是官场文学繁荣的本质性原因。一句话，官场文学的流行并非过错，但它的流行却又是社会不正常的表现；这同清末流行暴露文学，也许有相同的原因。

周新民：您认为理想中的官场小说应该具备哪些要素？请详细谈谈。

王跃文：官场文学的显著特点是其充满批判精神，这是非常可贵的，尽管它并不讨巧；哪怕打着暴露的旗号，也是值得嘉许的，尽管还很不够。但是，也有些官场文学一味地展示官场黑暗和游戏规则，甚至流于玩味官场套路，则是不可取的。我一直认为，文学是人类观察和思考生活的重要方式，官场文学更不能例外。文学能够思考，就担负了它应有的使命，夸大文学的功能是没有意义的。有一种对官场文学的指责，认为官场文学仅仅流于对现实生活的批判，缺乏建设性的社会理想表达，甚至要求官场文学指出美好社会的蓝图。这显然是希望作家越俎代庖，把思想家和政治家的事都干了。我认为，好的现实主义作家可以在作品中写人性的美好，写生活的美好，但不应该虚构虚幻的社会理想。这样做只能导致艺术的粗糙和思想的肤浅。哪怕是思想家和政治家们用其学说大致勾画的未来是可行的，但如果要求所有文学作品用艺术形象细致地描绘理想社会则是非常可笑的。人类文学史上，发下宏愿试图描绘未来社会美好图景的文学作品并不多见，著名的托马斯·莫尔的

《乌托邦》放在现实生活中就是非常幼稚的。《礼记》中关于大同社会的描写,《桃花源记》中关于太平盛世的梦想，都可以看作是中国式的乌托邦，这些都只能是美文而非可以实施的社会蓝图。

周新民：通过上述交流，我觉得您对中国官场文学谱系掌握得十分清晰，也理解得很透彻，我想这是您能创作出优秀的官场小说的重要原因吧。您已经创作了一批受人喜爱的官场小说，您以后还会继续创作官场小说吗?

王跃文：我还会写官场题材小说，我觉得这个领域里的人性的幽微深暗还没有写尽，我还有话要说，但我肯定还会写别的题材。我觉得，对一个作家来说，以什么为题材并不是决定作品优劣的主要因素。

周新民:《文学界·湖南文学》2012年第1期发表了您的中篇小说《漫水》，受到了读者广泛的好评，小说被多家刊物转载。小说中的余公公、慧娘娘等乡村人物刻画得栩栩如生，有一种沈从文《边城》中的诗性气韵。这篇小说别具一格，出手不凡，与您的官场小说形成了一个鲜明的对照，也给读者带来了意外之喜。《漫水》是否意味着您开始了创作上的转型?

王跃文：我不承认有转型之说。其实我的作品中已经有一定数量的历史题材和乡土题材的作品，比如我的长篇小说《大清相国》，这本小说一出来，也有人说我的创作转型了；我的乡村题材小说也早就有一些数量，比如《乡村典故》《我的堂兄》《桂爷》等等。其实我的创作，无论是官场题材还是乡土题材，或者是别的题材，我关注的对象都是人，是人在特定历史和现实环境中表现出来的人性。这种人性或是优美健康的，或是扭曲缺失的，我只是贴着人物来写而已。不同的人性特征会表现出不同的审美风格，但我的创作一直是紧贴现实的，一直是从容绵密的。

周新民：我也注意到，在官场小说之外，您也有一些其他题材的小说，这些作品也很有特点，比如您早期乡村题材的小说。您说过您有很深的乡村情结，您会沿着《漫水》的路子，写出一系列这样的小说来吗？

王跃文：我装在心里的创作计划很多，乡村题材是我目前最感兴趣的写作方向。我一直想创作一部与故乡有关的长篇小说，故事和味道就是《漫水》这种风格的。其实《漫水》中的人物和故事，我原本是要用来写长篇小说的，只是当时省作协创办《文学界·湖南文学》需要一个打头的中篇小说，主编约我（写）的稿子，我责无旁贷，只得从命。我对创作乡村题材小说非常有信心。但是，回到前面的话，我身上不存在转型一说，那是访问作家时通常会提到的一个很偷懒的问题。

周新民：您的出生地溆浦，应该属于湘西吧？

王跃文：大湘西！

周新民：屈原的作品中就提到了溆浦。有人说您的作品缺乏地方特色。从您的创作看，您似乎没有去刻画独特的湘西。

王跃文：没有！我后来写《漫水》的地域风貌也好，方言也好，包括那种民间表达，我自认为还是做得很好的。

周新民：也是溆浦的风俗？

王跃文：对！溆浦的风俗，包括语言。但是我写这种现实，官场也好，基本上是一种南方普通话写作。在中国的官场，天南地北，故意突出所谓地方性，我觉得没太大意义。因为它跟民风民俗无关。

周新民：对！像《漫水》在追求某种真实性和乡土情怀。

王跃文：写《漫水》这样的小说时，我深切地体会到，毛泽东讲向人民群众学习语言，这确实有道理！我常常感到惋惜：我们现在使用的文字没办法把民间语言的韵味百分之百地记录下来。作为一名出生在农村的作家，如果他心里总装着一个农村，真是一个福气！因为现代化程度越来越高的城市，生活已经被格式化了，没什么意思了。但是有一个农村作为你的故乡，那就是一个文学的故乡，我觉得非常好！老百姓的那种思维方式，是读书人一辈子所想不到的。他们那种处世方式、情感方式、世界观，也是跟你们一般的人都不一样，你想象不到的。特别是语言，他们要表达一个什么东西呀，非常生动，惟妙惟肖！对那种民间语言的仔细描摹，描摹出来以后，就连情态、情绪都有！

周新民：《漫水》中农民对待生活的方式，确实是比较达观。

王跃文：乡下老人对待生死那种感觉，非常通达。像我的奶奶，从我记事时起，我就知道堂屋的一个角上放了一副棺材。隔一段时间，她就把上面盖的什么破棕衣拿开，然后非常爱惜地抹一遍。我看到那个东西就怕！我晚上从堂屋前面走过，堂屋的门还没有关的话，我走到那个地方，我就跑，跑过去，觉得阴森森的！但是老人家非常严肃地、很庄严地，也很坦然、很淡然地对待这个事情。他们看上去好像乐呵呵地谈论死亡，说什么死了以后怎么怎么的。

周新民：这个作品写得很宁静。

王跃文：一些乡下人，就说谈论别人的死亡，他们也说哪里死了人什么的，也不可能像我们城里人说的话，什么节哀呀！都是客套话。他们有时候可能没有这么一套，有时候还调侃，还开下玩笑。任何一家人有人去世了，也许会因为家庭条件不一样，有的简朴一点，有的可能奢华一点，但是没有一家不会很庄严地对待。古人讲的：死生亦大。就在这一点上，好像不像我们城里人搞的形式上的那些东西。

周新民：您的出生地溆浦给了您深厚的文学滋养吧，湖湘文化对您的创作有何影响?

王跃文：曾国藩把湖南人的性格归结为四个字：血性、刚强。我认为这也是湖湘文化的精髓。我是湖南溆浦人，那里曾是屈原的流放地，家乡人对屈原有非常特殊的感情。我性格中的血性刚强有湖湘文化荆楚蛮民的烙印，湖湘文化中的务实与担当精神也是我的做人理念和性格特征。我创作的最大特征应该是冷峻的批判现实主义精神和社会担当。在这一点上，我觉得是与湖湘文化精神相吻合的。

周新民：您最喜欢的中国作家有哪些？他们怎样影响了您的创作?

王跃文：我喜欢的中国作家和外国作家作品很多，不同时期会喜爱不同的作家作品。我多次说过我的创作受《红楼梦》的影响。我十一二岁的时候得到过一本没头没尾的书，其实就是残破的《红楼梦》。我翻了很多遍，但很看不懂。比如那本书里，无论指称男女人物，都是用“他”。我就犯迷糊：这个黛玉明明是个女孩子，怎么又是个男的呢？我成年后还是喜欢《红楼梦》。外国作家我喜欢托尔斯泰和巴尔扎克。我受这些中外作家、作品的间接影响也许有，但我自己并未有意为之。相反，我常常心存警惕，刻意回避。比如前面你提到我善用“反讽”，其实我只是本能地刻画现实，现实本身就是很反讽的，荒诞的，我决不是受了昆德拉的启示然后再反讽。

另外，唐诗宋词我很喜欢看，平时翻一翻，我觉得那个语感是非常好的！

周新民：西方文学对您的创作有何影响？

王跃文：怎么讲呢？基本上，我过去对文学的阅读的话，还就停留在我们当时上大学的时候读的那些东西。后来就是出来以后，慢慢地就注意到这些东西了。我长期订阅《世界文学》等刊物，我就是从那里面知道一些信息，掌握些我感兴趣的东西。外国作家的书翻译过来的话，我会去看一看，但是呢，可能是我的一个偏见，我骨子里面喜欢的还是我们传统的一些东西。我觉得读我们自己国家的、古典的东西，可以读到很精髓的东西，可以把精、气、神都读到。我读国外的文学作品，它那种叙事方式也好，结构也好，我不会笼统地去模仿，这对我也没有什么太多的帮助，我从不做这种外在形式的模仿，没意思。

周新民：感谢王老师，祝您创作出更多优秀的作品。

第六章

逍遥：追求清明平和的生活

在马桶上品茶，看书

伊渡：可以谈谈您的日常生活吗？比方您的生活习惯、写作习惯、兴趣爱好。

王跃文：人们习惯上不会关心作家这类东西，我不是娱乐明星。我的一天是从抽水马桶上开始的，这说起来有辱斯文，却是我一天中最放松的时刻，也很享受。卫生间里温馨明亮，坐垫柔软舒适。这也是我的轻松阅读时间。墙上挂着的袋子里，总有几本不论从哪页翻起，都可以随意看下去的书。有时我还沏一杯新茶带进去，马桶上品茶，真是不雅，可我喜欢。坐在卫生间，胡思乱想，信马由缰，很是受用。

伊渡：香港写歌词的黄霑您知道吧？他为了写《上海滩》主题歌，亲自跑到黄浦江去看了，却怎么也找不到感觉。有一天他拉肚子，坐在马桶上，一冲水，咦，有了：浪奔，浪流，江水滔滔爱恨永不休。这首歌已经是经典了。您在马桶上喝茶，看书，也算个马桶上的享乐主义者，有意思。我猜您家里卫生间里的灯光是暖调子的吧？

王跃文：橙黄色，我们家的灯都是这种颜色。我讨厌惨白凄冷的光线，带着一丝不祥之气。

伊渡：日本的作家谷崎润一郎专门写过一篇随笔《阴翳礼赞》，就是赞美日本旧式厕所的。说那厕所虽与住房隔离，却有板廊相通，如厕不用担心雨淋日晒；又打扫得清洁，闻得见绿叶和青苔的气味，蹲在厕所里能听见外面幽幽地沁到土里去的雨声。他说这厕所宜虫声，宜鸟声，宜月夜。

王跃文：真是这样，恐怕蹲在厕所里的人都忘记自己是来干什么的了。我们中国古代也有超级豪华厕所。《世说新语》里写石崇家，厕所里常有十几个美貌婢女，拿着香囊，侍列其间。厕所里还有一张绛纱帐子的大床，放着华丽柔软的被褥。一天，有客人去上厕所，刚走进去，就反身逃出来，向石崇连连道歉：对不起对不起，我不小心跑到您卧室里去了。石崇哈哈大笑说，那是厕所。

伊渡：那种厕所太阔气了，可不是个胡乱读书或任由你遐想的地方。其实佛教也很重视厕所环境文明的。佛经里有"至舍后二十五事"，"便利之事"的详细规定，非常人性化。本来厕所是处理污秽的地方，佛经里也把它弄得那么神圣庄严。

王跃文：庄子也说“道在屎溺”嘛。不过，再一丝不苟的道德君子，总不会把“慎独”的古训带到厕所里去。尤其是早晨那会儿，太金贵了。你一早刚起床，白天要去担负的担子还撂在墙角边上，窗外的市声喧嚣还没能传进耳里来，妻儿都还在安睡，你只管关上卫生间，放松身体，抿口清茶，天地悠悠，独我一人，连上帝都不忍心来打扰你。这段时光是夜晚休眠到白天劳作之间的一个柔和过渡。昨夜你也许噩梦连连，白天你也许会到处碰壁，可这会儿你是宁静的，无忧无虑，万念皆空。

伊渡：您在卫生间里通常看些什么书？

王跃文：什么都看，只要不难读，能看懂，不需要我查字典。我在卫生间读得最多的是诗词，翻到哪儿看哪儿，看得进也放得下，比如俞平伯的《读词偶得》和《清真词释》、金圣叹的《杜诗解》、唐圭璋的《唐宋词简释》。说来惭愧，我那一点点儿的诗词修养还多亏了每天的马桶阅读，唐突古人了。坐在马桶上默诵“渐霜风凄紧，关河冷落，残照当楼”，柳永如果泉下有知，真会气得“红衰翠减”了。

伊渡：欧阳修说他平生文章，打下腹稿多在“三上”：枕上、马上、厕上。看来您也颇有古风啊。

王跃文：不光古人如此，周作人也是喜欢厕上读书的。古人说春宵一刻值千金，从心理健康的角度说，厕上一刻也应该值千金了。古人还说一日之际在于晨，应该说一日之际在于早晨的卫生间里。

伊渡：您说了这么久，应该从卫生间里出来了吧？然后做什么？

王跃文：洗漱早餐，再好好泡一壶茶。我喜欢喝铁观音，用紫砂壶泡。我现在用着的紫砂壶很普通，却有一段来历。杭州著名茶人寇丹老先生专门请宜兴名手为我定做此壶，上面有寇老题字：真言无价，为作家王跃文制。我很珍惜这把壶，就把它作为我的日常用壶了。我同寇丹老先生是在一家茶楼里认识的。长沙有家茶楼叫“劳止亭”，请寇丹先生讲茶道，我应邀去凑热闹。寇丹先生说起茶道非常平实，颇合我心。他说，茶人的心，就是助人的心。这句看似平常的话，我却听到心里去了，自认这悟到了茶道的真谛。

伊渡：您是由茶悟道吧？日本茶道讲究“茶禅一味”。我总觉得现在很多茶楼里的所谓茶道表演已经不是茶，更不是禅，太过花哨了。禅是什么？直指人心，平平常常，那是衣食住行中的顿悟。茶是什么？解渴之外，身心舒服。怎么舒服，怎么随意，怎么享受，就怎么喝。我喝茶喝得很率性，喜欢浓、热、满。这是喝茶的大忌，可我偏偏只有这样才舒服。但无论什么喝法，茶叶一定要好。

王跃文：我对茶叶也有些挑剔。喝茶最难受的，就是你十分渴茶的时候，家里能喝的茶已经断顿儿。我家茶叶从来不缺，只是来路复杂，有些茶虽然不差，却不对我的胃口。有时找不出自己满意的茶，那种难受真像瘾君子毒瘾发作。

伊渡：有那么严重？陶渊明断酒九日，正百般煎熬，一白衣人度柳穿林，飘然携酒而至。陶渊明解了酒渴，陶然醉去，不亦乐乎。您就没有白衣人那样的朋友给您送茶叶来？

王跃文：当然有啊！各方朋友都会寄茶给我，感谢他们。曾有湘西古丈朋友赠我英妹子红茶，我喝了感觉非常好，就发了一条微博赞叹。一位杭州的朋友看了不服气，说他的红茶绝对好，一定要寄给我品鉴。我推都推不掉，他真的就寄来了。

伊渡：我们前面提到过周作人，我觉得周作人所神往的生活方式是贵族化的，这种贵族化倒并不在于物质生活怎样奢侈豪华，而在于它的丰腴、精致和无用，在于它的安闲与优雅。您对这种人生态度是不是很认同？

王跃文：我不粗鲁，但无法优雅。我出生在20世纪60年代的乱世，在饥饿、贫困中长大，青年时代颇有点儿匡世济民的想法，又慢慢认识到自己的确虚妄可笑；但终究不能闭目塞听，有时难免嗔目发指。我是这种心性，自然就优雅不起来了。

但我很向往清明平和的境界。优雅是一种外在的姿态风度，可以由环境熏陶和后天修炼而得，无关乎内在灵魂。戈培尔下达杀人命令时正欣赏着巴赫的音乐，还不优雅？我所向往的清明平和，则是一种理性智慧的人生态度。这种境界说到底就是善于放弃，能够在滚滚红尘中毅然抽身而退。我读夏目漱石的散文随笔集《梦十夜》，从他病中杂感《浮想录》中，领略到的正是这个意思。

伊渡：夏目漱石曾是极端愤世嫉俗的作家。他的长篇处女作小说《我是猫》对人世的病态丑恶极尽讽刺，笔调辛辣，真叫“猫眼看人低”。

王跃文：对。他的本名是夏目金之助，笔名漱石，取《晋书》中孙楚“漱石枕流”之语。名字是很清雅的，他的性格却阴郁，愤懑，神经质。40岁后，他得了一场大病，从此一改往日性情，慢慢变得平和清明起来，倒有点儿符合“漱石”的本意了。《浮想录》其实就是他的病中日记。他说过在病中写俳句和汉诗时的心境：“我平日迫于事务，连简便的俳句都不作，至于汉诗，因为太烦难，就更无从着手了。唯有像这般远远地打量着现实世界，杳渺的心底不见半点儿滓碍时，俳句才会自然而然地涌出，诗也乘兴以种种形式浮现。这样，回顾起来，那段日子实在是我平生最为幸福的一段时期。”

夏目漱石的俳句和汉诗写得怎样我无从评价，因为我实在是外行。我所能领悟到的却是他病中所写那些俳句和汉诗中蕴含的意境。

伊渡：能和我说说您的领悟吗？

王跃文：像“谛听蟋蟀声，想来已数夜”“日日山中事，朝朝见碧山”“伫听风声骤，落叶孰先凋”这样的诗句，只有一个“静”字在里头。现在实在是浮世，人能够真正安静下来，谈何容易！风鸣虫唱也许声声在耳，心里却听不见。

他的另一首诗：“秋风鸣万木，山雨撼高楼。病骨棱如剑，一灯青欲愁。”我很喜欢。钱穆先生曾论王维诗“雨中山果落，灯下草虫鸣”两句诗，说此中有诗情画意，深入禅理，是作者的冥心妙悟，达到了无我而有我的化境。夏目漱石这首诗却是物我各各分明，又各各相安。外面世界自然风稠雨骤，我也是病骨嶙峋，但内心并无焦虑恐惧抱怨。此时青灯之下那种愁，是一种淡淡的、清如水的愁。所谓平和清明的人生态度，其实就是一种“一灯青欲愁”的态度吧。

伊渡：如此说来，人生得失真不知该怎样定论。夏目漱石的大病，何尝不是上天送给他的礼物。上天使他在病中解脱了一直纠缠着他精神心灵的痛苦，离开浮世的挣扎奋斗，以放弃而获得内心的清明平和，身心俱清。

王跃文：我以前认为，青壮年说放弃，不是矫情，就是未老先衰；只有老人才能如此，才应该如此，才有权利如此。我现在正当壮年，倒颇羡慕起这种境界了。虽不能至，心向往之。但是作为批判现实主义小说家的夏目漱石，我又不知他这种平和清明的态度，是幸还是不幸了。

不同的人生阶段，应有不同的人生态度。年轻时要进取，年老时要放弃。老而不知放弃，当是无耻无德。子曰：老而不死是为贼。我说：老而不弃是为贼。

伊渡：不要说得那么颓唐吧。艺术家往往就是一些偏执狂、狂想症患者和幻视者。因为他们感受现实的方式与众不同，才会有那么敏锐的艺术体验。一旦回复到正常状态，也许他们的艺术天才就消失了。凡·高最好的画作都是在疯癫状态中画出来的。这些人都是艺术的殉道者，让人不知是该羡慕他们的命运，还是为他们所背负的痛苦而唏嘘。

王跃文：应该说是敬畏。我读过芥川龙之介的一个短篇小说，写一个画家，好像叫良秀，只爱自己的女儿，却为了画好一幅表现人在地狱之火中挣扎的画，把女儿用铁链绑在车里，活活烧死，自己却只顾入神地观察女儿在烈火焚烧中的恐惧痛苦的神态。那太恐怖了。我敬畏，却无法接受。

我由此想到日本这个民族，很多文化在我们看来是病态或疯狂的。比方，他们崇尚切腹自杀，很多文学作品把自杀描写得那么美。

伊渡：芥川龙之介的这篇小说我读过，叫“地狱变”，不是画师自己把女儿绑在车上的，而是他向他的主人崛川大公请求，让他亲眼看一下人在烈火中被焚烧的模样，崛川大公就残忍地把画师自己的女儿绑在车上烧给他看了。

王跃文：艺术家总有不同类型。像凡·高和良秀，我相信他们是非如此不可的。艺术的超自然力量使他们无法把握自己的命运和情感，使他们成为殉道者，有时这就是一种神意。人不过是表达艺术的一个工具。

伊渡：可也有些人自以为是艺术家，艺术还没弄出什么名堂，就先做出了种种丑样子。这些伪艺术家酗酒打架，满口粗话，放浪形骸，纵情声色，以为自己已然获得了既不对自己负责，更不为别人负责的权利。蓄上络腮胡，就以为自己是普希金；一个月不洗脸洗澡，就觉得自己是嵇康、徐渭。嵇康不是说了吗？他“性复疏懒，筋驽肉缓”，又说自己“头面一月十五日不洗，不大闷痒，不能沐也”。

王跃文：这种伪作家、伪诗人也不少。说起来我也是有些怪癖的，我穿衣最讨厌袖子过长，长过手腕就浑身不自在。小时候，我穿长袖时，总要把袖子卷起来，还非得两边卷得一般长，比了又比，拉了又拉，反复多次才放心，好像是一种强迫症。

伊渡：真的呀？现在还这样吗？

王跃文：现在好些了。可还是有些小毛病。我不喜欢胡子拉碴儿的样子，几乎每天都剃胡子。我平时如果用手摸着一根胡子茬，一定要想法子把它拔掉，否则食不甘味，寝不安席。经常是在夜里，临睡着了，突然摸着一根胡子茬，就全力以赴去扯。短短的胡子茬柔软，滑手，怎么也扯不出来，却又懒得起床去取剃须刀。很多次，我几乎同一根胡子茬搏斗通宵，直弄得自己气短心跳，异常烦躁。后来，我吸取教训，只要摸着根胡子茬，马上起床去取剃须刀，不然，这个晚上的睡眠就完了。

伊渡：您的睡眠一直不太好？

王跃文：这是我生活中最大的困扰。我睡觉时，哪怕心里不想事，也会不是同胡子茬搏斗，就是同枕头搏斗。枕头是永远都不如意的，我要不停地调整它的形状和角度。我不知换过多少枕头，后来找到一种装满中药材的枕芯，也只有一段日子感觉好。

我现在最怀念的是小时候在乡下睡过的荞壳枕头。说一个故事吧。我曾在博客里说自己睡眠不好，非常怀念小时候用过的荞壳枕头，却苦于无处可寻。不料，后来就有人匿名寄了两个荞壳枕头来。感谢这位不知名的朋友。有位旅居北京的长沙朋友，看到我的博客文章之后，专门打电话来告诉我，说是长沙某商店就有我要的荞壳枕头。

伊渡：您写作上有什么癖好没有？比如有的作家无论何时，哪怕大白天，写作时一定要开一盏台灯，把稿纸笼罩在光圈之下；有的作家一定要拉上黑色窗帘，还得焚香，好像一种宗教仪式。

王跃文：我没有。我可以在开着的电视机前写作，也可以拿着手提电脑到树林子里写作，很容易进入写作状态，一般来说写得也很轻松。我记得写《亡魂鸟》的时候，应朋友之邀在湘西一个小城度假。我住在山里，山上树木葱茏，清荫蔽人，山腰有个小木亭子，倾斜的亭柱子树皮斑驳，颇有古意。我每天带上电脑到亭子里去写作。那亭子又恰巧是过山行人的必经之地，山民们打着山歌呼啸而过，他们不管我，我也不管他们，各自相安。

我需要不停地写作，不然心里就发慌。而写作是需要时间的。朋友们都知道我这个毛病，他们在一块儿总是自己先玩着，到吃饭的时间才打电话邀我出去。吃饭之后，我嘴巴一抹，立马走人。他们该玩什么玩什么。

伊渡：可以谈谈您的阅读吗？

王跃文：我读书真的是先天不足，都是后来恶补的。我的中小学阶段除了课本，几乎没有书读。我就读的中小学都没有图书馆，大学时我循规蹈矩，老师指定的必读书目，我都认真去读，主要是古典作家的作品、现实主义大师的作品。那时，我一天到晚手捧托尔斯泰、巴尔扎克，很遭同学们鄙夷，因为我显得很老土，还在看现实主义的作品。那时同学们中时髦的是萨特的《存在主义是一种人道主义》、加缪的《鼠疫》、贝克特和卡夫卡。我很少看这些书，也觉得很心虚似的，但我确实被托尔斯泰、巴尔扎克等现实主义大师迷住了。我尤其对托尔斯泰情有独钟，他对人的灵魂的探究，他表现的知识分子的良心，他的人道主义精神和道德的反省，都给我很大的震撼。

伊渡：我感觉您的写作无论是内在精神还是外在形式，都有对这些现实主义大师的传承。

王跃文：我没有自觉地想过这个问题。

伊渡：您大学毕业后读书多吗？您怎么选择自己读的书？

王跃文：我相信人们对书籍的选择，总是在不断印证和加强自己的某些禀性。我们说喜欢哪一本书，往往是因为这本书里的东西正是你内心已经有的，只是它说得更明白，境界更高。生活中也是这样，我们说喜欢谁，其实是喜欢自己。我有一个朋友，最有意思了，他读周作人，就说哎呀，我和周作人好像的；他读圣埃克苏佩里的《小王子》，又说哎呀，我跟埃克苏佩里好像的。我说，反正谁好，你就像谁，你身上具有所有人的美好品质。

伊渡：这一点儿都不奇怪，我也是这样的。

王跃文：读书也是有奇遇的。张爱玲说，亘古洪荒，忽然有一日相遇，也不过是轻轻说一声，哦，原来你也在这里。我理解她所说的意思，就是奇遇。1988年，我因事经过湘江边的一座小城。小城很是清寂，窄窄的街道还是青石板路。同那个年代所有的小县城一样，小城只有一家新华书店，我照例要去逛逛。不料在一堆特价书里发现一套1985年中州古籍出版社出版的金圣叹评点、文子生校点的《第五才子书施耐庵水浒传》，上下册，原价5.85元，打三折，1.75元，我买下了。我与这本书的相遇，觉得就是缘分，就是奇遇。

伊渡：金圣叹是个怪人，颇倜傥不羁。据说，明亡以后，他终日静坐，以读书著述为务。他也参加过几次科举考试，每次态度都极为吊儿郎当。有次补博士弟子员，以“如此则动心否乎”为题，他在文章末尾写道：“空山穷谷之中，黄金万两；露白葭苍之外，有关一人。试问夫子动心否乎？曰：动动动……”连书39个“动”字。学使问他这是什么意思，他说前39都还动，40就不动了。子曰，四十不惑。如此解释圣贤，真是大逆不道。于是金圣叹终身与仕途无缘，他却大笑道：今日可还我自由身矣！专制的文化背景下，金圣叹能始终保持真正的思想心灵自由，真是个奇迹。

王跃文：你说得对。金圣叹正是以这样的自由精神，大笔一挥，腰斩《水浒传》，自称贯华堂所藏古本《水浒传》70回，连楔子和原序共72卷，全书只到梁山泊好汉排完座次，卢俊义做了一场噩梦为止。这一腰斩，可谓用心良苦，用意颇深。大凡好写文章的人读书，除了领悟书中深意，多半喜欢玩味文字趣味。我很喜欢金圣叹对《水浒传》人物文法的点评文字，可谓标新立异，笔飞句舞，画龙点睛，金针度人，勘破千古文章之玄妙。

伊渡：我想金圣叹最反感的恐怕是假仁义假道德。他第一恨的人应该是及时雨呼保义宋江。

王跃文：我也很讨厌宋江。说句题外话，李雪健原本是我比较喜欢的演员，但自从他演过宋江，连这个演员我都不太喜欢了。金圣叹说过，《水浒传》有大段大段的文字，正儿八经写来，其实只是把宋江写得令人深恶痛绝，真有猪狗不食之恨。但这些意味，一般的读书人似乎都读不出来。《水浒传》流传后世，一直被称为《忠义水浒传》，水浒英雄们聚义的地方也称为“忠义堂”，可整部《水浒传》，何忠义之有？宋江又岂是一个真正的忠义之人？坦率地说，我本来就对中国人历来宣扬的忠义节孝没多少好感。我十三四岁时第一次读《水浒传》，那是人民文学出版社出版的120回本。搭帮了全民评《水浒传》运动，不然还得等到上大学才能读。我当时最崇拜的英雄是鲁智深和燕青，对宋江是怎么看都不顺眼。我当时年纪小小，说不出个所以然，看了金圣叹对宋江的评价，真是大快人心。可是，我又想不通，宋江如此一个假忠义、真虚伪的老奸巨猾，为什么连我小小年纪都隐约觉察，而水浒梁山那么多英雄豪杰，居然无人识破，最后俯首被他断送？施耐庵这样写的真正意图何在？莫非他知道300多年之后的中国人会非常推崇宋江们？都说梁山英雄皆是官逼民反，明眼人一看便知道，那里面绝大多数英雄恰恰是被先上了山的泼皮们用计哄逼上山的。

伊渡：如此说来，您与金评《水浒传》真是一段奇缘了。

王跃文：金评《水浒传》，打开了我读书的天眼，尤其是读小说。从此，中国古典小说《三国演义》《西游记》我都不怎么入眼，独钟《红楼梦》而已。现在图书多如牛毛，《水浒传》各种版本出了不少，要找一套好的金评《水浒传》还真不容易了。

从大女人到小丈夫

伊渡：说到读书，您对现在的网络文学怎么看？

王跃文：我原本不赞同有所谓网络文学一说的，正如我们不能把印在纸上的文学作品叫作纸张文学，不能把写在竹简上的文学作品叫作竹简文学。网络只是载体，仅此而已。但是，后来我慢慢改变了自己的看法，因为网络的开放和自由，它在文学的形式和内容上都有可能做更多的探索。有人说大隐隐于网，这是有道理的。

但是说到底，不管是在纸上写作，还是在网上写作，都要看是什么样的作家在写作。不好的作家哪怕在竹简上写作，也是写不出《史记》来的。

伊渡：网络因为自由，也有很多另类的东西。

王跃文：林子大了，什么鸟都有。有段时间，网络文学里好像是春声一片。叫春的、骂叫春的，很是热闹。有的所谓女作家“自拍裸照”，要来“唤醒身体”。真有点儿春色如海的样子。

伊渡：只是不知她们要用自己的裸照唤醒谁的身体？唤醒她自己的身体吗？照照镜子就可以了。唤醒爱人的身体吗？自己的卧室就足够了。唤醒大众的身体吗？那些小女子简直就是殉道者，太有大无畏的牺牲精神了。

王跃文：中国人喊了几千年“万恶淫为首”，弄得人人都像被阉割了一样。越阉割，越文明。祖先们如果真做到了“存天理，灭人欲”，那么华夏大地之上早就只有天，没有人了。幸好祖先们也不那么听话，还是一代一代干着人欲之事，不然今天我们脚下这片土地，恐怕早已成为西方人探索东方文明神秘消失的考古场所了，就像玛雅文化一样。现在好了，网上美女们来了个彻底颠覆，玉体横陈，离经叛道，够勇敢了。

伊渡：香火代代相传，当然得感谢女人的身体。但女人的身体又真不幸，要么是男人赏玩的对象，要么成了祸水，要么又成了男人美德的试金石，好像菩萨在唐僧面前施的魔障，只是助他取得真经的手段。现在更了不得，女性身体又要担负起“唤醒身体”之重任。可是，不知为何非得女人身体担此重任，难道只是为了唤醒男人？

王跃文： 男人身体被唤醒了怎么办呢？醒着的男人必定大骂祸水。所以，美女们与其忙着去唤醒别人的身体，不如先把自己内心的什么东西唤醒才好，比如自尊，比如自爱。因为人毕竟是和动物不一样的。

伊渡：女性作家有意或无意地以身体作为卖点，这账是不是都得算在女人自己头上？我总感觉在中国这个男权社会里，女人要真正发出自己的声音，是非常艰难的。比如对于才女，中国的男人们是大多不喜欢才女的，除非这才女兼有美貌和不幸。美貌是一个女人的最大价值，不幸则是美貌的添加剂。一枝梨花固然清丽，但如果是一枝带雨梨花，泪光点点，柔弱哀艳，就更加楚楚动人了。男人们对此尤物，自然要生出一腔豪气，忍不住怜香惜玉，做一番神瑛使者。倘若这女子因此感激涕零，恰好又有才华，诗词唱和，眉来眼去，那就更加风雅。但是，若这女子的才华智慧高过男人，甚至高出许多，且喜怒哀乐并不以男人为意，那这女子就是怪物了。

王跃文： 你该不是在说我吧？我是很尊重女性的。可是你说的对女性智慧的不安和蔑视，不光中国男人如此，西方男人也是如此。古希腊有个女诗人萨福，生活在公元前7世纪到前6世纪的勒斯波思岛上，她的身边聚集着一群年轻美貌的女弟子，整日弹琴吟诗，游荡在葡萄架下。柏拉图极为叹服萨福的诗才："人们都说九位缪斯——您再数一数，请看第十位，勒斯波思岛上的萨福。"

我读过的萨福的诗大多已不记得了，但有一首非常喜欢，印象颇深。这首诗写爱情的痛苦：“啊，那是让我的心飘摇不定，当我看到你，哪怕只有一刹那，我已经不能言语。舌头断裂，血管里奔流着细小的火焰，黑暗蒙住了我的双眼，耳鼓狂敲，冷汗涔涔而下。我战栗，脸色比春草惨绿。我虽生犹死。在我看来，死亡正步步逼近——”

可是，萨福的才气被历代男人们嫉妒。考古学家眼里的萨福个子矮小，皮肤黝黑，其貌不扬，这样一个女子，哪怕她有诗才，又有什么可爱的呢？所以，男性诗人们必须赋予她美貌。几乎与萨福同时的古希腊男诗人阿尔凯乌斯创造了一个新萨福，他在诗中写道：“堇色头发，纯净的，笑容好似蜂蜜的萨福啊。”据说还有这样一则逸事，萨福因故曾被法庭判处死刑，她在法庭上当众解开衣服，裸露胸脯，于是全场惊艳。大家都说，这样美的女子不应该死，于是她得到了赦免。男人们在这里通过阴险的手段消解了对萨福的嫉妒，也就是说萨福必须有符合男人胃口的美貌，不然她就不配有那样的才气。

伊渡：时至今日，女诗人的身体也往往比她的才华更有震撼力，这也难怪有些女作家动辄就搞什么身体写作，下半身写作。美女作家之“美”也便成了最好的卖点。在这一点上，美女作家们自觉地成了男人的同谋。

王跃文：萨福的性取向也颇被争议。19 世纪女权主义者坚持说她是女同性恋者。萨福所居住的岛屿勒斯波思成了女同性恋的代名词。但是，一个女人，无论她的经济还是情感，如果不依赖于男人而独立存在，男人们都是无法容忍的。古希腊男同性恋时髦得很，那是有身份、有品位的象征，女人只能是家里的佣人和生育机器，怎么能成为精神上的伙伴呢？所以，男人们要获得精神层次的交流与享受，只能去搞男同性恋。女人怎能这样呢？但萨福偏是如此，真是个怪物。于是古罗马的文学批评家便推测萨福是娼妓，而罗马诗人奥维德更说她患了抑郁症，还嫌不够，最后干脆给她重新安排了一种命运，让她最后爱上一个美男子富翁，又遭富翁抛弃，最终于痛苦之中跳下海边的悬崖而死。奥维德的诗流传千古，男人们的心理也平衡了。女人，尤其是有才华的女人，死也得为男人而死，否则，这世道还过得下去吗？

伊渡：同赋予萨福美貌一样的道理，男人们往萨福身上泼脏水，也是为了消解心头嫉妒之恨。

王跃文：其实，男人是因为自己的虚弱，才不能容忍有才华、有力量的女人，总喜欢小女人。讲起来，中国第一个女人就是一个大女人，她就是女神女娲。女娲造人补天，何其大也。女娲之后很长一段历史，也还是大女人吃香。《诗经》里吟咏的美人都是大女人，“硕人其颀，手如柔荑，肤如凝脂”，长得高大健壮才美。那时候，女人的名字也都颇有气魄。《绵》吟咏周民族的起源，开周国的第一人古公宜父本来是个鳏夫，幸好来了一位叫大姜的姑娘和他成家立业，繁衍子孙，从此兴旺发达。

周文王的母亲叫大任，周武王的母亲叫大姒，她们统统给自己冠以“大”名，当之无愧，理直气壮，丝毫没有考虑男人会怕她们，躲她们。

伊渡：那也难怪，洪荒时代，刀耕火种，茹毛饮血，孔武有力是生命第一需要。林妹妹在那个时候，不被野兽吃掉，也会被活活饿死。那时的男人，也必是血气丰沛、力拔山兮气盖世的赳赳好汉。那个时代，天地都是新的，力量才是最美。

王跃文：不光是中国，西方民族的原始时代同样崇尚大女人。雅典娜女神无非是世俗女子的模特，那么英气逼人，当仁不让与男人追逐在权力场、智慧场、战场、情场。赫拉为报复丈夫花心，公然与贵为宇宙之父的丈夫分庭抗礼，针锋相对。她可不怕丈夫一怒之下休了她，也没有谁问一句：这样的女人，谁敢消受？维纳斯也丰满高大，被盛赞为“高贵的单纯，静穆的伟大”。“伟大”一词在女人身上，除了革命女英雄和母亲，用于形容女性之美，实在是贴切至极。

伊渡：中国到了唐代，俨然大帝国气象。开元盛世，贞观之治，却是大女人当家。武则天自不必说，杨贵妃也差一点儿就动摇了江山。杨贵妃美得羞花闭月，也无非是“胖大”。据说夏天她睡在凉席上，玉肌横流，可从凉席下筛露出肉来，真正一位“硕人”。五代以前，妇女都是天足，奔跑跳跃，无不随心所欲。

王跃文：中国从五代开始，特别是宋明清以后，妇女进入“小脚”时代。满族入关曾强令汉族妇女放脚，有些汉族妇女居然以死相抗，好不刚烈。

伊渡：那当然了。三寸金莲给女人带来的好处实在不少。第一，可以找个好婆家博得丈夫宠爱。潘金莲就有一双好小脚。第二，可以理直气壮地不下地干活，行不过百步，足不出内庭，一动就娇喘微微，弱柳扶风，连跳舞都只剩摆手的动作。真是“小女子”啊。只可怜强盗一来，不能逃若脱兔，就要做烈女自尽，要不就失了贞节背上永久的骂名。

王跃文：可是到了我们这个年代，人都可以跑到月球上去了，克隆牛羊和试管婴儿比比皆是，差一点儿就克隆人了，却一下子冒出那么多“小女人”。女人不论老少，言必自称“小女子”，仿佛非“小”就没有资格做女人似的。女人取名早就进入了“小时代”，什么“村里有个姑娘叫小芳”，这已无话可说。说女人温柔“小鸟依人”，现在简称成了“鸟人”。弄得女人们唯“小”为美，而且这“小”并非指形体的“小”，而专指精神的“小”，真有些可怕了。

伊渡：像您前面所说的，“小女人”盛行，直接导因是这个男权社会的主体男人的“小”。男人不再是大丈夫，怎么敢消受得了“大女人”？男人精神力量的萎缩，必然导致女人的“小”和“装小”。自古都说男人是太阳，女人是月亮；女为悦己者容，男人已经没有能量来“悦”大女人了，不做小女人，或者不装小女人，女人怎么活下去？因为满世界的“小男人”，所以才满世界的“小女人”，阴阳平衡嘛。

王跃文：男人何以都“小”了呢，同人类命运有关，抑或全球男人都患弥漫性脑萎缩了？我记得多年前曾在《参考消息》上读了一篇美国的报道，题目是“别得意，你的阴茎比祖父短了三分之一！”也许男人们从精神到身体都越来越小了？

伊渡：我又想起了沈复的《浮生六记》。读过这书的大多忘不了芸娘。芸娘是沈复的妻子，娴淑聪慧，擅风情又解人意，与夫君感情深厚缠绵，不幸早死。沈复把他们夫妻的哀艳故事写得幽芳凄绝，读之令人心醉。林语堂甚至说，芸娘是中国最理想的女人，得妇如此，三生有幸。为什么呢？也许就因为芸娘竭力往“小”处做人做事。

王跃文：我不怎么喜欢芸娘这个形象。我总以为在中国历来生活最黑暗的便是妇女和儿童，历史上从没把他们当人看过。西方学者坦陈“中世纪以前没有儿童”，说西方中世纪以前从来没把儿童当成具有特殊情感要求的“人”来看待。中国什么时候发现了儿童，把儿童当作有独立人格和特殊情感需求的人来看的？现在的儿童，吃得好，穿得好，物质生活有求必应，但是他们在精神情感上，相当程度上还是父母意志的服从者。中国的妇女更惨。古人有训，在家从父，出家从夫，夫死从子。

中国的儿童如果是个男孩，好歹有长大的一天，那就总算熬出头了，做一个大男人威风威风。在外面做不做奴才不知道，在家里总可以做绝对主子的。可怜只有妇女，永无翻身之日。更可悲的，妇女从身受传统文化的奴性教育，以当好丈夫的奴隶为己任，美其名曰“妇德”“妻性”，实在更多的是奴性。

向来为中国男人们津津乐道的芸娘，不过就是个美好的奴隶。固然她算有幸，丈夫爱她疼她，也懂得欣赏她的灵心慧性，可根本原因还在于她的“可爱”。这“可爱”说穿了，就是一切喜怒哀乐都以丈夫为转移，百依百顺，以至于善解夫意到主动替丈夫拉皮条。她为丈夫选妾，周密筹划，亲自把她看中的女孩憨园诱入闺房，百般哄劝，终于将一只玉镯戴上憨园手腕，然后奔出闺房向丈夫邀功：此事成矣。后来憨园被一富商夺去，芸娘为此自责到吐血落病，再三为丈夫无福消受憨园而叹惋。这种妇德，中国的男人当然要大加赞颂的。

有一种论点说，太平天国时妇女的解放是人类史上最先进的妇女解放运动。论据是太平天国的妇女走出了家庭，广泛参与到战斗和生产中来，而且都是“天足”。这真是混账话。天王洪秀全亲自撰写的《妻道》规定：妻道在三从，无违尔夫主；牝鸡若司晨，自求家道苦。太平天国还为妇女规定了一个“十该打”的条规：服事不虔一该打，硬颈不听教二该打，起眼看丈夫三该打，问王不虔诚四该打，躁气不纯静五该打，讲话极大声六该打，有唤不应声七该打，面情不喜人八该打，眼左望右九该打，讲话不悠然十该打。过去几十年瞒与骗的教育，极力美化太平天国及其天王洪秀全，完全不顾历史真相。

伊渡：想想真让人不寒而栗。我真不知道历史上还有谁比洪秀全的太平天国更残酷地对待妇女。

王跃文：鲁迅说过，暴君的专制使人们变成冷嘲，愚民的专制使人们变成死相。大家渐渐死下去，而自己反以为卫道有功。世上如果还有真要活下去的人们，就先该敢说，敢笑，敢哭，敢怒，敢骂，敢打。我真情愿妇女们首先能做到如鲁迅所说的敢说、敢笑、敢哭、敢怒、敢打，哪怕她们因此变得不那么可爱，她们至少能以自己的头脑去思考，以自己的心灵去感受，是一个有真生命、真情感的独立的人，能自己把自己当人看。须知道，不择手段牺牲一切只为了把一个男人紧紧抓在手里并不美好，更不是人生的最高意义。

有人会以为我说这番话多此一举，因为中国妇女地位已经大大改变了。我说未必。表面上看如今女人们穿得漂亮，吃得营养，如果有足够的身体条件，不找个富翁做老公，也有机会做“小三”。有些女性是很不以做“小三”为耻的，媒体上不成天充斥着有关“小三”的报道吗？当女人必须以自己的美貌博得地位时，说明女性的地位恰恰是不高的。我们常看到西方国家的女性，穿着打扮不修边幅，言谈举止大大咧咧，俨然一副不怕自己显得丑的样子。中国女性呢？唯恐身体发胖，唯恐皮肤晒黑。我说过一句不太恭敬的话，中国女性只关心两件事：身上的肉、肉上的布，就是减肥和衣着。很多女性朋友听了我的调侃，都承认我说的话糙理不糙。

伊渡：据说现在挺流行“野蛮女友”，这是不是一种反动呢？我不知道。我又想到一个有趣的问题，为什么女人不好色？我们常听到某人骂某人是“色鬼”。不用说，这被骂作“色鬼”的人一定是男人。男人好色仿佛是天性，好色是男人独有的专利。

王跃文：你还别说，前两年我稀里糊涂被人哄去当了一回星姐半决选的评委。美女们在T形台上星目流盼，笑靥生辉，轻腰款款，凌波微步，确实美不胜收。当时我突然想到，这几年越来越红火的美女选举，是不是男人们为了满足自己某种不便明言的欲望呢？男人们的审美胃口越来越刁，女孩子参加选美首先要青春年少。我听到有人在旁边嚷嚷：这个选手23岁了呀？太老了！我庆幸自己不是女人，否则过了40岁还有什么颜面再活下去？“老而不死是为贼”。除了年轻，当然得有非凡的美貌，然后还得有才艺。才艺表演被重视，更说明了男人们的审美要求提高了。是花还得解语，否则不是形同木偶？外在的美还不够，还得有内在的美。可我总觉得这种“才艺”所表现出来的美，还是为取悦男人。有一个女孩子在回答一个“才智”问题时滴水不漏：我觉得女人在外面要有一份自己的事业，自己的一片天空，在家也要“留住男人的胃，留住男人的心”。听起来，女人不论怎么优秀，最终的目的还是留住男人，留住他的胃和他的心。

伊渡：中国自古就有“女为悦己者容”的说法，好像是理所当然，天经地义。“容”是留给悦己者的，所以女人总是不能为自己而活。如果没有“悦己者”，女人连自己之色都不能好，何况好他色？

王跃文：你现在明白为什么女色鬼那么少的原因了吧？孔子大人说，唯女子与小人为难养也。不管难不难养，女人总得靠人养。只要能求得这一“养”，有一张长期饭票，或者有一张含金量很高的长期饭票，女人得拼尽一生。有美貌，还得有才艺；既有观赏价值，又有实用价值；再不济，也得有贤惠善良。否则，凭什么要养你呢？这等环境之中，女人只求生存，还谈什么“好色”这种高消费？其实从生理需要上看，女人亦是好色的，却名不正，言不顺，不能说出来。

伊渡：女人确有好色者，比如吕后和武则天，但那已不是好色而是好淫了。不论好色、好淫，这些女人必须有一个前提，就是不但能完全把握住自己的命运，而且还掌握着别人的命运。所以好色的前提便是首先要能主宰自己。

王跃文：我隐约想起一个传说，模模糊糊，记不真切了。英国中世纪时的英雄亚瑟，被敌人俘虏。敌人敬佩他的勇敢正直，暂且不杀他，但要他回答一个最难的题目：女人最想要的是什么？一年以后交答案，否则取他的性命。据说亚瑟遍访所有聪明的女人，上至宫廷贵妇，下至乡野牧女，没有一个能答出来。眼看最后期限已到，亚瑟只好答应一个丑陋无比的女巫的要求：跟亚瑟的圆桌骑士之一结婚，然后亚瑟得到了答案。女巫悄悄地告诉亚瑟，女人最想要的，就是掌握自己的命运。

伊渡：我很怀疑这个答案的正确性。因为我发现很多女人心甘情愿地把主宰自己命运的权力交出来，给她都不要。确实，这是一块烫手的山芋。给你主宰自己命运的权力了，你就得独立，就得对自己负责。没有人可以依靠，也不要想着依靠别人。这是要准备着吃苦的。可是，现在准备着吃苦的女人，不是傻子，就是不得已。

王跃文：好了，我们谈了这么久的女人，是不是该换换话题了？

伊渡：那就还谈谈男人。您对男人的未来有什么看法？

王跃文：半真半假地说，很悲观。2003年3月，法国一家杂志社请来著名的社会学家做一个问卷调查，主题是“男人现状”。受调查的是四个年龄段的城市男性，分别为20～25岁、25～35岁、35～45岁、40～50岁。社会学家请他们设想一下未来社会里男人的处境，得出的答案惊人地一致，而且骇人听闻：未来世界将由女性掌握，男人能够以顺从来求生存是最好的结局，最坏的结局是男人将逐渐消失，最终成为动物园里的标本，能与熊猫为邻已经是最高礼遇。

伊渡：那您不吓出一身冷汗？

王跃文：我没被吓着，那个时候我早已青云出岫，归入大化了。但未来世界究竟什么时候到来，我很感兴趣。据说，这个世界不再需要男人，根本原因并非因为女性主义的复仇，而是因为人类的繁衍生息不再需要男人，或者已经根本指望不上男人了。到那个时代，男人已经无法生产精子，人类的繁衍也早就实现了单性繁殖，或者干脆完全克隆。我前面提到过，早有美国人类学家警告现代男人：别得意，你的阴茎比你祖父短了三分之一。

伊渡：男人没了“那话儿”，好像是很可怕哦。如果没有了男人，这个世界会怎么样呢？只剩女人的世界也许确实要单纯，美好得多。《西游记》里就有女儿国，喝一口子母河里的水就能怀孕生子。可她们能保证生下的都是清一色的女儿吗？如果不慎生出几个男儿，又未能及时处理，一旦长大成男子汉，岂不又天下大乱？女儿国里的女国王不也千方百计劝诱唐僧留下来当她的夫婿吗？可见阴阳两极相生相克实在是自然规律，男人一旦不复存在，女人恐怕也走不多远了。

王跃文：有人给我手机发了个段子，说是农户家来了客，准备杀只公鸡，公鸡知道了，跳到屋檐上去了。农户吓唬公鸡说，你不下来，我就把母鸡全部杀光，叫你生不如死！公鸡听了大笑说，靠，老子终于可以出去找野鸡了！当然，这个笑话说的是别的意思，我想说的是公鸡和母鸡是相互需要的，无论是家养的还是野生的。

可是，男人女人之间，除了生理意义上的依存关系，中国男女的传统关系实际上还是一种君臣关系，所以一直到现在还有人慷慨激昂地说：士为知己者死，女为悦己者容。能用“士”者必然是君，而“悦己者”自然只是男人。君是臣的天，男人是女人的天。男人支配着女人，却又离不开女人。女人养育了男人，却又臣服于男人。《说文》里“臣”字的解释是：“牵也，事君也。象臣服之形。”这“臣服之形”是什么样子呢？俯首，竖目，以示臣服。而“女”字的象形则是一个跪着的人。我不知男尊女卑到底是什么时候开始形成的，《古诗源》里有首诗写一位被男人抛弃的女人，偶遇过去的丈夫，居然也要跪下来说话：“上山采蘼芜，下山逢故夫。长跪问故夫，新人复何如？”

伊渡：可要是有那么一天，世界变了。乾坤倒错，天地易色。男人都要被放到动物园里去了，还谈什么纲常？也许只剩下女人是人类的进化？那时候的词典，该怎样解释“男人”这个词呢？这个词曾经耀武扬威，叱咤风云啊！未来的女人们对于已经消逝的男人，不知会怀有怎样的心情？她们在庆幸自我解放的同时，是不是也会洒几滴泪凭吊一下男人？可怜可悲的男人，仿佛注定要成为地球上被淘汰掉的劣等种类？

王跃文：且不说到未来世界，单是现在就已初现端倪。女人们大喊女权、妇女解放、自信自立自强的时候，男人们平均寿命要比女性短，耐受力要比女人差；但男人肩膀必须比女人宽，个子必须比女人高，赚的钱一定要比女人多，官要做得比女人大。男人不能哭，不能选择系上围裙回到家庭，不能像女人那样穿裙子，涂口红，抹香水。男人只能打落了牙齿往肚里吞，然后头也不回，继续到官场、商海里冲锋陷阵。男人只许成功，不许失败，不成功，便成仁；不然，女人们会柳眉倒竖，大喝一声：你还是个男人吗？

伊渡：不过，也许暂且用不着那么悲观。现在很多女人的女权，好像还只是强调“被男人养”的权利。如果这样，男人还大大有用，一时半会儿还不至于被送到动物园去。所以，男同胞们，珍惜你们有限的黄金时代，多多加油吧。

王跃文：可我又担心，也许这正是使男人精子枯竭的最重要的原因。特别是所谓的成功男人，更是危险。有研究表明，长期以车代步和泡桑拿的男人，性功能会大大减退。本来就不行了，还在外头快活，麻烦就更大了。

伊渡：不谈那么可怕的问题吧。我想问您，您心目中的幸福是个什么样子？

王跃文：我给你讲个故事。有个人，事佛虔诚，多年如一日，连佛都被他感动了。于是佛现身在他面前说，你有什么愿望？我可以满足你。我给你家财万贯？这个人摇头说不要。佛又问，我给你子孙世代高官贵爵？这个人又摇头说不要。佛又说，我让你长命百岁，万寿无疆？这个人还是摇头说不要。佛终于不耐烦了，说，你到底想要什么？这个人便说，我只要几间瓦屋，半堂书画，衣食无忧，一生清茶书卷足矣。佛叹道，居士啊，此等清福，我佛都享受不到，我又如何能给你？佛于是惭愧退去。

你问我什么是享福，这位居士所要的，也就是我所要的。你能给我吗？

伊渡：可我看您茶已有，书已有，几间瓦屋也已有，应该可享清福了，不必求佛来给您。说到享福，陶渊明有一组诗《读山海经》，中间有一首，我觉得最享福了："孟夏草木长，绕屋树扶疏。众鸟欣有托，吾亦爱吾庐。既耕亦已种，时还读我书。穷巷隔深辙，颇回故人车。欢言酌春酒，摘我园中蔬。微雨从东来，好风与之俱。泛览周王传，流观山海经。俯仰终宇宙，不乐复何如？"您看，微雨、好风、树木、鸟鸣、蔬菜、故人、春酒、读书，简直让人羡慕死。

王跃文：陶渊明退官之后其实也还是很辛苦的。他不是也"晨兴理荒秽，带月荷锄归"吗？从早上干活儿，一直要干到月亮升起来才能回家。中国传统文化讲究耕读并重。我现在到乡下去，看到有些人家古风未泯，门楣上仍贴着"耕读传家"四字。但是，这写在红纸上的横批，早被风吹雨打得斑驳破碎，家中田园也已荒芜，孩子们小学没毕业就已辍学，再大一点儿就到沿海打工去了。已经不耕不读的乡下，还这样郑重其事地贴着这样的字纸，让人心里真不是滋味。

伊渡：钱穆在《宋明理学概说》里说过，耕读并重者必耕渐勤而读渐辍。耕不容易，人会因为物质生活的压力，渐渐放弃精神生活。这就是读书与为稻粱谋的矛盾。

王跃文：说起来真令人叹惋。我有一好友，以前最喜读书，总是说清贫才是书生的本命，自诩“阅读就是生活”。我们刚参加工作时，他在中学教书，我们见面喜欢用《红楼梦》里的话相戏谑：“妹妹近来读什么书？吃什么药？”当然认真问的只是前半句。有一天暴雨之夜，他手提一瓶德山大曲破门而入，从我书架上寻出孔稚圭的《北山移文》，灌一口酒，读一句书，每到慷慨激昂处，还扬眉大笑，连称痛快痛快。此时，窗外炸雷阵阵，雨丝横飞，好像和窗内的慷慨意气相应和，那情景真令人难忘。数年之后，我的这位好友做了副县长。他喝酒的风采不减，我俩的友好亦不减。有次聚会，他感叹生活无聊。我说，您还好，爱读书。他摇头说，我们这种人还读什么书！

伊渡：清人笔记里面有很多好玩的。欧阳兆熊的《水窗春呓》里记张恺石逸事，说他当大理寺卿的时候，风流儒雅，诗书终日。被解职后，宦囊萧然，困于生计，于是写了一首绝句：“书画琴棋诗酒花，当年件件不离它。而今七字都更换，柴米油盐酱醋茶。”

王跃文：学一句鲁迅的话说，总之，难。其实，人就是他肉体的囚犯。我年轻时每遇痛苦，便在心里默诵老子的名言：“吾所以有大患者，为吾有身。及吾无身，吾有何患？”我默诵这话时既感到万分沉痛，又佩服得五体投地，觉得老子已把话讲到极处，退无可退，实在大彻大悟。我又想，倘若我母亲早就明白这个道理，不知还有没有我？真不敢想象。可见人还是乐生怕死的。

可是生真的可乐吗？实在痛苦太多了。生老病死不说，光为了满足这个肉身就极麻烦。肉身是物质的，首先就得靠物质养活。怎么活呢？可以是犬儒主义式的，就是欧根第尼的那种“狗式”生活，住在一只木桶里，以节欲克己来减少活着的麻烦，唯一要求是请来看望他的国王不要遮住他晒太阳；不然就选择享乐主义。

说到底，不论犬儒还是享乐，都源自对现世价值的不信任。你如果不想犬儒，又不愿只像动物一样享乐，那就不要躲避痛苦，坦然承担一个人所该承担的吧。

伊渡：您除了读书喝茶，还有什么愉悦自己的事？仁者乐山，智者乐水，您是乐山还是乐水呢？

王跃文：也许我骨子里早藏有一股隐士的暮气，我特别爱山。见山就亲，并不在乎它是否有名，或有仙。山须有树，无树的山使人不亲。我不能说珠穆朗玛峰不是山，但那山只令人敬畏，你除了屏息仰视，不敢生任何亲近之心，否则就是亵渎。

有树的山就仁厚了，柔和了，有呼吸了，你会觉得山与你同是宇宙间之生命，众生平等，你能与这样的山亲昵。

我住在麓山脚下，有一段时间，我几乎每天傍晚去爬山。上山往往正是绿野烟寒时分，待下山已经暮色四合。我独独领略了麓山暮色之美，然而难言。

伊渡：我也常去岳麓山。麓山的树好，大多是枫树、松树和樟树。人在树下走，参天枝叶间露出碎碎的天。

王跃文：暮色中的树比白天显得更为深黝，郁郁团团浓如泼墨，一阵风来，枫松樟齐齐摇曳，齐齐作响。我会指着山中某间屋子痴人说梦：这间屋子硬要送给我住，那我就不讲客气算了。爬到山顶时偶有阵雨，飒飒而落，时疏时密，我决不会想着避雨，因为衣反正早已湿透，既因为暮霭，也因为汗水。

伊渡：您还挺阿Q的嘛。

王跃文：聊以开心嘛。下山时暮色苍茫，树缝间透出远处隔江城市的灯火，山上越显得静。暮色无论怎样浓，树色总要比暮色重，好像比赛一样。如同中国画中讲究的墨分五色，暮色中的物事颜色同样丰富得各有韵味。树根处最黑，树梢处稍亮。大树反而颜色浅，小树躲在下面，黑漆漆的一小疙瘩。

下山时衣早被山风吹干了，人的脸在暮色中发亮。间或嗷地一声，那是猫头鹰的叫声。还有各种虫声，最响亮的有两种，一是蝉，一是金铃子，当然只在夏秋季。它们的声音都有跟踪人耳朵的本事，渐渐地，声音越逼越近，脆亮得简直咄咄逼人，突然一下子又远了，真好像在捉弄你。

我老家附近也有山，那里自小就是我的天堂。那山时常在我的梦里出现，都是儿时的模样。但是，那片家山目前栽是全是柑橘树，颇有些煞风景。我怀念儿时的家山，满山松树、杉树和杂生的灌木。

无

违

第七章

无违：无违于自己，无违于天地

最喜欢《朝夕之间》

符二：作为一名年轻的文学研习者，在作品的见地与判断、领悟与感受方面，我势必有所欠缺，如果我的提问因为浅陋或无知给您带来冒犯，请多原谅。

王跃文：不客气，不客气。

符二：您写官场小说，人们说您是官场第一人、官场作家。我知道您还有很多其他题材的小说，但它们可能因为官场小说名气太大，从而被遮蔽和掩盖了。

王跃文：我的非官场中短篇小说写过很多，被以各种各样的名目编辑出版过很多次，选本也很多。现在的情况是，一般作家的中短篇集子很难出，而我的任何一部书，只要有“王跃文”三个字，它都可以编出来，因为我的名字是一个畅销符号。看过我非官场小说的读者，很多在网上给我留言，评价很高。

你刚才说到符号化这个东西，首先我不太赞同以题材去划分文学的类型。如果硬要说有工业题材、农业题材、官场题材之类划分的话，那我开玩笑，海明威的《老人与海》是渔业题材小说。这不是很荒唐的说法吗？

符二：您的《苍黄》或《国画》，难道不是类型写作吗？

王跃文：我不认为它是什么类型写作。如果一定要说写官场生活的就是官场小说，为什么官场小说就必然被认为文学价值不高呢？为什么写农业的、写工业的大家又可以接受呢？这是个奇怪的问题。

我觉得对待这一类题材的小说，存在着一种说不清楚的偏见。这种偏见，我想应该来自两个方面：一方面，官方对于这类小说比较敏感；另一方面，鲁迅那一代民初作家和学人，对清末民初的官场小说，也就是当时所谓的“谴责小说”评价不高。鲁迅先生说过，这类小说虽命意在于匡世，而辞气浮露，笔无藏锋。这就是对其艺术性评价不高，说它的创作初衷虽然在于匡扶世道，但是写得太直露，不委婉，不艺术。

鲁迅先生他们那一代学人，对这一类的小说作这样一种评价，可能也影响了后来的学术界对这一类小说的评价。学术界通常把清代到民初的那一批谴责小说，同现在的官场小说看作是一种源流关系，所以在学术评价上有一种歧视，把它的文学价值贬低。

我个人其实也很同意鲁迅先生他们说的一点。清代到民初那一类小说，在我看来比较好的，就是一部半。

符二：何为一部半？

王跃文：一部是《儒林外史》，我认为还不错；还有半部就是《老残游记》，因为这是一部没有写完的长篇小说。其他的像《官场现形记》，特别是《二十年目睹之怪现状》，我认为确实艺术成就不高。这些小说只具备文学史意义，而其文学本身的价值不高。

中国此前的官场小说，创作量、出版量都非常大，写作队伍也很庞大。我不敢说现在就已经出现了经典，但总体上看比清代到民初谴责小说的成就要高。当然也出现了很多对这类小说的批评，比如说艺术成就不高，没什么文学贡献，我想这些都不是问题。文学成就如何，是否诞生了经典，应该放在一个比较长的历史时段上去检验。也许百年之后，我们再回望这一段文学史，可能看到的是另外一番风景。

符二：但这里边可能存在一个问题：我们传统的古典美学里就有对作品的品评，比如钟嵘、司空图等人对文学家和文学作品评分等级次第的方式。他们提出的也可能只是一家之见解，但流传下来，很少有人对这个定性去加以质疑甚至推翻。现在的文学评论家们也在下各种各样的结论，您不担心他们给您的作品判刑吗？

王跃文： 当然我不是做这方面研究的，要做一个判断的话，应该建立在对材料的全面掌握的基础之上。但是我有一种直觉，刚才也提到过：目前的这一类官场文学，它的总体成就要比过去的官场文学高一些。

小说是否传下去，是否成为经典，并不是评论家们说了算的。所谓经典化过程，不是评论家们多吹吹就是经典了；而是你的作品本身就是经典，才会让一代一代的人读下去。读者是最终的判官。一代一代的中国人读《红楼梦》《三国演义》《水浒传》《西游记》《金瓶梅》，不是因为大家听了评论家的介绍，而是这些作品本身的力量在起作用。作品征服读者，读者让它永恒。

符二：刚才说到，您的小说，贴上"王跃文"三个字就能畅销。您认为畅销的因素是什么？

王跃文： 我自己也没法想清楚这个问题。如果要对这个问题做出回答的话，肯定要跟别的作品进行比较。但是说句实在话，同类的小说我看得相当少。我只能从别人对我作品的评价中，看出一点道道。

有一些人，包括记者，也包括一些读者，他们会说，你的小说和别人的小说比较起来，首先的一点就是真实性。感觉你的小说，从大的布局谋篇也好，从小的每一个细节、场景、氛围也好，都是非常真实的。一看就是个中人或者过来人，对这方面的生活非常了解，看得很深，也看得很透，不觉得是一个外行人写的。但是有些人写的这方面的小说，按照读者的话来说，就是不懂套路。

另外，我觉得我的小说，不仅是一种揭露或者谴责，其实里面至少还有对理想和希望的一种折射。不能否认，我的小说的流行有很重要的非文学原因，或许可以把它叫作社会学方面的原因，就是人们想通过我的小说了解社会，了解现实，有的人甚至觉得读我的小说解气。

我在官场里面前前后后摸爬滚打一共 19 年。这 19 年，我在官场生活，观察，思考。我承认，有很多是因为我看透了，看穿了，有一种基于知识分子的正义和良知，有一种愤懑或者说郁愤，而这种东西渗透在小说里是更能引起人的共鸣的。我相信很多有过同样经历的人，或者正在里面的人，他看了以后会产生共鸣。用一般读者的话来评价，他们会说我小说的心理描写太到位了，很细腻，很真实。其实这种评价，就是说我写出了这一类人的心理，写出了他们想要表达但是却又无从表达的东西。

符二：我明白您的意思，小说的本质是虚构，但是其内在的逻辑应当是真实的，常识应该是正确的。那么我想问的是，这个“真实”跟您的现实生活有多少交叉点？

王跃文：应该这么去表达：我所有的情节，包括细节，都是真实的，但又都是虚构的。

我给你举一个例子：有一年，我的老家——我们老家跟你们云南很多地方的山区一样，没有大江大河——到年终的时候，我们机关里会分鱼，就是从水库里面捞鱼上来。有一年，我们又逢上分鱼的时候了。有一条最大的鲤鱼，差不多有一二十斤。但是不论分给谁，还是按照价格，称出来是多少就算多少钱。那是一条雌鱼，肚子里面有很多的鱼子，鼓鼓的。有些干部就患得患失，说哎呀这个鱼子太多了，买了划不来。我说既然大家都不要，那我就把它买下来。当时正好有个情况，我父亲遭遇了车祸，我想象中这个鱼子可能会很有营养，既然大家都不要，我就买了。我想用鱼子炖汤给老父亲喝，就是那么简单的一件事情。可是到了第二天，我就听见别人在背后说——那时候我参加工作还没有多长时间——这个小王真不懂事！那么大的一条鱼，他居然买下来了。这就让我明白了一个道理：在机关里面，凡事等级森严。这么一大条鱼，应该是县长的。县长才有权买下这条鱼，你一个小干部，怎么能这样呢？

好，这个事情就这么过去了。几年以后，我写了一个短篇小说《天气不好》，很有意思，情节很简单。我写一个县政府材料办写材料的小干部，很有才气，叫小刘。但他很不懂事，像我一样买下一条不该买的大鱼。他没有吃这条鱼，送给了县政府办主任；但是过了几天，他又发现这条鱼挂在了县长家的阳台上。后来领导准备提拔他了，但他碰到县委书记，刚想打招呼时，却想打喷嚏了。他的喷嚏没有打出来，苦着脸望着天空，得罪了县委书记，所以他就没有被提拔。

这些细节，说起来都是虚构的，但又相当真实，包括打喷嚏。打喷嚏是一个相当偶然的事件，让他失去了提拔的机会。

但是这偶然的事件，揭示的是一个必然的规律，那就是在官场里面，人与人之间的人身依附关系，小人物在上司面前的仰人鼻息的关系，这个是必然的。通过偶然的事件，反映的是官场必然的游戏规则或者说规律。

符二：过去的官场小说之所以被称为“谴责小说”，是因为其揭露或者说批判的力度。您的小说也有批判，那么您的力度在哪里？又深入到了什么地步？我们知道官场有很多游戏规则，您的笔触又能延伸和抵达何处？

王跃文：这个——就是说，要扩充这个东西，我没有这个能力，我也没有这么思考过。

符二：那您在追求什么？

王跃文：小说的好处在于，可以用形象表现，不必像政论一样说得太明了，太清楚。有些话，不拿出来讨论反而是明智的，比方你说的笔触能延伸和抵达何处。就是说，我不可能去触及现实条件不允许的东西。

符二：那我可不可以这样理解，您太圆滑？您没有去触及根本性的东西，是为了自我保全？

王跃文：这个不是说圆滑不圆滑的问题，这是现实的严酷。

但是如果你要是去读，把我的一些东西读懂了，那官场的现状、官场的荒诞、官场的无奈，都在里面。

比如我在《国画》里面写了这么一个故事——《国画》50多万字，只有这个故事是真实的——有一次，有一个地方发生了洪灾，过后皮市长到那个地方视察，当地的老百姓在那里修复被洪水冲垮的河堤。他在那里看到一个白发苍苍的70多岁的老太太，马上过去问：老人家，您这么大的年纪了，还来搞劳动，您怎么想的？老太太就说：感谢党，感谢政府！这个时候，皮市长就把老人家的那担土接过来挑走了。好，整个镜头就跟着他走。这位皮市长，被这位老太太感动了，走到哪里都说，同志们，多好的人民，多好的群众哪，70多岁的老太太，当问她为什么还要来修河堤时，她只有两句话：感谢党，感谢政府！

其实真实的情况是什么样呢？这个老太太是个疯子。有这样的一类疯子，就是喜欢凑热闹，哪里有热闹就往哪里去，谁家死人啦，谁家嫁女娶亲啦，哪里开大会啦什么的，她都去。你跟她说话的时候，她头几句话是清楚的，但只要说上三四句话，就乱七八糟。当皮市长走向这位老太太的时候，当地的官员吓坏了，生怕惹祸。结果等皮市长把担子挑走，镜头往那边去了以后，当地的干部们马上就把这老太太架走了。

这里其实是个什么问题？就是我们现在中国人的病态。中国人不管有多少牢骚，有多少意见，但当一个话筒对准他的时候，他说的都不是自己的话。我们不是疯子都会说疯话，何况真实的疯子呢？说到底，揭示的就是我们体制本身的荒诞，或者说现实本身的荒诞。

符二：换言之，您表达得更加曲折委婉，更加含而不露？

王跃文：我更加曲折和委婉一些，而且是通过文学的形象。这也是文学所必需的，也只能如此。如果在这里边你能像写政论文一样去写作的话，那就不是文学啦。

符二：给“官场”下一个定义，可能作家中没有谁比您更有发言权。您怎么阐释“官场”？

王跃文：词典里有解释，我不想照搬。如果要我说，官场，顾名思义，就是一个场，这个场是由某种东西构成的，里面有人物，有种种游戏规则。吴思先生说“潜规则”之前，我曾经在一篇小文章里，好像是在答记者问里面提到过。我说有人说我的小说写的是官场文化，这个我不同意，如果要说文化，也是官场亚文化。有一次我同吴思先生交流，他说我的表述很准确。

什么是官场亚文化？中国人讲所谓的官场，其主流文化过去是一种儒家文化，直到现在为止底色还是那个东西。我们加入了一些马列的东西，传统的底色还是中国古代儒家的那一套。但自古以来，真正左右官场，或者说被官场人奉为“葵花宝典”

的，却是没有被人研究过，也没有被人堂而皇之拿来讨论过的一种东西，就是现实的官场逻辑和游戏规则。我把这个叫作“官场亚文化”。因为这个东西，无法堂而皇之。

符二：写一部类似于“官场指南”的小说，肯定畅销。您怎么看？

王跃文：对我小说最大的误读就是说我写的是官场教科书、官场秘籍。

我认为，小说首先是文学，它不是消极的，不是教人诲淫诲盗的东西。我的小说，底色是温暖的，态度是批判的。

符二：您的作品拥有那么多读者，我们将其畅销归结为一个市场的因素。那么从文学的价值上来说，您认为您的作品是经典吗？

王跃文：经典不是今天的人说了算的，必须靠时间来追认。我不敢认为自己的作品就是经典，但是我可以说这么一句话：畅销的小说未必是好小说，但是没有读者看的小说绝对不是好小说。

中国的文学史告诉我们，中国的任何一部经典小说，都是畅销书。不管《金瓶梅》《红楼梦》，还是《三国演义》《水浒传》《西游记》，哪一部不是畅销书？从它们诞生之日起，从雕版印刷起，不但畅销而且常销。像这样一类小说，要畅销、常销到没有人类的时候。至少我们中国文学史是这样。

符二：文学之高度——诺贝尔文学奖的评选标准之一是具有理想主义倾向，但这个理想主义也没有具体衡量的尺度或标杆。文学作品或追求结构章法的无懈可击，或追求故事情节的天衣无缝，或追求语言辞采的精美绝伦，而您在追求什么？

王跃文：对，你说的这是一点。我再补充一个，刚才说到这个什么是畅销，什么是经典，经典跟畅销之间是什么关系的时候，我想到了一个反面的例子。

我曾经在图书市场上看到一套书《中国禁毁小说大全》。当时我随便翻了一下，也来不及细看，我就是好奇，想看看到底是什么玩意儿；结果我买回来以后，一翻，没有一部是真正值得留下来的，它们确实应该被禁掉，被毁掉。不是说书诲淫诲盗或者怎么样，而是说其文学价值非常低，没有留下来的价值，它们自然就被时间淘汰掉了。只是因为某种偶然，那些版本被留下来了，为书商提供了一个商机，得以面世。

这也就是告诉我们，什么是经典。经典就是被一代一代人不停去阅读，不停地检验以后它就是经典了。

符二：也是，其实读者往往更有自己的甄别能力和判断能力。回到刚才的问题，您还没有回答。您在小说中到底想要表达什么？您想批判，表明自己的立场，还是如您所说，寄予某种理想和希望？

王跃文：我承认，我是一个说社会责任感也好，社会关怀情结也好，都比较重的作家。

这或许跟我的生活和工作经历有关。我在过去的工作和生活中，看到太多的不如意和不好，我觉得那些都是不应该的。所以我就想通过文学的形式把它表达出来，这就免不了揭露和批判。文学不是政治工具，但文学又是离不开政治的；如果完全离开政治，则是作家的怯懦，文学的虚伪。

说到艺术手法，我承认自己没有这方面的创造性，或者说，没有有意识地去追求这种外在的形式，我只是凭自己的文学经验而写作。长期的文学阅读告诉我，小说应该是什么样的，小说应该怎么写，什么样的小说是我愿意看，是我愿意接受的。我就是按照这么一种标杆或尺度，去讲我的故事，去写我的小说。仅此而已。

我不愿意搞某种形式上的标新立异，比如玩结构啊什么的。我甚至对这个东西，还觉得可笑，有一种蔑视。有的人谈论小说时说结构应该怎么样，我说我读你的小说是读你的形式还是内容？我承认，我这种观点有些绝对和偏激。我是针对那种过于痴迷形式而不顾文学本质的情况而说的。

符二：但不可否认，形式是文学非常重要的部分。

王跃文：是的。所以还有一种说法，形式本身就是内容。

问题是，也许有的作品，其形式和内容是完全天衣无缝的，而有的可能就会很拙劣。

今天下午我参加会议，还说到这么一个事情。比方说，所谓的拉美魔幻现实主义流入中国以后，我们的很多作家加以模仿，我就觉得非常可笑。我看到有媒体对马尔克斯的采访，马尔克斯就说，我的这种艺术手法，所谓的魔幻现实主义，是别人放在我头上的。我写作的时候，没有想到它是什么魔幻现实主义，因为它就是我们家乡的生活，我们家乡的传统，我们家乡人相信生活就是可以这样的。

符二：而且马尔克斯自己还明确说过，他在书中写的那些事物，后来都真实地发生过：天上确实下起了黄花鱼，确实出现了长猪尾巴的孩子。他像是一个天才的预言家，小说所写的这些在现实中都得以印证。

王跃文：对对。马尔克斯说的艺术手法，其实就是生活的真实。

我就想到，我们湖南有的地方就应该诞生伟大的作品。比如说我们湘西，诞生过伟大的沈从文，但是对得起这片土地的更伟大的作品还没有诞生。

说艺术手法的话，我们湘西那地方的巫文化就很深厚。我们说巫楚大地，相信鬼神。像我小时候，当时给我的感觉，人和鬼，生者和死者，都是连在一起、同在的。比如说天黑以后，我们不准吹口哨，因为吹口哨鬼就会下山来；比如说晚上，外面没有任何动静，忽然听见狗汪汪大叫，老人们会说是我们的某个祖先回来，我们看不见，但是狗看见了。这些都是生活，我们老一辈的人就真的相信。

符二：您所说的这一切我感同身受，因为云南就是巫蛊和灵异非常发达的地方。比如天黑以后，外面如果有人叫你的名字，你就千万不能答应，你一旦答应，就会有人带走你的灵魂。

王跃文： 对。还有就是，我们的院子里，房前屋后的蛇，看到了是不能打的，我们把它叫作家蛇。家蛇，就是自己的祖先，可能是我们的祖先化身而来的，他们参与到我们的生活中。死是生的一部分，生和死不是泾渭分明的，二者混沌一片。再一个就是说，我们过去住的木房子，晚上"喳——"地响一声，其实可能就是天干物燥。我记得我奶奶马上就会坐起来，说可能是哪一个祖先又回来了，她马上就会说一些保佑的话。

我想，如果我们的作家把这些生活吃透，然后把它很艺术地写出来，那这不就是魔幻现实主义吗？

符二：确实如此，巫文化实际上极为浪漫，想象力非常神奇、深邃而邈远。

王跃文： 对。像这样的东西，实际上才叫作形式和内容天衣无缝，浑然一体。艺术手法不是天上掉下来的，不是漂洋过海进口的，而是从作家脚下的土地里长出来的。

符二：您写小说有什么秘密吗？

王跃文：要说秘密——我其实不知道有什么秘密。但写作的时候，我相信两个字，潜心，写作的时候一定要潜心。

符二：苦心经营吗？

王跃文：我没有苦心经营，但心一定要沉下去，潜心写作。作家写作的本能是要入境，要进入到那种情境。我写作的时候，完全是一个忘我的状态。

比如说我写老头的时候，我觉得那种老人的心态，我完全可以琢磨得很透。写一个小孩的时候，那种心态我也可以把握得很透。

比方说，我经常被人称道的一个中篇小说《秋风庭院》。1995年中国作协的《小说选刊》组织过一次全国小说评奖，把我这个小说评了一个优秀中篇小说奖。当时全国优秀中短篇小说奖停办多年，鲁迅文学奖还没有创立，这个奖其实还是很有分量的。我去领奖的时候，有一位老作家看见我说，哎呀小王，你怎么这么年轻啊？我开玩笑说，我不可以年轻吗？他说哎呀不是，我看你写退休老干部的那种心态，琢磨得那么透，以为你至少是一个50岁以上的作者。我当时其实也就三十一二岁。

如果换两个字说到所谓写作秘诀，我会用这两个字：无违。无违于自己，无违于天地。人要做到无违，其实非常之难。我不敢说自己处处做到无违了，只是努力而已。

符二：对于写作，除了人生经验的丰富与积淀，文学才能的不断提升和累积，此外您还拥有什么？

王跃文：我可能还是依靠一个作家的职业习惯。有了这个职业习惯以后，你耳闻目睹之后自然就会琢磨。

《秋风庭院》这个中篇小说，灵感就来自我同一位地委书记的一次目光的碰撞，一次眼神的感应。

当时我们老家有一位退下去的地委书记，这位地委书记政声极好，口碑极好，在当地很有威信。他毕竟是一个地委书记，他在位的时候，从机关大院里走过，背着手，头微微地昂着，目光一片空蒙，眼睛不会注视任何一个人。但是所有的人见了他，赶紧书记好、书记好，没有人说他目中无人。因为这位领导的政声很不错，能力也很强，干部们都敬重他。但是退下来以后，他只在省里边被安排了一个闲职，也没到省里去上班，仍然住在那个机关大院里。但他再从机关大院里走过的时候，就是一个探寻的目光，希望有人跟他打一个招呼。我当时是刚刚调进那个机关里头去，跟他并不熟。有一次在食堂门口，他走过来的时候，我望了他一下。因为他是老领导，我就面带微笑。他马上双手伸过来，您好啊。我赶紧说书记您好。当然他也没问我是谁。当时我就想，这个老人退下来，他的心境是怎么回事呢？就是这么一次目光的交会，我写了这么一部中篇。

这个小说里，有一个细节我是听说的。过去长年他习惯了每天清晨起来，吃过早点以后就夹着一个包，从家里抄近路，往办公室去。结果退下来之后，很长时间不适应，不习惯，还夹着一个包去办公室。走到半路才想起来，我已经退休了，算了，不去了，又折回来。这就是退下来之后，老干部的那种失落、不适应。他从小离开了故乡，家乡已经没有人了，现在不可能回到家乡去，而中国人的故园情结又很重，但这个地方也不是自己的故乡。工作了一辈子，最后没有归属感，不光是肉体无所归依，精神灵魂更是无所归依，剩下一种飘零的感觉。这个小说好多人看了都说写得太好了。

符二：除了这个，您从阅读中能够汲取多少东西？因为作家大致分为这么两类：经验型写作和书斋型写作。后者写作的灵感、思考甚至素材，可能更多要依靠从阅读中获取。

王跃文：到目前为止，我觉得没有从任何阅读当中对我的写作素材方面有任何帮助。

我自己觉得，如果要我反省一下我的阅读，我的阅读也不是那么前卫，除了当时大学里面老师开书目读过的那些书，其他一些新翻译的书，我可能就是翻一翻，如果不对自己的胃口，也就不怎么看。

所以我的感觉是，读我们自己本民族的文学经典，我读到的是中国人的精气神、中国文学的技巧；而读外国文学，读到的可能是一种人文精神或者说人文立场。比如我最喜欢的外国文学，还是现实主义的那一套。几乎巴尔扎克的所有小说，托尔斯泰的所有小说我都读过。英国或法国作家的作品，18、19世纪的，我读得很多，有的作家我是通读过的，非常喜欢。比如读托尔斯泰，我从他那里最受益的就是人道主义精神。我觉得伟大的作家就应该是一个伟大的人道主义者，托尔斯泰就是一个伟大的人道主义者。

你说所谓的技巧，我从那里就感觉不到。因为他也是非常老实或者说非常笨的一种写法，就是从从容容老老实实写来。我们读的是翻译小说，翻译小说的原文我不懂，读原文应该体会到的更多的艺术的东西，我肯定体会不到。但是我读自己本民族经典的时候，我可以读到文学本身可以借鉴的东西。我最喜欢的仍然是《红楼梦》，现在我的手机里面下载的书仍然是这样一些东西。有时候开会无聊的时候，我就拿出来看。这些小说就是不慌不忙地讲故事，非常精微地去处理一些细节，还有人物之间关系的那种照应。《红楼梦》里面引用的一副对联："世事洞明皆学问，人情练达即文章。"写小说的人，就是要做到世事洞明，人情练达。

符二：其实古人写作就非常讲究这个世事洞明，老庄的说法是"道"，在苏轼那里是"悟"，严羽更明确地指出要"穷理"。

王跃文：对。所以我说写小说，尤其需要世事洞明，人情练达。

比如说，人与人之间的关系，处理那种很温情、很温暖的关系你怎么处理？处理那种很圆滑、很投机的关系又怎么处理？作为一个作家，我看得清清楚楚，才可能丝丝入扣地写出来。

符二：这种能力，是对人性的洞烛幽微。

王跃文：是的，是对人性的一种洞察力，你必须要有。我觉得这个方面的能力越强，他的写作会越好。

但我还认为，作家在创作的同时，他也创造了自己。因为文学在我看来，就是思考生活、思考人生的一种方式。那么我在思考的过程中，我会有是非，会有判断。一个人的天性或者说作家的禀赋，一般来说他是向善的。当然也有这样的作家，他要写坏书，写恶书，写诲淫诲盗的书，但是我想这样的作家，在整个文学史当中，不会是主流，因为他同人类的正面价值是相违背的。人类为什么能够生生不息？就在于人类对正面价值的选择是一种本能，人类对正面价值的选择永远是占上风的。作家也是如此。所以说，我们作家在写出好的作品的同时，其实他也在慢慢地砥砺或者说改造自己的人性。

就像沈从文曾经说到这样一个意思：一切优秀作品的制造，都离不开手和心。更重要的是，也许它还是培养手和心的“境”。我理解先生的意思，他所说的手，是指文学创作的手法和技巧；心，讲的是作家的人格、品格和道德。也就是说，我们的创作离不开我们的文学能力和我们的人格力量。同时作家在创作的过程中也培养了自己的创作能力和人格。

符二：我明白您的意思。刚才说，您在写作的过程中，只是把故事呈现出来，不给结论，也不像评论家一样点评。但有时候，我想，写作又意味着一种倾诉，一种服从于内心深处表达的需要。

王跃文：我们可以对文学有1000种定义，但是我的定义是：文学是人类思考生活、思考人生、思考社会的一种方法。

符二：那文学在您生活中意味着什么？

王跃文：应该说，我是一个职业作家，文学就等同于我的生命。我的作品跟我的生命是连为一体的。也就是说，我必须写作，我才会快乐。

因为我这个职业，决定了我必须要通过文学来观察生活，思考生活，这是我生命的意义所在。如果我不写作，我什么都不是。

符二：写作给您带来的最大收获是什么？

王跃文：我觉得最大的改变，是在现在的现实中，获得了比较大的自由，身心的自由。这个对我来说是最大的收获，完全改变了我的人生状态。

我基本上可以做到心无旁骛，无所顾忌；我不用仰人鼻息，看人脸色；我不会因为什么东西患得患失。这个对我来说，已经是一种非常理想的人生状态了。

符二：您现在还在体制内吗？目前的身份是什么，专业作家，还是作协官员？

王跃文：我是 2003 年从省政府机关调到作协来的。过去我们省作协机关有专业作家的编制，后来就没有这个体制了。老人老体制，新人新体制。我是以机关工作人员的身份调过来的，那么就要承担一些机关事务。所谓的机关事务，就是为作家，为文学做一些服务性的工作。

符二：您认为文学可以有一种思想、原则或者方针去指引它吗？

王跃文：如果要我说，我觉得文学有它自身的价值标准和道德判断。它不能够去图解政治，更不等同于政治。

当国家或政府以一种政治话语表现出国家理想的时候，我们作家可以通过自己的独立思考去理解和接受。作家有责任在作品中表现国家和民族的理想，很多伟大的作品都是充满国家理想和民族精神的。

符二：那您觉得文学跟政治是什么关系？是隶属于政治，被政治驾驭；还是超越政治，高高在上；还是和政治两不相干，彼此井水不犯河水？

王跃文： 怎么讲呢？你要说文学跟政治完全无关，其实是不可能的。

什么是政治？如果要说得宽泛一点，生活当中处处是政治，经济很多时候也是政治。比如说跟老百姓密切相关的民生问题，低层面的它是经济问题，但往深里说它又是政治问题。如果你在作品当中去表现民生，那你说里面有没有政治？往深一点说，也是有的。

我个人觉得，作家不能在文学作品里直接地充当政治工具。这是我从来就反对的。但是你有时候也被人指为双重标准，当你说要直接地去歌功颂德的时候，你认为不应该直接去问政治；但当你对现实作出批判的时候，其实也是问了政治。话说透彻一点，这其实不是双重标准问题，而是考验作家良知的时候。

符二：但我总觉得，依靠政治去引领文学，这不是文学之道。

王跃文： 这个东西，在国家出现大事的时候，比如国家处于战争的状态下，很多平时的一些标准，我们也暂时可以放下。但在常态下，这个是不应该的。

我也不知道这个理论依据在哪里，但是据我的观察，在我们的文学史上，诗歌除了有的拿去批判之外，很多诗歌是可以去唱赞歌的。诗可以批判，也可以歌唱。就是说，诗可以做乌鸦，也可以做夜莺。但是小说不可以，小说只能做乌鸦，不能做夜莺。可能我的阅读有限，我还没看到任何一部传世的小说，特别是长篇小说，是在热烈地讴歌一个时代，讴歌一个帝王。

符二：“文革”年代的《红旗谱》《金光大道》呢？

王跃文： 这些传得下去吗？现在看来，这些东西，它的历史的局限性和艺术的局限性是非常显然的。

符二：言下之意是，这些不是好作品？

王跃文： 我不认为是好作品。

符二：您现在的创作情况怎么样，还每年坚持发表新作吗？

王跃文： 我争取每年要出一本书，但是这两年没做到。书倒是每年都在出，但就是编来编去。我的文字，不但畅销，而且长销。包括我的小文章的集子，那些千字文，包括博客里面的那些文章，编成书，一次也可以发个四五万册以上。我很感谢读者对我创作的一种认同。但是我更希望，我有足够多的时间，去好好写作。目前因为工作的原因，对我写作确实有影响。我想尽快地通过某种技术处理，摆脱这种僵局，进入更好的创作的状态。

符二：截至目前为止，您觉得哪一部作品是最能代表您的文学最高成就的？

王跃文：我不敢说哪一部作品最能代表我的最高水平。就是经常被人提起来的，别人认为最好的，是我的《国画》。但是行内人说，《苍黄》比原来的更好。

但要我自己说，我最喜欢的还是《朝夕之间》。它是6个中篇小说，我前前后后写了7年完成的。每一部我都处理得很细致，最后结集作为一部书写在一起，又从头到尾打磨了一遍。这是我自己很用心的一部作品。

《国画》之上

符二：孔子说“言之无文，行而不远。”您写官场小说，既要追求好看的故事，还要追求富有文采的语言，您怎么处理这个问题？

王跃文：我是很讲究所谓文采的。我眼里的文采，不是简单的华丽辞藻，不是简单地炫技。我觉得所谓文采，应该是总体的叙事技巧。我会很注意一个东西，就是非常从容地叙事，慢慢儿来，不紧不慢地交代人物之间的关系，前后照应会自然出现。我从不刻意去搞什么东西，但我写了之后，前后都有呼应。自然地带动出来，只须有意无意间存乎于心就行了。

我写任何东西都是不写提纲的，有一个大致的脉络在心里边，故事就会自然生成。包括我手里边正在写的这个中篇小说，我刚开始写的时候，是源自于我对小时候乡村风情的记忆，不管以后的故事怎么来，我先写，但写着写着，哎呀，我就知道应该怎么处理了，故事自然就生长出来了。我不太讲究刻意去布局谋篇，搞得非常跌宕起伏，曲折离奇，为小说而小说。那些都不是我追求的，我追求的是别的东西，我注重对生活日常状态的描述。越是日常的生活，越贴近生活的真实，越贴近生活的本质。

符二：这个别的东西是什么？

王跃文：说说我的第一部长篇小说《国画》，用它来回答你这个问题。我最初在《当代》发表了若干中篇小说，人民文学出版社的编辑刘稚女士看了我的中篇小说特别喜欢，然后就去找《当代》的编辑周昌义先生，说：我约王跃文写一个长篇怎么样？他们都有一个担心，觉得我所有的中短篇小说故事性、情节性，都不是太强，也不曲折，吸引人的是大量的细节和味道，以及里面的氛围和气场。这个东西，按照我的编辑的话说，就是王跃文小说的好，就在于他的那种味道很足。

但靠某种不可言说的味道支撑一个中篇、短篇没有问题，支撑一个长篇不知道行不行？我把《国画》写完，他们看了拍手叫绝。这部长篇小说依然是中短篇小说里面所固有的那些味道，居然能把一部长篇小说支撑得非常好，能让读者从头到尾去追着读。

符二：任何一部官场小说，我想写来写去，不外乎就是那点事。所以作品的出彩之处应该是讲述故事的手段和所诉诸传达的语言。

王跃文：所以鲁迅先生鄙薄这种小说，就说："官场伎俩，本小异而大同。"大概意思就是说这些东西不过茶余饭后的谈资而已，说来说去就那么点事。

如果你写来写去就是这些事，确实没有什么意思。但是我觉得，我们现在的官场，这么大一个场，有这么多的人在里面，拼搏也好，追求也好，无可奈何也好，有一个值得我们文学认真去对待的官场生态。这种官场生态那么无可奈何，那么叫人关注，里面有体制的原因，有我们本身文化的原因，甚至可以说有我们本身的民族劣根性的原因。

我们民族的劣根性，目前在我看来，有两条是最讨厌的：一是无原则，二是趋利避害。我们评价同自己毫无关系的人和事的时候，处于一个超脱的位置去谈道德谈是非，人人可以舌灿莲花；但是只要跟自己或者跟自己的亲人有某种关系的时候，立场马上变了。这就是无原则。

符二：中国人喜欢执行双重标准。

王跃文：就是双重标准。比如说，我们要求一个官员清廉如水，但是如果跟自己的利益有关，比方我们的朋友是一个官员，我们找他办事，他不给办，一本正经，两袖清风，我们都会说他六亲不认，白眼狼，不是个好东西。

当然现实生活中很少有这样的官员。为什么？因为这样的人他上不去。但是如果同样的这么一个人，他以权谋私，给自己的七姑八姨、三亲六眷、亲朋好友什么事情都办了，他们这种腐败和无原则，还会被贴上道德色彩，说他讲义气，够朋友，顾家什么的，标准马上就变了。这就是无原则。但外人看来，他们是一人得道，鸡犬升天。

再就是我说的趋利避害。这一点，我觉得在我们的国民身上，表现得尤为极致。

符二：怎么个极致？

王跃文：就是说对利益的追逐，目前已经到了超越过去任何时代的地步。我们整个国家，整个民族，我们每一个人，所想到的就是一个“利”字，就是老子所说的“天下熙熙，皆为利来；天下攘攘，皆为利往”。做官的要做大官，做好位置的官，为的是一个利；做生意的可以不顾商业道德，见利忘义，见得丧德；各行各业的老百姓，骂贪官，骂奸商，但自己若有机会也是利字当头。

符二：您深谙此道吗？

王跃文：如果我深谙此道，我不会选择写作，我会去做高级官员。我对这个看得很透，但我就像古人说的，非不能也，乃不为也。我并不是标榜自己人格如何高尚，只是这么钻营投机确实与我的天性相抵触，违背我内心的原则。

符二：但这些门道您是知道的。

王跃文：我不是生活在真空里的人。《国画》里面有一个细节，经常被人提到，其实完全是我虚构的，但就像我自己经历过一样。朱怀镜到柳秘书长家去送礼，柳秘书长非常客气，问长问短问寒问暖。但朱怀镜出门以后，还在走道里高声喧哗表示感谢，结果柳秘书长脸一垮，连忙“砰——”地一下将门关上。朱怀镜心里想，怎么回事？刚才还那么热情，我一出门就这样啦？仔细一想，明白了：到领导家去，不管领导是如何客气，但出门以后就要一声不响，悄悄走掉。

这种经历我从未有过。可是这个细节经常被人说起，他们都说写得太到位了，有些人甚至说我们就是这么做的。要到领导家去，首先打个电话，问问领导，我今天想到您家里去拜访拜访，方不方便？领导如果说不方便，那他家里肯定有人，你别去；如果说，啊，我现在还在外面吃饭，八点半的时候来好不好？那你就八点半去，不要早也不要晚。你去了，话说完，礼送到，最多坐 15 分钟，你要马上走掉。为什么？因为 15 分钟以后，别人可能还会来，你不要影响人家下一桩生意。

符二：那您去做官，肯定步步青云，扶摇直上。

王跃文：我知道应该这么做，可我自己做不到。假如要我去送礼，我会瞻前顾后。心想我在楼道里碰到熟人怎么办？如果去了他家，他家里有认识的人怎么办？出来以后在楼道里又碰到熟人怎么办？我就会想到这些东西，想来想去，算了，我不去了。

说到这一点，这也叫世事洞明，人情练达。你写小说，各种心理、心境，你必须要把握准确。

符二：从您的写作生涯中，告诉我一条您认为最好的经验或者说原则。

王跃文：我没有什么特别好的经验或者说原则。我总觉得，文学就像地里的树，它是自然生长出来的。

符二：写作上，您现在有何打算？

王跃文：我还是愿意把小说写得更好一点，尽量多写几部。这是我的梦想，也是我的生活。文学创作上，我想让自己获得最大的满足，这是我生活最主要的内容。

我对生活的要求非常低。你也看到了，我吃饭稀里哗啦，要不是在那儿礼貌地陪你，我肯定更加稀里哗啦几下就结束了。我的生活非常粗糙，顾不得优雅，物质生活也没有太多要求。

符二：那么有没有什么野心，比如说要去冲击一个大奖什么的？

王跃文：没有，我从来没有想过这个东西。

符二：谈一下您现在的生活。

王跃文：很简单，上班，下班，写作，累了就不写。

符二：关于文学的话题，我想您谈论得已经够多了。现在我想问的是，如果给您一个自我辩解的机会，您最想澄清或辩解的是什么？

王跃文：我不会去澄清，也不会作任何辩解。

符二：包括对您的指责、批评、误会，一概不作回应，全盘接受？

王跃文：不是全盘接受，我是一笑了之。

生活当中我也是这样，为人为文都是这样。比如昨天我就接到一个电话，别人说有个人平时我看您对他也很好，但是背后他说你什么什么。我说你千万不要告诉我他说了我什么，因为我以后还会对他好的。因为哪怕他真的到处说我的不好，于我毫发无伤。

符二：这是不是说明您很圆滑？

王跃文：我不认为我是一个圆滑的人。我对别人好是我愿意做的事，别人讲我的坏话，哪怕无中生有也没关系。旁观者一眼就看明白了，哪里用得着自己去辩解？

其实你从我的作品中可以看出来，我是一个很坦诚、很率直的人，喜欢就是喜欢，不喜欢就是不喜欢。我曾经教训过一些人，特别是一些女孩，迷恋文学之后，对待婚姻，对待事业，一切都无所谓，就好像可以为文学牺牲一样。但我分明知道她写不出来，文学上她出不了头。我甚至还对一个女孩说，这样，你老老实实找一份工作，把写作当作一种爱好，写一点东西，能发就发，不能发就不发，不能把它当作一项事业。趁你现在还年轻，老老实实找个人嫁了。

符二：这话像一个忠厚的长者对晚辈的关爱。那么多人拥戴您，是不是就跟这个有关？

王跃文：谈不上有什么人拥戴。不过，我这个忠厚长者也是最容易上当受骗的。有一个女的，写过一些时尚杂志上的文章，有一次她说买房，按揭，还差多少钱，问我借，我答应了她。这个女的其实跟我并不太熟，但是跟我另外的一个朋友很熟，我是买那个朋友的面子。我也不是富翁，帮助也是有限度的。我就说，这样，我暂时手里有点紧，你再到别的地方去想想办法，我借你一万块钱。我就给了她一万块。

我知道她不可能还钱。她说要不要跟你打个借条？我说随你。最后她还是打了一个借条。我现在想起来好笑，她写的是一个笔名。她到底叫什么名字？我只知道她姓什么，但到底叫什么名字我都不知道。她借了钱以后就失踪了，再也没有联系。

符二：但您的朋友还在那儿。

王跃文：我那个朋友，前两年已经得癌症不幸过世了。我当时就在心里想，这就好比赵丽蓉跟巩汉林演的那个小品，翻看合同一看签名，麻辣鸡丝！真的就麻辣鸡丝了呀！

我当时知道她肯定是没有钱还的。但是，当她要再去骗别人的时候，我就委婉地揭穿她。又过了两天，我有个朋友也是个作家，打了电话来问我，说您认识那谁谁谁吗？我说认识啊，怎么啦？他说她要到北京去创业，暂时手里有点紧，问我借钱。她不会想到我们之间都认识，相互还会打听。我说你不要借，我已经借给了她一万块钱，肯定是还不了的。我那朋友说您怎么那么傻呢？我说我就傻一点算了，你不要借。我想你骗我可以，再去骗我的朋友就不行了。

还有一个女孩，其实我也不认识，但她给我打过无数电话，说是我老同事的女儿，出来好多年了，说她跟男朋友打架，男朋友很坏，把她抛弃了，她没有地方可去。约了好几次见面，我想不见面就对不起我的老同事，就约她一起吃了个饭。我说这样好不好，我暂时手头有点紧，借不了那么多。我就把钱包拿了出来，我说我自己留 1000 块钱，其余的都给你。我给了她大概 3000 来块钱吧。此后，我们再也没有见过面。过了三四年，我突然接到一个男的打来电话，请问您是作家王跃文吗？我说我是。他说那您认识谁谁谁吗？我说谁呀？我都忘了这个名字。他说是您的老乡呀！我一下子想了起来。他说您跟她是什么关系？我说我跟她没关系，我跟她爸爸妈妈是老熟人，你有什么事？他说我是一个志愿兵，我就积攒了十万来块钱，她跟我谈恋爱，谈了一两个月，还到我家里去过，然后把我的钱全部骗走就消失了。

符二：他给您打电话是什么意思？

王跃文：他就想了解这个人，想找到这个人。当志愿兵的这个孩子特别可怜，朴实得有点蠢。他说自己通过特别手段，找到所有同那女的有电话往来的号码，把所有电话都打了一遍。他诉完苦之后，还问了我一句我哭笑不得的话：王老师，您说她的作风到底正不正派？我说，我怎么知道她作风正不正派？你问这个是什么意思呢？他说如果她作风正派，那我找到她以后，我还是愿意跟她好；如果她作风不好的话，那就算了。我说，她都把你的钱全部骗走了，人都消失了，你还在关心她正不正派，还要跟她结婚，你有点傻吧？

符二：通过这些言谈，我已大致了解和感受了您是怎样的一位作家。其实在读您的《雾失故园》的时候，我有这样强烈的感觉：小说的内容固然来自虚构，但是最后的情怀却是作家所真实流露出来的。请问，您是一个非常宽容的人吗？

王跃文：我觉得自己有时候宽容得有些软弱，甚至懦弱。

符二：还有一个问题，算是题外话。现在很多人想方设法要进入官场，进入体制，每年的公务员考试队伍何等壮观！您觉得平民子弟有希望吗？官场存在公平公正吗？

王跃文：我注意到现在公务员考试，在总体情况上比过去透明，公正。过去是领导批条子，定一个指标，也即所谓的招干。现在公务员考试比过去所谓招干进步多了。进步就在于，有的平民子弟真的可以通过考试来进入官场。

符二：这希望有多大，难道不是微乎其微？

王跃文：我有一个同学，他的女儿就在外省考上了公务员，他非常高兴。那天本来我们同学是要聚会的，但是他回来不了。因为在广州给女儿租房子，他女儿考上了广州税务局的公务员。我知道，他孩子是公平、公正竞争进去的。当然，中间玩猫腻的肯定有，但据我了解在总体的面上，公平公正还是主流的。

符二：暗箱操作的是少数？

王跃文：公平公正是主流。只能说根据我的观察和判断，但我没有做过调研，可能没有发言权。

比如说，公务员的文化考试，泄题几乎没有可能。个别情况下是否有泄题我不知道。那么多的人去考，就是泄了题，对于很蠢的人，拿到题你也不会做。几万人的考试，拿到题的未必就比没有拿到题目的考得好。

但是国家公务员考试这么热，我觉得是一个问题。

符二：是好还是不好？

王跃文：我觉得不好。市场经济体制改革走到这一步，应该有一个附带的效果，就是社会价值的多元化，就业选择也应该多元化。

符二：您是名人，您有心有余而力不足的时候吗？

王跃文：唉，这个就太多了。

有一次，我在一个商场的门口，看到一个哭哭啼啼的三四岁的小男孩，手里拿着一个碗，一边往人群里面走，一边含着眼泪往后面望。当时我一下子就看出来了，那是一个被逼的、第一次去乞讨的小孩。因为是被逼迫，后面有一个很恶的男人随时准备要去打他。我就在人群里面，去寻找那双凶恶的目光是从哪里来的。我找到了，那个男的也发现我在注意他，他就躲闪。我没有报警，但我有一个冲动，我就想，他妈的，我要跟这个男的干一架。我当时头一次感到，自己不是一个很强壮的年轻人了。我真希望自己是一个可以飞檐走壁的武林高手。我非常愤怒，但我放弃了，走了。

后来我就寻求多种理由来安慰自己，心里非常不舒服。我想，其实这种事情，警方是可以管的，完全有能力管，为什么他们不管？我一想，该管的人都管不了，我又算得了什么呢？但是我非常愤怒。后来那个男人注意到我盯着他，他也有些害怕，就在商场里面转来转去。整个过程持续了很长时间，后来也找不到他，他在人群里不见了。

符二：谈了这么多，您给我留下乐观、通透、豁达的印象。现在，请告诉我您的悲伤。

王跃文：如果要讲到这一点，说起来可能比较沉重。我感到很温暖的一个记忆，是我参加工作以后没多久，我记得是一个大晴天，当时我在县城里工作，离我们老家很近，我每个星期六、星期天会回去。那是早春的一个晴天，我洗完头，我的妈妈就提着一桶水，用水瓢一瓢一瓢地给我冲洗，慢慢地揉，那个过程特别享受，觉得很温暖。

我妈妈现在已经80多岁了，我父亲比我妈小一点点。我现在很依恋一种生活，就是每一次回到老家去，什么事都不干，跟老人家坐在一起聊天，听我妈妈说那些说过100次的旧故事。老了以后妈妈根本不知道很多事是她已经说过好多次了的，反正就是三番五次跟我说。妈妈每一次都把那些老皇历当作一个新鲜的故事讲给我听，我有时候假装没听过，有时候也开玩笑说：妈妈，这个事情您已经是第105次说了。就是逗一下她。妈妈就说，好啦，我不说啦。这种感觉很温暖。可我突然又会想到，他们有一天会离去。这时候，我就黯然神伤。

我们老家现在还是土葬的习惯。老家把做棺材当作一个喜事去做的，过去做了棺材以后老人还要到里面去睡一下，说是可以添福添寿。我爸爸有一天打电话过来，乐呵呵地跟我说：跃文哪，我在请人给你妈妈和我做老屋——我们那里叫棺材为老屋，或者千年屋——他是乐呵呵地当作喜事来说。我听了以后，心里非常悲伤。但我知道在乡下，这是喜事。我就说，那好啊，爸爸，做一个千年不腐万年不烂的老屋啊，我说我明天给你们另外打钱过去。我爸爸有工作，他是有工资的，但我妈妈没有工作，所以我就每个月定期给我妈妈打钱回去，按照我的话就是，妈妈由我来发退休工资。我问做好以后，加上漆什么的一共多少钱？

我问爸爸这些细节，也是想了解一些素材。我打钱回去，也不只是出棺材钱的意思，而是表示祝贺。我说打一点贺礼过来，祝贺。我爸爸听了以后非常高兴，但是我心里很不舒服。过了一段时间我回去，我家修了新房，新房旁边保留了一点老屋，作杂屋用；我无意中推开杂屋，看到两副棺材放在里面，我差点哭了出来。因为那东西，跟死亡离得太近了。

父母亲身上有许多我无法理解的情感。比方说，他们在过去的时代受过很多苦，但他们不允许我对过去的时代作批判的评价。那些苦都是拜不正常的政治所赐，他们是历次政治斗争的牺牲品。中国人过去有许多大人物因政治原因死于非命，似乎我的父母吃点苦头不算什么。谁这么说，我会非常生气。但是，父母亲好像把那些日子都忘记了。他们看到儿女有出息，全家老小的日子都还过得去，很安慰。我母亲最让我不懂，每次电话里嘱咐我的话都是伟人语录。我现在不再同父母争辩，他们说什么我听什么，也是孔夫子说的那两个字：无违。

享讀者

WONDERLAND

无

违